(1794-1860)

예술사가, 빅토리아 시대의 대표적인 여류

예술비평, 에세이, 전기, 문학비평, 여행기, 역사연구, 일기 등 다방면에 걸친 저술 활동을 펼쳤다.

1794년 아일랜드의 더블린에서 출생. 1798년 가족과 함께 잉글랜드로 이주하여 런던 근교에 정착하였다. 경제적으로 궁핍한 가계를 위해 일찍부터 가정교사로 일했다. 이 일은 전업 작가의 길을 걷게 되기까지 15년 동안이나 지속되었다.

1826년 소설 《어느 권태 탐닉자의 일기》를 발표한 것을 시작으로 사후에 출간된 《하느님의 역사》(1860)에 이르기까지 20여권에 이르는 책을 저술했다. 1832년 출간된 《셰익스피어의 여인들》은 우아한 문체와 깊이 있는 통찰력으로 런던 문학계에 그녀의 이름을 뚜렷이 각인시켰다. 신화와 성서를 모티브로 하는 예술작품들을 다룬 《신성한 예술》(1848)은 작가적 명성을 확고하게 만든 대표작으로 손꼽힌다. 2년에 걸친 캐나다 여행을 다룬 여행기 《겨울 독서와 여름 산책》(1838)은 오늘날까지도 캐나다의 독자들에게 많은 사랑을 받고 있다. 이외에도 그녀는 〈아테나이움〉(*Athenaeum*), 〈예술〉(*Art Journal*) 등과 같은 저명한 잡지에 여성 문제와 관련된 에세이와 비평을 꾸준히 기고하여 여성문제에 대한 진보적인 시각을 보여주었다.

《셰익스피어의 여인들》은 셰익스피어의 희곡에 등장하는 여성 인물들을 체계적으로 다룬 최초의 비평서로 알려져 있다. 저자는 이 책에서 포셔에서 맥베스 부인에 이르는 25명의 여성 인물들을 생생하게 되살려내는 한편, 여성성에 대한 새로운 비전을 제시하고 당대 여성들이 처한 사회적 조건들을 날카롭게 비판했다. 비평사적 관점에서는, 셰익스피어 문학의 여성 캐릭터들을 비평의 중심으로 이끌어낸 역작이자, 여성적 감성과 의식에 기초한 페미니즘 비평의 뻬어난 고전으로 평가 받고 있다.

셰익스피어의 여인들 2

사랑과 덕의 주인공들

옮긴이 이노경

연세대학교에서 영어영문학을 공부했다.
2003년 〈셰익스피어의 장르 의식 연구〉로 박사학위를 받았다.
주요 논저로 〈동적 이미지 분석을 이용한 셰익스피어 극 읽기〉
〈줄리어스 시저에 나타난 시대착오 의미 연구〉 등이 있으며,
저서로는 『제3의 장르를 찾아서: 셰익스피어 다시 읽기』가 있다.
번역서로는 『전래동화와 언어교육』이 있다.

셰익스피어의 여인들 2

사랑과 덕의 주인공들

안나 제임슨 지음
이노경 옮김

아모르문디

차례

4부 역사 속의 여인들

1권 차례

옮긴이 해설 – 안나 제임슨의 셰익스피어 읽기

저자 서문 – 서재에서

눈에 보일 듯 생생한 여인의 초상

'셰익스피어' 하면 무엇이 떠오를까? 아마도 이 질문에 대한 답은 그가 무대에 올린 불멸의 주인공들로 모아지리라. 햄릿, 리어, 맥베스, 오셀로, 줄리어스 시저, 코리어레이너스⋯⋯. 공통점이 있다면 모두 남성으로서 그들의 이름이 곧 극의 제목이라는 것이다. 그들이 무대에서 보여준 뚜렷한 이미지와 강한 인상은 후대의 페미니스트들로부터 "셰익스피어의 극에는 여성을 위한 배역이 상대적으로 적고, 있다손 치더라도 대부분 조연일 뿐"이라는 불평을 불러오기에 충분했다. 하지만 필자는 《셰익스피어의 여인들》을 번역하면서 이 생각에 더 이상 동의할 수 없다는 결론을 내리게 되었다.

19세기에 활동한 문인으로서 문학 · 예술 · 역사 비평으로 유명한 안나 제임슨은 그간 무대에서 제대로 조명받지 못한 셰익스피어의 여성 인물에게서 강한 극적 에너지와 독특함을 읽어냈다. 독일의 문인 아우어바흐(Auerbach)가 지적하듯이, 여성 인물들이 극의 플롯과 남성 주인공들로부터 주변화되는 것을 막고, 남성 주인공에 편중된 무대 밖 비평의 흐름에 균형을 잡아주는 중요한 역할을 담당했던 것이다. 또한 그녀는 현실뿐 아니라 역사와 무대, 비평에서조차 소외되어 있던 당대 여성들을 위해 편견의 벽을 허물고 페미니즘 비평이라는 새로운 지평을 활짝 열어젖혔다.

8

엄밀히 말하자면 안나 제임슨은 셰익스피어 전문 비평가는 아니다. 그녀는 자신의 주제는 셰익스피어가 아니라 '여성'임을 주장한다. 이 책의 원래 제목이 《셰익스피어의 여인들》(Shakespeare's Heroines)이 아니라, '도덕적, 시적, 역사적 측면에서 본 여성의 특성'(Characteristics of Women: Moral, Poetical and Historical)이라는 사실을 통해 집필 당시 저자의 의도가 무엇이었는지 짐작할 수 있다. 안나 제임슨은 당대의 새로운 사회적 흐름에 맞추어 여성 담론을 이슈화하는 과정에서 셰익스피어 극의 여성 인물들을 이용했다. 자신이 만들어낸 인물만으로는 여성 담론을 이끌어 가기에 역부족이라는 것을 잘 알고 있었기 때문이다. 만약 그런 식으로 여성성을 논하고 당시 여성들이 직면한 차별, 편견, 불평등의 문제를 다룬다면, 문학적 깊이가 결여되어 지나치게 윤리적이거나 삭막한 글이 되어버릴 것이 분명했다. 그런 책은 아무도 읽지 않았을 것이다.

제임슨은 셰익스피어의 여주인공들을 소재로 삼음으로써 이 문제를 쉽게 해결할 수 있었다. 전기작가 맥퍼슨(Macpherson)의 말에 따르면, 제임슨은 자신의 책이 셰익스피어의 여주인공들에 대한 완벽한 분석이나 평가가 아니라, 여성이 지닌 정신과 감정의 자연스럽고 천성적인 작용에 대한 유쾌하면서도 지적인 성찰이라고 말했다고 한다. 제임슨 역시 이 책의 성공은 셰익스피어라는 위대한 이름에 힘입었다고 보았지만, 다른 한편 그것은 셰익스피어와 여성이라는 두 개의 수레바퀴에 의한 것임도 부정할 수 없다. 후일 제임슨이 《셰익스피어의 여인들》이라고 책 제목을 고치면서도 부제에나마 원제를 남겨둔 까닭도 거기에 있을 것이다.

목적이야 어떠했든 셰익스피어 극의 여성 인물에 대한 제임슨의 해석은 그 자체만으로 주목받을 가치가 있다. 셰익스피어 전공자뿐 아니라 셰익스피어 극에 대해 잘 알지 못하는 일반 독자들에게도 훌륭한 안내서가 될 것임도 의심의 여지가 없다. 줄리엣이나 포셔와 같이 희극의 여주인공으로 손색이 없는 인물은 물론, 무대에서 특별히 주목받지 못하는 여성 인물에게도 세심한 조명을 비추어 그들과 극의 관계를 새롭게 읽어냈기 때문이다.

한편, 안나 제임슨의 화려하고 정교한 인물 열전은 지나친 수식과 세밀함 때문에 비판의 대상이 되기도 했다. 요컨대 그녀가 이야기하는 여인들은 셰익스피어가 창조해낸 인물이 아니라 제임슨 자신의 상상력의 산물이라는 것이다. 하지만 그녀는 추상적인 논리와 억측이 아닌, 셰익스피어 극의 대사 하나하나에 근거하여 논리를 전개하였다. 마치 셰익스피어의 대사를 씨실로, 자신의 목소리를 날실로 삼아 훌륭한 옷을 한 벌 지어낸 듯하다. 그리하여 이 책 하나로 제임슨은 19세기 셰익스피어 비평에서 빼놓을 수 없는 인물로 당당히 자리매김하게 된다.

안나 제임슨은 셰익스피어의 여주인공들을 지성, 열정, 사랑, 그리고 역사라는 틀로 나누어 살펴보았다. 평자들은 제임슨에게 있어 셰익스피어 극에 등장하는 인물들은 특정한 목적을 달성하기 위한 수단이었으며, 셰익스피어 극의 한계를 넘어 자신의 창조물로서 이 인물들에게 강력한 심미적 공간이 필요했기 때문에 이런 분류를 택했다고 주장하기도 한다. 아무튼 분류라는 것은 특정기준에 따른 차별적인 무언가가 있음을 전제로 한다.

제임슨은 1부와 2부에서는 주로 희극에 등장하는 여주인공을 다루면서 '지성'과 '열정'이라는 특성으로 묶을 수 있는 여성들을 분석하였고, 3부와 4부에서는 비극과 역사극에 등장하는 여주인공을 살펴보면서 '사랑'

과 '역사'를 공통분모로 하는 15명의 여성들을 함께 묶어 조명하였다. 비극과 역사극에서 여성의 목소리는 희극과 비교해볼 때 매우 작거나 거의 들리지 않는다고 볼 수도 있다. 희극에서는 장르 자체가 풍요나 다산多産과 밀접한 관련이 있기 때문에 여성이 우월한 입지를 차지한다. 생산과 풍요로움을 기원하는 축제에서 비롯된 희극에서 여성은 극을 적극적으로 이끄는 주체로서 남성을 통제하고 조절할 권한을 부여받는다. 따라서 희극에서 여성을 조명하기란 비교적 수월하다.

반면, 보통 남성적 주제와 남성 중심의 사건 전개를 특징으로 하는 비극과 역사극에서 여성들은 그저 스쳐 지나갈뿐 그다지 조명을 받지 못한다. 그러나 제임슨은 셰익스피어 전공자조차 자주 접하지 않아 당혹스러운 '작은' 인물들을 일반 독자도 쉽게 공감할 수 있게 그려낸다. 한 폭의 훌륭한 그림 같은 제임슨의 글을 읽다보면, 마치 조용한 화랑에 전시된 초상화를 직접 눈으로 감상하는 듯한 느낌을 받게 된다.

저자는 3부에서 헤르미오네, 데스데모나, 이모젠, 그리고 코델리아를 '어펙션즈(affections)'라는 제목으로 함께 묶었다. 'affection'의 뜻은 '사랑' 혹은 '애정'이지만 단순히 사전적 정의에 의존해서는 이 네 명의 여인들을 설명하기에 부족하다. 한 비평가의 말을 빌리자면, 제임슨은 이 단어를 통해 "밤과 낮의 구별이 없이 영원하고 지속적인 빛과 같은 특성으로, 일단 한번 밝혀지면 절대로 그 빛이 소멸하지 않는 성품"을 의미하고자 한 것 같다. 이에 필자 또한 이 말을 사랑을 통해 변치 않는 품성을 보여준다는 의미로 보아 3부의 제목을 "사랑과 덕의 여인들"로 번역했음을 밝혀둔다.

제임슨은 각 인물에 대한 자세한 분석에 들어가기에 앞서 그들이 지닌 공통점을 미리 언급한다. 이모젠, 데스데모나 그리고 헤르미오네 세 여인은 하나같이 온순하고 아름답고 순진하다. 모두가 배우자에게 순종적이고, 진실함과 부드러움의 전형이 되는 인물들이다. 또한 남편의 근거 없는 질투의 희생자가 된다는 점도 똑같다. 하지만 그들이 만드는 평행선은 아주 가깝게 뻗어가지만 결코 만나지 않는다는 것이 제임슨의 판단이다. 비슷한 설정은 단지 그뿐, 각각의 상황과 사건들은 놀라운 극적 기술로 차별화되고, 진실의 힘과 미묘한 감정의 묘사를 통해 서로 다른 생명력을 얻게 된다. 제임슨의 해석에 따르면 헤르미오네는 아량과 불굴의 의지를 지닌 인물이고, 데스데모나는 유순함과 정제된 우아함의 표상이며, 이모젠은 이 두 여인이 지닌 특성과 그들이 미처 지니지 못한 성격의 융합체라 할 수 있다.

위의 세 인물과 다른 상황에 놓인 코델리아를 함께 묶은 이유는 무엇일까? 저자는 코델리아에 대해 이렇게 말한다. "셰익스피어의 비극에서 가장 웅대하고 장엄한 인물은 리어일지 모르나, 가장 성스럽고 순수한 마음에 지배받고 이기심과 감정의 찌꺼기로부터 정제되어 완벽에 근접한 인물은 코델리아다." 이 책을 읽는 동안 우리는 코델리아에게서 천상의 아름다움을 지닌 성녀 마돈나의 모습을 읽어내고, "한번 밝혀지면 절대로 그 빛이 소멸하지 않는 성품"과 여성성의 전형을 발견하는 데 심혈을 기울이는 저자를 보게 될 것이다.

일부 셰익스피어 비평가들은 "비극이 역사와 사실에 바탕을 둔 사건을 다룬다면, 비극의 위엄뿐 아니라 극이 주는 즐거움에도 치명적인 결점이 된다."고 주장한다. 하지만 제임슨은 역사와 사실이 셰익스피어 극을 감상하는 데 걸림돌이 되지 않을 뿐 아니라, 이미 수용되고 인정된 역사적 진실을 존중하면서도 간결하고 훌륭하게 재현해냈다고 셰익스피어의 위대함을 극찬한다.

셰익스피어는 역사라는 보물창고에서 소중한 자료를 훔쳐 역사의 순수성을 망치려 한 것도 아니고, 자기 나름의 생각으로 만들어낸 인물이나 사건을 가지고 역사를 새롭게 찍어내려 한 것도, 그리고 일부 창작자들처럼 역사를 헐값으로 유통시키려 한 것도 아니다. 그는 단지 역사의 녹을 닦아내고 정제하고 윤을 내어, 역사 자체가 매우 훌륭한 것으로 받아들여지도록 했을 뿐이다.

제임슨은 이러한 주장을 뒷받침하기 위해, 역사로부터 끌려 나와 무대 위에 재현된 셰익스피어의 여성 인물들을 꼼꼼히 살핀다. 하지만 제임슨의 접근은 역사가의 방식과는 다르다. 저자는 4부에서 언급되는 11명의 여주인공들을 여성주의 비평의 관점에서 조명함으로써, 천편일률적인 역사적 평가와 선을 긋고 여성의 정신적 업적, 우아함, 재치와 투지, 생동감 넘치는 상상력, 지조, 부드러움, 신비로움 등의 긍정적 성품과, 변덕, 오기, 자만, 오만과 같은 부정적인 요소까지 여성성이라는 큰 틀 안에 성공적으로 용해시킨다.

그 결과, 요부로만 여겨졌던 클레오파트라는 강인한 정신력과 자존심을 지닌 여성으로서 "상반된 모양과 어울리지 않을 것 같은 대담한 조합이 만나 빛의 혼동 속에서 조화로운 부조화를 이룬" 인물로 정의되고, 애국심으로 무장한 로마의 귀족이자 자존심으로 가득 찬 모성을 지닌 볼륨니아는 숭고한 로마 귀부인의 초상으로 재평가된다. 또한 역사 속에서 끝없이 상처받는 약자로 그려진 콘스탄스에게서는 슬픔과 설움에서 비롯된 광기가 뿜어내는 장엄함과 숨겨진 감정의 힘을 읽어내는 것이다.

엘리너, 블랑슈, 퍼시 부인, 포셔. 이들은 모두 역사의 그늘에서 잠시 머물다 간 인물이지만, 제임슨은 그들의 작은 목소리에도 귀 기울인다. 또한 역사의 폭력으로도 잠재울 수 없는 근원적인 여성성을 왕비 캐서린을 통해 읽어내며, 역사 앞에 분노하고 좌절하는 모습에서도 강한 생명력과 시적 상상력, 그리고 아름다움을 불어넣을 줄 아는 셰익스피어의 천재성을 높이 평가한다.

대단원을 장식할 인물로 저자는 주저 없이 맥베스 부인을 선택했다. 천편일률적으로 "끔찍하고 혐오스러운" 악녀라는 평을 받는 맥베스 부인의 잔혹성과 악랄함을 부인하지는 않지만, 그녀에게 쏟아지는 근거 없는 비난을 조금이나마 무디게 하고, 그녀의 잔혹성의 근원을 밝혀 변호를 시도하는 것이다. 맥베스 부인은 야망에서 비롯된 잔인함으로 일관한 인물이지만, 한순간도 여성성을 포기한 적이 없다. 천성적인 악녀가 아닌, 뛰어난 지성과 여성성을 억누를 정도의 강한 의지의 소유자로서 다른 비극의 악녀들과는 거리가 있다는 것이 그녀의 결론이다.

제임슨은 이 15명의 여주인공들을 '사랑'과 '역사'라는 분류기준에 따라 구분했지만 결과적으로 모두 여성성이라는 공통분모 아래 묶인다고 할 수 있다. 벨시(Catherine Belsey)를 포함한 대부분의 페미니스트 비평가들은 셰익스피어의 극(특히 희극)을 여성과 남성의 성 대립구조를 읽을 수 있는 교과서로 보아왔다. 하지만 제임슨은 셰익스피어의 여주인공들에게서 독립적인 가치와 의미를 읽어냄으로써 기존의 대립구조 담론을 넘어섰다. 제임슨은 남성과 여성의 관계를 '대립'이 아닌 '다름' 속에서 읽어내고, 그 다름이 만들어내는 가치의 중요성을 주장함으로써 특별한 형태의 페미니즘을 구축한다. 결국 제임슨은 여성에 대한 전통적인 사고에서 벗어나, 여성의 가치와 의미를 재정립한다는 처음의 생각으로 되돌아간다.

《셰익스피어의 여인들》 1권의 〈저자 서문〉에 등장하는 앨다의 말처럼, 제임슨은 "모든 애정과 영혼을 기울여 이 책을 썼고, 인간 본성에 대한 새롭고 다양한 시야가 열리는 기쁨 속에서, 눈앞에 다가오는 아름답고 다정한 이미지들을 관찰하면서" 자신과 독자들의 인식체계에 작은 변화를 가져오기를 기대했을 것이다. 이 책은 결코 직접적으로 여성의 권리를 항변하는 투쟁서는 아니다. 하지만 분명 여성의 사회적 상황과 지위에 대한 분석을 시도하고 있고, 여성이 지닌 가치와 에너지를 인정하지 않는 사회적 분위기에 대한 간접적인 비평을 담은 글이다. 하지만 그에 앞서, "여성의 눈으로 셰익스피어의 여주인공을 고찰했으며, 이러한 접근은 셰익스피어 비평에 실질적이면서도 독창적인 공헌을 했다."는 당대 《에딘버러 리뷰》(Edinburgh Review, 1834)의 한 비평가의 평에 옮긴이 또한 힘을 보태고 싶다. 이제 화랑에 걸린 멋진 초상화를 들여다보듯, 제임슨이 정성스레 그려낸 인물들을 편안하게 감상해보자.

2007년 7월
이노경

3부
사랑과 덕의 여인들

1장

불굴의 의지와 아량을 겸비한 고결한 정신

《겨울 이야기》의 헤르미오네

헤르미오네는 한 나라의 왕비이자 한 남자의 아내이고 아이들의 어머니이다. 그녀는 왕족으로서, 착하고 아름답다. 위엄 있는 부드러움, 우아함을 겸비한 단순함, 편안함을 잃지 않는 냉정함이 그녀의 자태와 대사에서 자연스럽게 드러난다. 그녀는 "잔잔한 물이 깊다."는 속담을 떠올리게 한다. 그녀의 열정은 결코 격렬하지 않지만, 굳은 심지 속에 자리 잡고 있는 고통과 기쁨, 사랑과 분노의 근원은 깊이를 헤아릴 수 없으며 결코 마르지 않는 호수로 흘러드는 샘물과 같다.

감정이나 열정에 비해 지나치게 이상적인 사랑과 도덕관을 고집하는 여인을 현실에서 만난다면 그리 매력적이거나 호기심을 불러일으키지 않을 것이다. 그 인물을 이해하거나 호감을 느끼기도 상대적으로 쉽지 않을 것임이 자명하다. 하지만 우리는 이제부터 바로 이러한 인물을 이해와 공감을 가지고 새롭게 조명하게 될 것이다. 물론 이런 인물들이 감수성과 상상력이라는 눈부신 빛깔의 옷으로 성장盛裝한 모습을 기대하기는 어렵다. 무대에서 그들을 만날 때 우리는 라파엘로*의 그림 속 인물을 떠올리게 된다. 조슈아 레이놀즈 경**은 3주가 걸려서야 겨우 라파엘로가 그린 바티칸 벽화의 참된 아름다움을 발견할 수 있었다고 말한 바 있다. 사실, 대다수의 사람들은 라파엘로의 천상의 마돈나보다는 티치아노*나 무리요**가 그린 보다 현실적인 마돈나를 선호할 것이다. 용모와 성격 면에서 두드러진 특색이나 독특한 색깔이 적은 인물을 매혹적이고 흥미로운 존재로 그려낸다는 것은 결코 쉬운 일이 아니다. 그러나 이러한 작업이 성공한다면, 아니 완벽에 가깝게 수행될 수만 있다면 실로 대단한 업적이 될 것이다. 이와 같은 일은 오직 라파엘로와 코레조*만이 화폭에서 실현할 수 있었다.

■ Raffaello(1483-1520). 이탈리아 르네상스 화가. 감상자의 마음을 편안하게 하는 화폭 속 인물들의 순수한 아름다움은 현실의 모델을 그린 것이 아니라 화가의 마음에 내재한 이념과 가치를 형상화했다는 평을 받았다.
■ ■ Sir Joshua Reynolds(1723-1792). 18세기 영국 화가. 과거 예술작품의 모티프를 인용하는 기법으로 초상화에 르네상스 작품의 위대하고 당당한 인물 표현양식을 적용한 것으로 유명하다.
● Tiziano(1488-1576). 16세기 이탈리아 베네치아파 화가. 주로 성서적 주제를 그렸다.
● ● Murillo(1618-1682). 17세기 스페인 화가. 바로크 양식의 종교화를 그렸다.

그리고 무대에서 이 위대한 꿈을 실현해낸 유일한 극작가가 바로 셰익스피어다.

일반적으로 화가나 작가와 같은 예술가의 역할이란 인물의 가슴속에서 우러나와 표출되는 감정과 열정의 움직임을 세심하게 살펴서 그 감흥을 화폭에 생생하게 옮기는 것으로 요약될 수 있다. 하지만 모든 감정과 열정의 흐름이 너무 고요하고 기복이 적을 경우에는 인물의 심오한 내면세계를 조명하고 숨어 있는 감정들의 자취를 추적하여 마음속 엉킨 실타래를 풀어내야 한다. 예술적 인내심을 가지고 섬세한 감정의 옷을 짜서 독자가 눈으로 확인할 수 있는 분명한 결과를 가져오는 이 같은 일은 예술가에게 또 다른 종류의 특별한 능력을 요구한다.

성모자, 라파엘로, 1504.

여기서 설명할 셰익스피어의 여주인공들은 바로 이러한 깊은 감정과 내면세계를 지닌 인물들이다. 이들은 괴테**가 셰익스피어의 주인공들을 설명하면서 사용하곤 했던

성모자와 세례자 성 요한, 코레조, 1515경.

◆ Correggio(1494-1534). 이탈리아의 르네상스 화가. 라파엘로의 조화로운 구도와 레오나르도 다 빈치의 부드러운 스푸마토기법을 혼용하여 독자적인 화풍을 이루었다.

◆ ◆ Goethe(1749-1832). 독일의 시인, 작가. 괴테는 셰익스피어가 묘사한 주인공들처럼 자연스럽고 시간을 초월하는 존재의미를 지닌 인간은 없다고 단언할 정도로 셰익스피어를 숭배했다.

독창적인 비유에 특히 잘 어울리는 인물들이다. 괴테는 종종 그들을 일컬어, 시계바늘뿐만 아니라 바늘의 움직임을 결정하는 톱니바퀴와 용수철이 함께 노출되어 있는 유리 케이스로 덮인 구식 시계 같다고 말하곤 했다.

폴릭세네스에게 좀 더 머물 것을 청하는 헤르미오네.
거트루드 드메인 해먼드(Gertrude Demain Hammond), 1878.

이모젠, 데스데모나 그리고 헤르미오네 이 세 여인은 각각의 극에서 비슷한 상황에 놓여 있다는 공통점이 있지만, 그보다 더 주목할 점은 그들 모두 자신이 처한 상황을 매우 놀랍고 흥미롭게 변모시킬 수 있는 자질을 가지고 있다는 사실이다. 그들은 하나같이 온순하고 아름답고 순진하다. 모두가 배우자에게 순종적이고, 진실과 유연함의 전형적인 모델이 되는 인물들이다. 또한 남편의 근거 없는 질투의 희생자가 된다는 점도 같다. 그들이 만들어내는 평행선은 아주 가깝게 뻗어 나가지만 결코 만나지는 않는다. 비슷한 상황 설정은 여기까지다. 각각의 상황과 사건은 놀라운 극적 기술로 차별화되고, 진실의 힘과 감정의 미묘함으로 인물들은 보다 생명력을 띠게 된다.

엄밀히 말해 헤르미오네는 극적 효과 차원에서 보면 앞서 언급한 세 사람 가운데 가장 단순한 인물이다. 반면, 이모젠은 헤르미오네와 대칭된 다고 할 만큼 매우 다채롭고 복잡한 인물이다. 아량과 불굴의 의지가 헤르미오네를 정의하는 단어라면, 데스데모나는 유순함과 정제된 우아미로 표상될 수 있고, 이모젠은 이 두 여인이 지닌 특성과 그들이 미처 지니지 못한 성격의 융합체로 볼 수 있을 것이다. 결과적으로 이모젠은 도덕과 윤리의 잣대로는 앞의 두 인물보다 뛰어나다고 볼 수 있으나, 여성적 매력은 다소 떨어진다고 할 수 있다.

헤르미오네는 《겨울 이야기》 전반부의 여주인공이다. 그녀는 시칠리아(Sicilia)의 왕 레온티즈(Leontes)의 아내이며 젊고 싱싱한 매력은 아닐지라도 여성스러운 아름다움을 갖춘 인물이다. 레온티즈는 아무 근거 없이 그녀가 보헤미아(Bohemia)의 왕인 자신의 친구 폴릭세네스(Polixenes)와 불륜 관계를 맺었다고 의심한다. 의심은 시기와 복수심으로 전이되고, 헤르미오네는 지하 감옥에 갇혀 갓 태어난 아이마저 빼앗긴다. 질투심으로 이성이 마비된 아버지의 명령에 의해 아기는 황량한 해변에 버려져 죽음을 기다리게 된다. 한편, 헤르미오네는 배신과 불륜의 죄목으로 법정에 서지만, 절제되고 이성적인 자기 변론을 거쳐 신탁에 의해 무죄 판결을 받는다. 하지만 방면되는 순간 아들의 사망 소식을 전해 듣는다. 그녀의 아들은,

어머니의 불명예를 알게 되고는
별안간 풀이 죽고 심각하게 고민하며, 그것이
제 자신의 치욕인 양 생각하여

23

원기도 식욕도 잃고 잠도 멀리하더니

온통 쇠약해지고 말았다.

(레온티즈)

아들의 사망 소식에 헤르미오네는 혼절하고, 그녀의 거짓 죽음으로 3
막이 종결된다. 4막과 5막은 헤르미오네의 딸 페르디타(Perdita)의 이야기
가 중심을 이룬다. 잃어버렸던 딸 페르디타가 어머니의 품으로 돌아오고,
16년이라는 고통의 세월이 흐른 뒤 왕 레온티즈와 헤르미오네가 재회하는
것으로 극은 끝난다.

줄거리를 간단히 요약하면 이상과 같다. 극이 진행되는 동안 헤르미
오네는 남성은 말할 것도 없고 같은 여성에게서도 쉽게 찾아볼 수 없는 자
질들, 다시 말해 자만심 없는 위엄, 열정이 부재하는 사랑, 약점 없는 유순
함을 여과 없이 보여준다. 헤르미오네처럼 다소 생동감 없고 현실감이 떨
어지는 인물을 만들어내는 데는 줄리엣이나 미랜더 혹은 맥베스 부인을
창조하는 데 필요한 작가적 천재성이 반드시 요구되지는 않는다. 하지만
이런 평범한 인물을 상상력을 통해 부활시키고, 행위와 대사를 매개로 잔
잔하고 부드럽고 무게감 있는 아름다움과 쉽게 동요하지 않는 위엄을 갖
추게 함으로써, 관객과 독자의 상상력에 상당한 영향력을 끼치고 연민을
불러일으키는 인물로 탄생시키는 작가적 역량이 바로 셰익스피어의 헤르
미오네를 통해 드러난다.

헤르미오네는 한 나라의 왕비이자 한 남자의 아내이고 아이들의 어머
니이다. 그녀는 왕족으로서, 착하고 아름답다. 위엄 있는 부드러움, 우아
함을 겸비한 단순함, 편안함을 잃지 않는 냉정함이 그녀의 자태와 대사에

서 자연스럽게 드러난다. 그녀는 "잔잔한 물이 깊다."는 속담을 떠올리게
한다. 그녀의 열정은 결코 격렬하지 않지만, 굳은 심지 속에 자리 잡고 있
는 고통과 기쁨, 사랑과 분노의 근원은 깊이를 헤아릴 수 없으며 결코 마
르지 않는 호수로 흘러드는 샘물과 같다.

셰익스피어는 헤르미오네라는 인물의 성격을 드러내기 위해 그녀에
대한 평을 극 사이사이에 뿌려 놓았고, 주위 사람들에게 각인된 인상을 통
해 그녀의 이미지를 만들어냈다. 그녀의 압도적인 아름다움은 많지는 않
지만 다음과 같이 강력한 단어들로 언급된다.

레온티즈와 안티고네스, 귀족과 신하들, 그리고 아기 페르디타(2막 3장),
장 피에르 시몽(Jean-Pierre Simon, 1750-1810경).

이러한 질투는 고귀한 왕비 때문이지.

비길 데 없는 순수함과 고결함을 지닌 만큼

왕의 질투심도 아마 대단할 게요.

(폴릭세네스)

그녀를 칭송하는 것은 단지 외모가 아름답기 때문이지.

그야 외모는 칭찬받을 만하지.

(레온티즈)

만약 전하께서 온 세상의 여자들과 결혼해보고,

모든 여자들에게서 좋은 점만 떼어내

완벽한 부인을 하나 만든다고 해도

전하가 죽인 그 여인과는 비교도 안 될 겁니다.

(폴리너)

지금도 왕비의 빛나는 눈을 들여다보고

그 입술에서 보물을 훔쳐낼 수도 있을 텐데.

(레온티즈)

훔쳐내서 도리어 왕비 전하의 입술을 풍요롭게

해드릴 수도 있었을 테지요.

(폴리너)

그녀를 지칭하는 다양한 수식어들, 가령 "가장 신성한 여인"과 같은 표현과 주변 사람들이 고백하는 끝없는 존경과 헌신의 마음, 그리고 선함과 순수함에 대한 그녀 자신의 강한 믿음은 헤르미오네의 모습을 담은 화폭에 다시 한 번 멋진 색감을 더한다.

전하, 왕비님에 관해서 저는 목숨을 걸고 맹세합니다.
부디 받아들여 주십시오. 왕비 전하가 결백하다는 것은
하늘이 알고, 전하 또한 주지하고 계신 사실입니다.

(귀족1)

만약 왕비 전하가 죄가 있으시다면 이 세상 여자들 모두,
아니 여자의 육체 한 점도 믿을 수 없지요.

(안티고네스)

왕비 전하께 그런 오명의 그늘이 드리워진다면
소신은 당장 복수했지, 그냥 듣고만 있지는 않았을 겁니다.

(캐밀로)

거리감이 느껴지지 않는 예의와 여왕다운 위엄, 그리고 숙녀의 달콤함까지 갖춘 헤르미오네는 그저 매력적이라는 말로는 담아낼 수 없는 여인이다. 바로 이러한 매력이 폴릭세네스의 체류를 연장시킨다.

헤르미오네 머무르실 거지요?

폴릭세네스 안 됩니다. 왕비 전하.

헤르미오네 정말 안 되나요?

폴릭세네스 불가합니다. 맹세코.

헤르미오네 맹세코라니요!

전하께서는 그리도 저버리기 쉬운 맹세로 저희를 외면하시네요.

하지만 전하가 하늘의 별을 따오겠다고 맹세하시더라도

저는 "못 가십니다"라고 말씀드리렵니다.

맹세코, 전하는 지금 떠나지 못하십니다. 여자의 맹세 역시

남자의 맹세와 다르지 않더이다. 그래도 여전히 가시렵니까?

제가 당신을 귀빈이 아닌 포로로 잡고 있기를 바라십니까?

비록 헤르미오네의 상황 자체는 특별하거나 강력한 감정적 반향을 일으키지 않지만, 비길 데 없는 아름다움과 독특함을 발산하는 다음의 짧은 대사는 헤르미오네의 매력을 숨김없이 드러낸다.

하나의 선행이 소문도 나지 않고 매장당해버리면

그 다음에 올 천 가지 선행이 살해당한다지요.

칭찬받는 것이 저희에게는 월급이지요. 채찍으로

오 리도 못 달리는 우리를 당신은 한 번의 키스로

백 리를 달리게 할 수도 있습니다.

헤르미오네는 남편 레온티즈의 질투 어린 첫 번째 의심을 매우 놀랍

게 받아들인다. 데스데모나처럼 이해하지 못하거나 이해할 수 없는 차원의 질투는 아니지만, 헤르미오네는 이런 상황을 인식하면서도 납득하려 들지 않는다. 남편이 좀 더 단호한 어조로 비난하자, 그녀는 위엄을 실어 차분하게 대답한다.

악인이 그런 말을 한다면
세상에서 가장 극악무도한 사람이 그런 말을 한다면
그는 그 말로 인해 악함이 더해집니다.
당신은 잘못 알고 계십니다.

이처럼 극이 진행되는 동안 그녀는 결코 마음의 평정을 잃지 않는다. 상황에 대처하는 일관성 있는 모습으로 인해 그녀에 대한 인상은 독자 혹은 관객에게 강렬하게 각인되지만, 이러한 인상은 자존심이나 냉정함과는 사뭇 거리가 있다. 이는 순수함을 지닌, 부드럽지만 강한 정신의 표상이다. 질투심에 사로잡혀 온갖 모욕적인 언사를 뱉어내고, 그것도 모자라 다른 사람이 있는 곳에서 "천한 자들이 함부로 야비한 말로 부르는 여자와 다를 바 없는 사람"이라고 비난하는 레온티즈에게 감정의 동요 없이 대응하는 헤르미오네의 모습에서 자연스럽게 독특한 매력을 찾을 수 있다.

나중에 사실이 밝혀지면 당신은 무척 후회하실 겁니다.
저를 이렇게 사람들 앞에서 모욕하시다니요!
그때 가서 잘못했다고 하셔도 한 번 짓밟힌 저의 명예는
도저히 회복되지 않을 겁니다.

29

그녀의 부드러운 위엄과 성자 같은 인내심은 남편인 레온티즈의 잔인할 만큼 불공평한 처신과 대조를 이루면서 연민의 감정뿐만 아니라 존경심까지 이끌어낸다. 그렇기에 이러한 충격에 눈물이나 불평으로 호소하는 것은 그녀의 성격에 모순되는 일임을 알 수 있다. 그녀는 감옥으로 이송될 때 다음과 같이 말한다.

> 무슨 악운의 별 탓인 모양이구나.
> 천체가 더 좋은 기운을 보일 때까지
> 참아내야지. 여러분,
> 나는 보통의 여자들 같이 울지 않겠소.
> 그 무익한 이슬방울을 흘리지 않기에
> 여기 있는 분들의 동정심을 말라붙게 할지도 모르겠소.
> 그러나 이 가슴속에는 눈물로는
> 도저히 끌 수 없는 불타는 명예로운 슬픔이
> 자리 잡고 있소. 여러분, 부디 각자의 자비의
> 마음으로 분별하여 나를 재판해 주시오. 그러면
> 왕의 뜻이 이루어지리니.

유죄 혐의로 재판을 받게 된 상황, 원대한 정신력조차 가차 없이 짓뭉개지고 수치와 공포로 억눌린 이 같은 불명예스러운 상황을 방청하러 온 사람들 앞임에도, 헤르미오네는 자신의 목숨과 명예를 위해 당당하게 진술한다. 그녀는 자신의 가치와 무죄를 다른 사람들에게 분명히 인식시키고 그것을 항변해야 할 의무 역시 지켜낸다.

《겨울 이야기》를 위한 무대 디자인, 다예스(I. Dayes), 1856.

만약 천상의 신들이

인간의 행동을 굽어보신다면,

의심할 여지도 없이 순수함은 언젠가 반드시

그릇된 비난의 얼굴을 붉히고,

포악스러움은 인내 앞에 벌벌 떨게 되겠지요.

목숨으로 말하자면 저는 슬픔의 무게만큼으로

여기고 있으니 없어도 무관합니다.

하지만 명예로 말하자면 저로부터
자식에게로 파생되는 것이기에
저는 싸우겠습니다.

진심을 담은 그녀의 유창한 변호와 명예를 향한 물러섬 없는 의지는
냉정한 현실에 대한 절망감으로 인해 더욱 애처롭고 인상 깊게 다가온다.
그녀가 자신을 향해 퍼부어진 불미스러운 모욕들을 열거할 때는 비난의
목소리나 무뚝뚝한 냉정함이 아닌 절제되고 정제된 감정이 폭발력 있게
드러난다. 레온티즈가 헤르미오네를 죽음으로 위협하자, 그녀는 아래와
같이 말한다.

왕이시여, 그런 위협은 소용없습니다.
사형으로 저를 위협하려 하시지만,
그것은 제가 진정 바라는 바이지요.
제게 목숨은 단지 불편한 것일 뿐입니다.
제 목숨의 면류관이자 위안이던 전하의 은총을
저는 잃었습니다. 잃었다는 것을 느끼지만
어찌 잃었는지는 모르겠습니다. 제 인생의 두 번째 기쁨이자
이 몸의 최초의 열매인 왕자로부터 저는 마치 전염병자라도 되는 듯이
격리되어 얼굴을 보지도 못하고 있습니다. 제 세 번째 위안인
아기는 가장 불운한 별자리에서 태어나
그 천진한 입에 결백한 젖을 물리지도 못한 채
제 품에서 떨어져 살해당하게 되었지요. 저 자신도

전국 도처에 매음녀라고 공고되어 심한 멸시와 어떤 여인에게도 허용되는

산후의 특권도 빼앗긴 채, 이곳에 소환되어

기력도 회복되기 전에 이렇게 대중 앞에 나왔습니다.

왕이시여, 이래도 제가 이 세상에서 무슨 축복을 받겠다고

죽음을 두려워하겠습니까? 그러니 어서 명을 내리시지요.

하지만 이것만은 들어주세요. 오해는 하지 마시고요.

목숨이 아까워서가 아닙니다. 저는 목숨을 초개만큼도 여기지 않으니까요.

그러나 제 명예만큼은 어떻게 해서든지 결백을 입증받고 싶습니다.

만약 추측만을 근거로, 전하의 질투심만 깨워놓고

다른 모든 증거는 잠들게 둔 채 제가 유죄 판결을 받는다면

그것은 가혹함이지 법이 아님을 말씀드리고 싶습니다.

헤르미오네가 비난의 화살에서 마냥 자유로운 것은 아니다. 16년간 은둔생활을 하는 동안, 남편 레온티즈는 헤르미오네가 죽었다고 생각하며 괴로움의 세월을 보낸다. 헤르미오네는 그의 슬픔과 후회, 지조에도 아랑곳하지 않고 은둔의 결심을 조금도 굽히지 않는다. 일부 비평가는 그녀의 이런 행동이 무정함의 극치이고, 온화하고 덕 있는 여인에게 어울리지 않는다고 비난한다. 구하지도 않은 용서마저 기꺼이 해줄 준비가 된 이모젠도, 분노조차 할 수 없었기에 용서의 기회도 얻지 못한 데스데모나도 이렇게까지는 하지 않을 듯싶다. 하지만 이는 셰익스피어가 이 세 여인을 차별화하는 놀라운 극적 섬세함과 일관성의 반증이다. 헤르미오네가 16년간 세상과 격리된 은둔생활을 했다는 것은 실제로 있음 직하지도 않고, 현실에서 일어날 것 같지도 않은 일이다. 하지만 필연적인 개연성을 제외한다

면, 이것은 헤르미오네의 독특한 성격에서 기인한 것으로 이해할 수 있다. 헤르미오네라면 이런 식으로 행동했으리라는 개연성 말이다. 그녀가 사랑하고 믿었던 사람한테서 받은 잔인한 상처는 특별히 폭력적인 분노나 복수심을 흔들어 깨우지는 않았지만 거의 치유 불가능한 깊은 상처를 새겨놓았다. 아무리 헤르미오네가 훨씬 더 융통성 있는 성격의 이모젠이나 데스데모나와 분명히 다른 인물이라고 할지라도, 헤르미오네의 처지는 두 사람의 처지와 다를 뿐 아니라 용서를 행하기도 한층 힘든 상황이다. 제멋대로 상상해서 자라난 레온티즈의 질투는 이아고(Iago)라는 인물의 사주를 받은 오델로나 아내의 부정에 대한 저주스러운 증거에 속은 포스츄머스(Posthumus)의 경우와 분명 다르다. 후자의 두 경우가 판단 실수라고 한다면 레온티즈의 질투심은 이유 없는 악이다. 그는 원인도 없이 의심했고, 증거도 없이 유죄 판결을 내렸다. 그는 질투심에 빠지기 쉬운 성향을 유일한 핑계거리로 삼을 수 있을 뿐이다.

헤르미오네는 공개적으로 모욕을 당했다. 마음과 영혼을 바치고 자신을 다 내준 헤르미오네에게 남편 레온티즈는 치졸한 의심을 일삼는다. 그는 헤르미오네의 사랑을 욕되게 하고 자존심에 상처를 입혔으며 믿음을 저버렸다. 그녀는 사악하고 부도덕한 여자로 낙인찍혔고, 자신의 불명예로 인해 아들은 죽고 죄 없는 갓난아이는 버려져 죽음의 그림자가 드리웠다. 이런 상황에서, 단순히 그녀의 무죄가 뒤늦게나마 밝혀졌다고 해서 이 모든 불행과 고난이 상쇄되었다고 생각할 수 있을까? 가슴 깊이 난 상처에 피가 흐르고, "눈물로는 도저히 끌 수 없이 타오르는" 말 못할 슬픔에 소진해버린 심장을 치유할 수 있단 말인가? 이제껏 묘사된 헤르미오네의 성격에 비추어볼 때 그녀가 그리 쉽게 용서하고 그리 서둘러 잊어버릴 사람이란 말인가? 비록 그녀가 은둔생활을 하면서 후회하는 남편을 남몰래 애도할 수는 있을지언정, 그의 뉘우침이 단번에 그녀의 마음속에서 그를 원래의 자리로 되돌려 놓을 수 있단 말인가? 아이들을 다 잃고 사랑했던 남편이 준 상처로 정신적인 과부가 된 고귀한 영혼의 소유자인 그녀가 아무 일도 없었다는 듯, 자신의 고뇌와 수치스러움과 절망을 전부 목격한 궁에서 한가로이 생활할 수 있었을까? 오히려 그렇게 했다

페르디타, 프레더릭 샌디스(Frederick Sandys, 1829~1904).

면 헤르미오네의 성격과 연관지어볼 때 개연성이 떨어진다고 할 수 있다.

감정과 감성이 이성과 사고의 지배를 받고 충동이나 감성의 지수가 낮은 헤르미오네와 같은 정신세계를 가진 사람에게는 의지를 압도하는 두 가지 영향력만이 존재한다. 바로 시간과 종교다. 영혼과 감정에 돌이킬 수 없는 상처를 입은 그녀에게 용서의 마음을 기르며 고통의 종식을 약속한 신탁을 기다리면서 세상으로부터 숨어버리는 것 외에 무엇이 남았었겠는가? 그러므로 설익은 화해는 극 전반에 나타난 헤르미오네라는 인물의 성격에 비추어볼 때 일관성이 없을뿐더러, 헤르미오네가 동상으로 남편에게

35

모습을 드러내는, 이 극에서 가장 아름다운 장면을 감상할 기회를 빼앗아
버릴 수 있다. 바로 이 장면에서 다시 한 번 우리는 극의 인물과 주어진 상
황이 완벽하게 맞아떨어지는 극적 효과를 목격한다. 극한 상황에서 필요
한 완벽한 감정 통제 혹은 정심正心은 다른 여인들에게서는 찾아볼 수 없
는, 헤르미오네란 인물에게서만 기대되는 특징이다. 이 장면은 고대극과
현대극을 통틀어 가장 아름답고 놀라운 무대효과를 보여줄 뿐만 아니라,
정교한 무대표현을 통해 극 전반에 나타나는 등장인물의 진실성과 일관성
을 그대로 드러낸다. 레온티즈의 슬픔, 사랑, 후회의 마음은 대리석상으로
변한 듯이 보이는 엄마의 모습을 홀린 듯 응시하는 페르디타의 경탄의 반
응과 미묘한 대조를 이룬다. 레온티즈의 짧은 회고 대사에서도 헤르미오
네라는 인물의 독특한 매력을 엿볼 수 있다.

> 꾸짖어다오, 석상이여. 그래야 당신이 헤르미오네라고
> 말할 수 있지 않겠소. 아니, 오히려 나를 꾸짖지 않기에
> 당신은 헤르미오네인가. 여리고 자비로우며
> 한없이 부드러웠던 당신이기에.
> 내가 처음 구애했을 때도, 저렇게 서 있었지.
> 지금처럼 차갑게 굳어 있지는 않았지만
> 저런 위엄을 가득 풍기고, 따뜻한 생명력을 느낄 수 있었지.

이 살아 있는 석상은 무대의 등장인물들에게 각기 다른 반응을 불러
일으킨다. 이러한 무대효과는 관객이 죽음과 삶의 환영, 현실과 허상의 공
존을 경험하게 만듦으로써 관객의 맥박과 호흡을 완전히 조절, 통제하는

헤르미오네의 석상을 바라보는 레온티즈(3막 5장), 윌리엄 해밀턴(William Hamilton), 1790.

독특한 상황을 연출한다.

> 저런 위엄을 가득 풍기고, 따뜻한 생명력을 느낄 수 있었지.
> 눈은 꼭 움직이는 듯하오.
> 우리가 기교에 속고 있는 걸까.

라고 말한 레온티즈의 대사와,

> 입술에는 정말 따뜻한 생명이 있는 것만 같군.

이라고 말한 폴릭세네스의 대사는 우리가 흔히 보는 무채색의 차가운 대리석상과는 관련이 없어 보인다. 하지만 이 장면에서 헤르미오네는 오래된 성당에서 볼 수 있는 석상들이 자비나 사랑 같은 추상적인 이미지를 구현하고 있듯이, 그들이 느낀 이러한 이미지를 구체화하고 있다.

헤르미오네가 석상의 받침돌에서 감미로운 음악에 맞추어 천천히 내려오면서 아무 말 없이 남편의 팔에 안기는 순간은 표현을 넘어선 감동 그 자체다. 개인적으로는, 이 장면이 진행되는 동안 헤르미오네의 침묵은 (딸에게 은총을 비는 대사를 제외하고) 덕스러움과 존경받을 만한 품성을 드러낼 뿐만 아니라, 시적 아름다움이 최고조에 이른 장면이라 생각된다. 헤르미오네의 불행과 오랜 은둔생활, 경이롭고 초자연적인 역할이 이미 그녀에게 신성하고 빛나는 매력의 옷이 되었기에, 만약 그녀의 입에서 어떤 대사가 흘러나왔다면, 이 상황의 경건함과 심오한 파토스에 치명적인 해가 되었을 것임이 분명하다.

셰익스피어가 창조해낸 인물 중에는 헤르미오네 이상으로 우리의 느낌, 상상력, 연민의 감정을 더 크게 움직이게 만드는 사람들도 있다. 하지만 코델리아를 제외한다면 이만큼 고귀하고 순수한 원칙을 고수한 인물은 없다. 그녀에게서는 완벽한 정신적 고결함을 구성하는 부드러움과 강함의 조합을 찾을 수 있다. 정제된 옛 예술품에서나 발견할 수 있는 이런 느낌은 초탈의 우아함이자 아름다움의 비밀이다. 고대 그리스인들은 영원불멸의 진리와 아름다움을 숭고한 예술적 원칙으로 삼았다고 한다. 바로 헤르미오네라는 인물을 통해 이러한 그리스적 예술미가 셰익스피어라는 천재 극작가와 조우한 것이다. 우리가 옛 예술품의 흔적에서 힘들게 발견해내는 아름다움과 가치를 셰익스피어는 본능적으로, 그리고 직관적으로 헤르

플로리젤과 페르디타, 광대, 양치기들(4막 3장), 프랜시스 휘틀리(Francis Wheatley, 1747~1801).

미오네라는 인물을 통해 형상화했다. 헤르미오네라는 인물의 고요하고 고전적인 아름다움은 그녀가 겪은 고통과 불행의 강도에 의해 더욱 인상적인 것이 되고, 상처받은 그녀의 품성은 딸 페르디타의 목가적이고 낭만적인 사랑에 의해 아름다운 치유의 순간을 맛본다.

《겨울 이야기》에서 폴리너(Paulina)는 특별한 주목을 받지 못하고 별다른 비평의 대상도 되지 않지만, 극의 아름다움과 도덕적 의미를 지탱하는 인물이다. 대조의 원칙이 우주 만물에 내재한 자연의 본질과 같은 개념이라고 생각할 때, 바로 이런 대조의 원칙이 셰익스피어 극에는 너무나도

39

잘 표현되어 있다. 이 원칙에 따라 데스데모나 옆에 에밀리어(Emilia)를 놓을 수 있고, 줄리엣 옆에 유모를, 플로리젤과 페르디타 주위에 광대와 양치기 소녀들과 유쾌한 사기꾼 행상인 오톨리커스(Autolycus)를, 그리고 헤르미오네의 친구로 폴리너를 배치할 수 있다. 폴리너는 여왕의 측근으로서 표면상의 관직은 없지만 안티고네스(Antigones) 경의 아내로 궁에서 어느 정도 권세를 지닌 여인이다. 평범하고 현실적인 그녀는 영리하고 관대하며, 강한 의지와 따뜻한 마음을 지닌 여성으로서 진실을 주장하는 데 거침이 없고, 빠른 사고와 단호함, 신속한 행동력을 보인다. 하지만 조심성이 없고 성급하며, 인내심과 다른 사람의 감정을 배려하는 마음이 부족하고, 성급한 열정으로 오히려 상대방에게 상처를 입힐 수 있는 틈을 보인다. 하지만 폴리너의 직선적인 성격은 비난의 대상은 아니다. 비록 그런 기질의 위험요소가 드러나긴 하지만, 오히려 폴리너라는 현실적인 인물의 이미지를 자연스럽게 형성하는 역할을 한다.

예를 들어, 폴리너가 레온티즈의 화를 잠재우려고 그 앞에 갓난아이를 데리고 등장하는 장면에서, 그녀의 자기 통제력 부족과 거칠고 신중치 못한 비난조의 대사는 레온티즈의 분노를 부채질하는 결과만을 가져온다.

폴리너   아룁니다. 저는 정절하신 왕비 마마로부터 왔습니다.

레온티즈   정절하신 왕비라고!

폴리너   정절하신 왕비 마마입니다, 전하. 정절하신 왕비 마마입니다.
        정절하신 왕비 마마라고 제가 말씀드립니다. 제가 남자라면
        결투를 해서라도 왕비 마마의 정절을 증명하고 싶습니다.

레온티즈   저 여자를 끌어내오.

《겨울 이야기》의 한 장면(4막 4장), 찰스 로버트 레슬리(Charles Robert Leslie, 1794-1859).

폴리너　자기 눈을 함부로 하는 사람이라면 먼저 제게 손을 대십시오.

　　　　돌아갈 때는 제 발로 걸어 나가지요. 그러나 먼저 제가 해야 할 일은

　　　　해야겠습니다. 정절하신 왕비 마마는 (사실 정절하신 분이지요) 공주

　　　　님을 해산하셨지요.

　　　　자, 여기 있습니다. 축복을 받게 해달라는 분부셨습니다.

레온티즈　반역이도다. 누가 이 여인을 끌어내라.

　　　　그 여자에게 이 사생아를 건네주라.

폴리너　그 손은 영원히 저주받을 것이오. 왕께서 억지로 뒤집어씌운

　　　　그런 오명 아래, 공주님을 안는 날이면!

레온티즈   자기 처를 무서워하는군.

폴리너   전하도 왕비님을 무서워하면 좋겠어요. 그렇다면 이 모든 의심을
         던져버리고 전하의 자녀를 전하의 자녀라 하실 텐데.

레온티즈   못할 소리가 없이 입이 거친 여자 같으니. 막 남편을 쥐고 흔들더니
         이제 나를 물려 하는구나. 이 아이는 내 자식이 아니다.

폴리너   전하의 아이입니다. 옛 속담에 비유하자면, 너무 닮아 오히려
         불행입니다.

레온티즈   괴이한 계집. 그리고 여편네 입단속도 못하는 너는 교수형감이다.

안티고네스   여편네 입을 틀어막지 못하는 남편을 죄다 교수형 시키신다면,
           신하는 한 사람도 남지 않게 될 것입니다.

레온티즈   다시 명령한다. 이 여인을 끌어내라.

폴리너   아무리 부도덕하고, 자비롭지 못한 남편도 그리하지는 못합니다.

레온티즈   화형에 처하겠다.

폴리너   상관없습니다. 불을 지른 자는 이단자이고, 불에 타죽은 여인은
         이단이 아닙니다.

여기에서 비록 우리는 그녀의 용기와 애정은 높이 살 수 있지만, 그녀
의 직선적인 태도를 아쉬워하지 않을 수 없다. 폴리너는 현실에서 우리가
흔히 만날 수 있는, 너무 쉽게 동요하고 자기 감정의 통제가 어려운 사람
의 전형이다. 자기 감정에 깊이 빠진 사람은 다른 사람의 감정을 들여다볼
심리적 여유가 없다. 이에 레온티즈는 단도직입적인 폴리너의 말에 이렇
게 대응한다. 이는 가장 선한 의도를 띠고 있다 할지라도 이미 찢어진 마
음에 고통스러운 진실을 강요하는 사람들을 향한 준엄한 경고를 실은 표

현이다.

> **폴리너** 만약 전하께서 온 세상의 여자 한 사람 한 사람과 결혼한다 해도,
> 혹은 모든 여인들로부터 좋은 점만을 떼어내 완벽한 한 사람을
> 만들어봐도, 전하가 죽인 그분과는 비교할 수도 없습니다.
>
> **레온티즈** 나도 그렇게 생각하오. 내가 죽였지! 내가 죽인 여자.
> 사실 내가 죽였지.
> 허나 그렇게 추궁당하면 이 가슴은 찢어지는 것만 같소.
> 그 말은 비록 부인 입에서 나온 것이나, 내가 마음으로
> 생각하는 바와 다름없이 통렬하오.
> 그러니, 말을 좀 아껴주시오.
>
> **클리오미니즈** 부인, 그런 말은 삼가시오. 그보다는 현재를 위해 이익이 되는
> 말과 당신의 마음을 더 잘 드러내 보이는 말을 하는 것이 좋겠소.

레온티즈로 하여금 마음 저변에 살아 있는 헤르미오네에 대한 완벽한 이미지를 기억해내고 그로부터 과거의 불공정함과 과오를 상기하도록 하기 위해 애쓰는 폴리너의 노력을 고려한다면, 지나치게 직선적으로 감정을 내뱉는 폴리너에게 향할 수 있는 곱지 않은 비난의 목소리를 잠재울 수 있다. 또한 완벽한 대조의 원리를 제공하는 헤르미오네와 폴리너가 같은 무대에 등장하지도,[*] 대사를 주고받지도 않는다는 점도 주목할 만하다. 둘의 만남은 두 인물의 성격의 대조가 만들어내는 극적 효과를 필연적으로

---

*마지막 장면에서만 폴리너가 살아 있는 석상인 헤르미오네에게 "내려오세요, 이제 더 이상 돌이 아닙니다." 라고 말하고, 페르디타를 헤르미오네에게 소개하면서 "이쪽으로 오세요, 왕비 마마. 페르디타님을 찾았어요." 라고 말한다.

약화시킬 것이다. 다시 말해 헤르미오네의 차분한 위엄이 폴리너의 격동하는 성격을 잠식하거나, 폴리너의 그런 기질이 헤르미오네의 조용하고 장엄하며 때로는 우울함(melancholy)에서 생겨나는 아름다움의 농도를 희석시킬 수 있다.

Shakespeare's Heroines

2장

꾸미지 않은 진실과 순종의 미덕

《오델로》의 데스데모나

막이 올라 내려오는 순간까지 이 여인의 매력은 조금의 흐트러짐도 없이 요지부동하다. 데스데모나는 소심한 우유부단함과 묵종과 순종으로 일관한 인물이지만 약하지는 않다. 선함과 애정만으로도 충분한 그녀의 힘은 의식적으로 얻으려고 한 것도 아니요 노력에 의한 것도 아니며, 단지 은혜로운 영혼에서 나오는 힘이다.

헤르미오네라는 인물을 이해하기 위해 어느 정도 이성의 판단에 의지해야 한다면, 데스데모나는 분명 감정에 호소하는 캐릭터이다. 장엄한 슬픔을 구성하는 모든 요소가 헤르미오네 주변에 산재된 반면, 가슴 저리는 비참함을 느끼게 하는 요소는 데스데모나에게 집중된다. 오해로 인한 고통을 인내하고 극복하는 헤르미오네는 우리의 존경을 얻어내지만, 자기 방어 능력 없이 상처 입은 데스데모나의 순수함은 우리의 영혼까지 파고들어 '그녀에 대한 연민은 우리를 죽음으로 이끌기 충분하다'고까지 말하게 한다.

완벽한 단순함과 인물 묘사의 통일성이란 측면에서 데스데모나는 미랜더(Miranda)와 비슷하다. 다르게 포장되었지만 인물을 구성하는 요소는 거의 동일하다. 둘 다 겸손함과 부드러움과 우아함을 지니고 계산하지 않는 순수한 사랑을 하고, 신기한 것에 호기심이 많으며, 타인에 대한 연민과 존경의 마음으로 가득 찬 인물이다. 다른 점이라면 미랜더를 둘러싼 환경이 상상과 환상, 마력이 용인되는 세계임에 반해, 데스데모나는 명백하고 냉엄한 현실세계에 갇혀 있다는 사실이다.

오델로에 대한 데스데모나의 사랑은 처음부터 현실적 개연성을 위반하는 데서 비롯된 것처럼 보였기에, 그녀의 아버지는 데스데모나가 마력에 빠졌다고, "젊은 처녀의 마음을 흔들어놓는 마약魔藥이 있다."고 분노한다.

46

아버지의 발아래 무릎 꿇은 데스데모나, 외젠 들라크루아(Eugène Delacroix, 1798-1863).

내 딸이, 천성도 나이도 나라도 명예도 다 무시하고,
보기만 해도 질겁할 인간과 사랑에 빠지다니.

(브라반시오)

이아고(Iago)는 악마가 지닐 법한 악의를 가진 인물이다. 순수한 감정
에서 비롯된 사랑의 감정을 이해할 수 없는 조악한 심성의 그는 그녀의 사
랑 자체에서 그녀에 대한 반감을 이끌어낸다. 나이와 국적, 피부색의 차이
에 근거한 이아고의 주장에도 불구하고, 우리는 그녀의 사랑이 천성으로
부터 자연스럽게, 그리고 필연적으로 일어난 감정이라는 것을 알고 있다.

문제는 바로 그겁니다. 솔직히 말하자면
얼굴빛도 문벌도 같은 자기 나라 남자들의 구혼도 다 거절하지 않았습니까?
누구나 이런 것을 택하는 것이 순리일 텐데요.

(이아고)

극의 시간적 배경은 모험과 탐험의 정신이 유럽 전체를 사로잡던 시
대이다. 동인도제도와 서인도제도가 막 발견되었지만 미지의 지구 절반은
여전히 신비와 불가사의로 가득 찬 공간이었던 시점이다. 약탈과 탐험, 모
험을 위해 위험한 원정과 원거리 항해가 하루가 멀다 하고 이루어졌고, 긴
여정을 마치고 돌아온 모험가들은 "거대한 동굴이며 불모의 사막과 험한
돌산, 동족을 서로 잡아먹는 식인종과 어깨 밑에 목이 달린 미개인 등을
이야기"했다. 롤리*와 클리퍼드** 그리고 그들의 추종자들은 이런 이야기

를 가지고 신세계로부터 고국으로
돌아왔다. 그 시대의 불충분한 지
식으로는 그들의 과장된 이야기를
반박할 근거가 없었기에 신비와
낭만에 대한 열광적인 분위기가
조성되었고, 이런 일은 특히 여성
들 사이에서 흔했다. 그 당시 여성
들의 마음에 가장 호소력 있는 것
은 기사도 정신이 아닌 신비하고
불가사의한 모험으로 가득 찬 이
야기였다. 셰익스피어는 극적 효
과를 위해 당대의 보편적인 관심

오델로의 의심을 부추기는 이아고, 1901.

사를 적절히 이용했다. 가족들의 걱정과 우려를 외면하고 오델로의 이야
기에 심취한 데스데모나는 바로 셰익스피어 시대의 분위기를 그대로 반영
한다. 그녀의 무경험과 호기심에 굶주린 상상력은 오델로의 이야기에 더
많은 신비로움을 더해 보다 매력적인 이야기로 둔갑시켰다. 오델로의 험
난한 삶과 역경은 그녀의 동정심에 쉽게 불을 붙였으며, 그의 용맹스러움
과 장군다운 기상과 기백에 데스데모나의 여성스러움, 순진함, 연약함은
쉽게 굴복하게 된다.

그이의 용맹과 명예에 저의 심신을 바쳤습니다. (데스데모나)

■ Water Raleigh(1554?-1618). 영국의 탐험가. 초기 아메리카 식민 개척자.
■ ■ George Clifford(1558-1605). 영국의 귀족. 스페인 아르마다 함대를 무찌르는 데 큰 공을 세운 인물로 동인도회사
초대 총독 역임.

그들의 사랑이 어떻게 생겨나고 오델로의 구애가 어떻게 이루어지는지 데스데모나가 무대에 등장하지 않은 상황에서 오델로에 의해 말해진 후에 사랑에 대한 변명과 고백이 그녀의 입을 통해 흘러나오는 설정 역시 주목할 만한 극적인 효과이다. 그들의 사랑의 전 과정을 요약하는 마지막 두 줄의 대사 —

그녀는 내가 겪은 고생이 안타까워 나를 사랑하게 되었고
나는 그런 그녀를 사랑하게 된 것입니다.

(오델로)

— 는 사랑의 형이상학과 감정을 모두 포괄한다. 데스데모나는 사랑의 힘의 타성에 의해 일시적으로 역동적인 에너지를 발산하는 캐릭터였지만, 이후 부드러운 성향이 우세해지면서 결국 지나친 부드러움이 인물의 능동성을 마비시키는 결과가 초래된다.

데스데모나의 지나치게 부드럽고 소심한 성향은 이아고의 계략에 악용된다. 이아고는 교묘하게 그녀의 우유부단함이 오델로의 눈에는 유혹을

거부하지 못하는 유약한 마음으
로 비치게 만든다. 반면 인물의
전체적인 모습을 보는 관객인
우리에게는 데스데모나의 이와
같은 지나치게 부드러운 성향이
매우 정제된 표현으로 제시되기
때문에 결코 부정적인 의미로
다가오지 않는다. 그 결과 무대
의 오텔로와 관객 사이에는 좁
힐 수 없는 관점의 차이, 틈이
생긴다. 그녀의 소심함은 한순
간 혼동과 공포를 압도해 스스

데스데모나,
프레더릭 레이턴(Frederick Leighton, 1830~1896).

로에게 치명적인 결과를 가져올 손수건에 대해 얼버무리게 만든다. 친티
오의 원작¨에서 이 손수건은 셰익스피어 시대에 유행하던 평범한 수놓인
손수건이었을 뿐이다. 하지만 셰익스피어는 이 손수건 묘사에 각별한 공
을 들인다. 오텔로는 소심한 데스데모나가 이 손수건을 불가사의한 힘을
가진 주술적인 물건으로 믿게 만든다.

> 오텔로   그 손수건에는 마력이 있지.
> 이백 살이나 먹은 무당이 예언할 때 신이 들려 수를 놓았다지.
> 그 명주실을 내뱉은 것은 신성한 누에고, 그 실은 사계의 도사가 처

¨ 《오텔로》 이야기의 토대를 제공했다고 전해지는 이탈리아의 극작가 친티오(Cinthio)의 극작품 《베니스의 무어인》
*(The Moor in Venice)*을 말한다.

녀의 심장에서 뽑아낸 비약으로 물들인 것이오.

데스데모나 어머! 정말인가요?

오델로 아주 확실한 이야기요. 그러니 조심하시오.

데스데모나 그렇다면, 그 손수건을 보지 말걸 그랬어요.

오델로 뭐라! 왜?

데스데모나 왜 그렇게 격하고 난폭한 말투로 말하세요?

오델로 없어졌나? 잃어버렸나? 말해봐, 어디에다 내버렸어?

데스데모나 이를 어쩌지!

오델로 뭐라?

데스데모나 없어지진 않았어요. 하지만 없어졌으면 어쩌시려고요?

오델로 하!

데스데모나 없어지진 않았다니까요.

오델로 그럼 가져와서 보여주시오.

데스데모나 그야 보여드릴 수 있지만 지금은 아니에요.

무엇이든 쉽게 믿고 경이로운 것에 심취하며, 영향받기 쉬운 상상력을 가진 데스데모나는 처음에는 이런 기질 때문에 오델로에게 사랑과 연민을 느끼더니, 이제는 같은 이야기에 겁을 먹거나 순간적인 핑계를 대게된다. 계산된 행동이나 사고가 전혀 불가능한 그녀는 본능적이고 무의식적으로 여성 특유의 어투를 구사한다. 아버지에게 자신의 사랑을 변호하는 다음의 대사가 그러하다.

데스데모나와 오델로, 이아고, 캐시오(2막 1장), 토머스 스토더드(Thomas Stothard, 1755-1834).

어머니는 아버지를 자신의 친정아버지보다 소중히 생각하셨습니다.

그와 마찬가지로 저는 무어 님을 주인으로 섬기려고 합니다.

캐시오(Casio)의 복직을 간청할 때도 그렇다.

당신이 저에게 청혼하러 오셨을 때도 마이클 캐시오 님을 동행하지 않았나요.

내가 당신 흉을 볼 때도 언제나 당신 편을 들었지요.

그런 사람을 복직시키기가 이리도 힘들다니요. 정말 저 같으면….

나는 풍부한 감수성과 생동감 있는 상상력을 지닌 사람들에게서 이런 식의 어투 —자신을 다른 사람의 입장에 놓으며, 실제적으로 인식하고 확인하기보다는 상상하는 것에 더 익숙한 화법— 를 많이 보아왔다. 우리 여성들은 이런 화법을 본능적으로 지니고 있다. 하지만 이런 화법으로 말하는 남성은 거의 만나본 적이 없다. 이는 인물 성격의 단순함에서 비롯되는 것이며, 본능적인 예리함이나 관찰하는 습관의 결과인 계산 혹은 기교와는 거리가 멀다. 또한 타인의 단점을 빨리 인식한다든지, 자신의 목적에 따라 그 단점을 기다렸다는 듯이 악용하는 재주와는 물과 기름이다. 친정 어머니를 언급하거나 오델로의 동정심에 호소하는 데스데모나에게는 미리 정해놓은 결론을 위한 계획이 전혀 없다.

오델로가 처음으로 그녀가 이해할 수 없는 방식으로 화를 내자, 데스데모나는 그를 감쌀 변명을 찾게 된다. 너무나 순수한 그녀는 자신이 의심을 받으리라는 생각을 하지 못할 뿐 아니라, 다른 사람도 가슴에 죄의 씨앗을 품을 수 있다는 의심을 감히 하지 못한다.

무슨 정치상의 사건 때문일 거야.
베니스에서 무슨 소식이 왔거나, 무슨 음모가
이 키프로스에서 드러나서, 그분의 맑은 기분이 망쳐진 걸 거야.
그런 경우 남자들은 진짜 상대는 큰 사건이면서도 사소한 일에 조바심을 내거든.
손가락이 아프면 다른 멀쩡한 곳도 아픈 것 같이 여겨지듯 말이야.
그리고 남자도 신은 아니니까. 결혼 당시처럼 항상 상냥한 마음씨만
언제까지 보여주리라 기대할 수 없는 일이지.

죄에 대한 직접적인 비난이 험한 말과 함께 자신에게 쏟아졌을 때도

데스데모나와 오델로, 마리아니(G. Mariani), 1832.

그녀는 분노하기보다는 오히려 마비된다. 마치 자신을 향한 비난이 비수가 되어 관통한 듯이 어떤 대응도 변호도 비난도 거부도 하지 않는다.

가서 얘기해보세요. 어째서 역정을 샀는지 도저히 모르겠어요.
무릎을 꿇고 맹세합니다만, 나는 마음속으로나 행동으로나
그분의 사랑을 배반한 일은 절대로 없어요. 그분 외에 다른 사람에게
나의 눈이나 귀나 다른 어떤 감각도 판 적이 없어요.
지금도, 지금까지도, 지금부터 앞으로도, 언제나 그분을 마음속 깊이 사랑해요.
설사 비참하게 버림을 받는다 하더라도 말예요. 만일 내 마음에 거짓됨이 있다면
어떤 봉변을 당해도 좋아요. 냉대는 참을 수 없어요.
그이의 냉정함이 내 삶의 에너지를 앗아가지만, 내 사랑을 오염시킬 수는 없어요.

데스데모나는 사랑의 주술적인 힘을 믿는 종교인 같은, 더 나아가 사랑 그 자체를 종교로 만드는 성격의 소유자이다. 그녀는 자신을 잠식해오는 불신과 오해에 대해 비난과 책망도 하지 않을 뿐 아니라, 자신의 상상력으로 만들어내고 포장한 오델로라는 인물에게 어떤 손상도 입히지 않는다. "그를 만나지 않았어야 했어요!"라고 울부짖는 에밀리어에게 데스데모나는 이렇게 말한다.

나는 그렇게 생각하지 않아. 나는 진심으로 그이가 좋은걸.
그러나 그이가 아무리 쌀쌀하게 대하고, 꾸짖고 화를 내도
그 모습에서도 사랑과 은혜를 느낄 수 있어.

데스데모나의 대사가 현실에 기반을 두지 않는다는 점은 《오델로》라는 극에서 느껴지는 독특한 부분이다. 그녀의 대사는 감정을 여과 없이 전달하는 도구이기는 하지만 사고의 결과물은 아니다. 이는 미랜더에게서도 발견되긴 하지만, 차지하는 비중의 크고 작음을 막론하고 셰익스피어 극의 여주인공 누구에게도, 심지어는 오필리아한테도 해당되지 않는다.

다음은 어느 익명의 비평가가 쓴 데스데모나에 대한 평이다. 매우 아름다울 뿐만 아니라 상당히 정확하고 수려한 인물평이기에 기꺼이 이 책의 일부분을 할애하고자 한다. 그는 《오델로》가 "사랑 이야기가 아니다."라고 말한다. 그는 "비극이라는 장르 아래 사랑이라는 열정에 포함될 수

■ 일반적으로 사랑이야기를 주제로 삼는 장르는 희극이다. 희극의 중심주제인 사랑은 장르가 허용하는 범위와 정도의 한계 안에서 긴장과 갈등요소를 지니고 있다. 그러나 이러한 긴장과 갈등은 또한 희극이란 장르의 허락 아래 봉쇄되고 무시된다. 《오델로》는 비극으로서 희극의 핵심적 감정인 사랑을 다루고 분석하는 과정에서 사랑의 파괴적이고 고립적인 감정에 주목한다. 결과적으로 희극이라는 장르의 보호 아래 봉쇄된 채 존재하는 사랑의 부정적이고 비극적인 요소가 비극이라는 장르에서 철저히 파헤처지면서 새롭게 검증되는 과정을 이 작품을 통해 볼 수 있다.

데스데모나와 하녀, 테오도르 샤세리오 (Théodore Chassériau), 1849.

있는 모든 감정이 단번에 오델로에 의해 사라졌다."라고 말한다. 오델로는 남편으로 등장하기는 하지만 한 번도 연인으로 등장하지 않는다. 그의 사랑 담론은 결혼의 정당성을 주장하는 남편의 말처럼, 또는 험난하고 위험한 군인의 삶을 말하는 병사의 말처럼 위엄으로 무장되어 있다. 그의 사랑은 군인이 지키는 성벽 안의 도시처럼 완벽하게 고요하고 평화롭다. 하지만 지속성은 없다. 일단 사랑의 열정에 휘말리자 모든 질서는 단번에 깨진다. 한 남자가 별 가치도 없는 대상에 완벽한 사랑을 바친다는 것은 비참하리만치 끔찍하고 생각도 하기 싫은 일이지만, 누군가의 계략에 의해 완벽한 사랑이 불신과 파멸로 이끌렸다면, 참으로 애처롭고 가슴 아픈 일이다. 이는 인간의 여리디 여린 선한 마음이 강한 악과 헛되이 힘겨루기를 하는 상황이다. 그의 행복한 사랑이 영웅적인 여유에서 기인했다면, 그의 상처 입은 사랑은 모든 비극의 원동력인 자기 파괴를 잉태한 파멸적 힘인 끔찍한 열정에 기인했다.

이 익명의 비평가는 오델로라는 인물이 셰익스피어의 어떤 주인공보다 영웅적으로 묘사되었다는 점을 지적한다. 그의 지적이고 전투적인 기상, 사랑에 대한 부드러움, 고결한 정신, 솔직하고 관대한 아량, 천둥번개와 같은 고집스러움, 끓어오르는 듯한 맹렬한 열정은 모두 완전히 독창적인 인물을 구성하는 요소가 된다. 이렇기에 오델로라는 인물은 극을 통해 묘사하기 가장 어려운 인물이면서도 완벽하게 묘사된 인물이기도 하다.

에밀리어는 완벽하게 현실을 반영하는 인물이다. 의도적으로 데스데모나와 대조를 이루지는 않지만, 현실에 있음 직한 여인이 가진 속물근성과 느슨한 삶의 원칙과 함께 적극적인 감정 발산이나 어설픈 잔꾀 등을 보임으로써 정제된 섬세함과 도덕적 우아함, 꾸미지 않은 진실과 순종의 미덕을 지닌 데스데모나와 더불어 조각의 양각과 음각이 된다.

이 극의 천재적 위대성에 대해서는 이미 많은 비평과 감상에서 다룬 바 있다. 이아고와 오델로라는 두 인물 중심의 구조라든지, 극의 파국에서

오델로와 데스데모나, 알렉상드르 마리 콜랭(Alexandre-Marie Colin), 1829.

느낄 수 있는 압도적인 비극성에 대해서도 마찬가지다. 내가 여기에서 덧
붙일 것은 바로 데스데모나라는 인물에서 찾을 수 있는 파토스(비애)이다.
막이 올라 내려오는 순간까지 이 여인의 매력은 조금의 흐트러짐도 없이
요지부동하다. 이처럼 극의 처음부터 끝까지 기복 없는 연민과 괴로움을
자아내는 여주인공은 쉽게 찾지 못할 듯싶다. 데스데모나는 소심한 우유
부단함과 묵종과 순종으로 일관한 인물이지만 약하지는 않다. 선함과 애정
만으로도 충분한 힘을 발산한 인물로서, 그 힘은 의식적으로 얻으려고 한
것도 아니요 노력에 의한 것도 아니며, 단지 은혜로운 영혼에서 나오는 힘

이다.

나는 현실의 눈으로 데스데모나를 본다. 지적인 능력의 부재가 전혀 결점으로 느껴지지 않는 여인, 행동력의 부재가 위엄에 전혀 해가 되지 않는 여인, 흔들리지 않는 마음의 평정이 무감정으로 격하되지 않는 여인. 눈부신 순수함 속에는 어떤 죄나 허영의 그림자도 찾아볼 수 없다. 그 어떤 내부의 불협화음도 외부의 생동감에 상처를 낼 수 없다. 외부 현실세계의 분쟁이 내부의 조화의 균형을 깰 수도 없다. 그녀는 인간의 선함이 모든 악을 선으로 바꿀 수 있다는 듯 악의 존재를 영원히 인식하지 못하는 사람이고, 진심으로 순수한 것은 필연적으로 순수해야 한다고 생각하는 사람이다. 데스데모나라는 인물에게는 적은 양의 지적 능력 혹은 행동력의 발산도 극적 효과에 상당한 치명타를 줄 수 있다는 생각이 든다. 그녀는 극 초반부터 최종의 희생 제물로서의 가치를 지닌 제단의 신성한 제물이었다. 모든 조화로움, 우아함, 순수함, 부드러움, 진리만으로 구성된 정화물 말이다.

3장

너그러움과 단호한 결단력의 조화

《심벌린》의 이모젠

우리는 이모젠이란 인물에서 줄리엣의 열정적 낭만성, 헬레나의 진실함과 지조, 이자벨라의 순수한 위엄, 비올라의 감미롭고 부드러운 여성성, 포셔의 지성과 절제의 아름다움이 모두 같은 비율로 너무나 조화롭게 뒤섞여 어느 하나의 자질이 다른 것을 압도하지 않는 모습을 볼 수 있다. 그래서 이모젠은 다른 여주인공들과 개별적으로 닮은 듯하나 사실 그들과 상당한 거리를 유지하는 인물이다.

옛 브리튼의 왕, 심벌린,
조지 도우(George Dawe, 1781-1829).

이제 이모젠을 만나보자. 일반적으로 세익스피어 극에 등장하는 여성들은 극적 차원이나 감성적인 측면에서 매우 두드러지고 현명하며, 강력한 빛을 발하는 인물들이다. 그러나 여성이라는 전제를 벗어나 개별적 인간의 차원에서 볼 때 가장 완벽한 인물은 단연 이모젠이다. 포셔(Portia)와 줄리엣이 각각 지성과 감성을 상징하는 강한 대비색으로 묘사되고, 비올라와 미랜더가 더 없이 영묘한 인물로 뛰어나게 묘사되었지만, 이모젠처럼 다양한 성격적 색조가 한데 어울려 완벽한 조화를 이룬 여성은 없었다. 우리는 그녀에게서 만개한 꽃과 같은 아름다움, 명석한 지성, 젊지만 위엄 있는 온화한 열기, 생기 넘치는 낭만적 사고, 이상적인 우아한 매력을 느낄 수 있다. 《오델로》와 《겨울 이야기》에서는 데스

62

데모나와 헤르미오네를 향한 흥미와 관심이 다른 극적 요소들에 의해 다소 퇴색되는 면이 없지 않다. 그러나 《심벌린》의 이모젠은 빛의 천사로서 극 전체를 압도하고 생명력을 불어넣는 역할을 한다. 그녀는 데스데모나와 헤르미오네보다 한층 섬세하고 복잡하며 보다 완벽하게 형상화되었다. 하지만 이모젠이 극에서 차지하는 위치는 비극적 요소로서 그리 효과적인 것은 아니다.

셰익스피어는 이모젠의 이야기에서 가장 중심이 되는 상황을 보카치오의 《데카메론》(*Decameron*)에서 빌려왔다. 파리의 한 여인숙에 묵은 이탈리아 상인들이 각자의 아내 이야기를 화제로 삼는다. 모든 사람이 여인의 정절에 대해 회의적이거나 경멸적인데 반해, 베르나보(Bernabo)라 불리는 제노바 상인은 자신의 아내는 아름다울 뿐만 아니라 정숙하다고 주장한다. 취중인데다 앰브로지올로(Ambrogiolo)라는 사내의 거친 야유에 화가 난 베르나보는 아내 지네브라(Zinevra)의 완벽함과 훌륭함을 떠벌리기 시작한다. 그는 자기 아내의 사랑스러움, 복종, 신중함은 궁궐의 어느 훈련받은 시종들보다도 완벽하다고 칭찬한다. 뿐만 아니라 그녀는 말을 타고 매도 부리며 글을 읽고 쓸 수도 있고 상인들보다 셈도 잘한다는 것이다. 그러나 베르나보의 아내 자랑은 오히려 사람들의 웃음거리가 되었고, 특히 교묘하게 반박하고 토를 다는 앰브로지올로의 조롱으로 인해 결국 그는 아내의 정숙함에 목숨을 걸게 된다. 이 일로 내기가 성사되고 이야기의 중요한 사건이 촉발된다. 앰브로지올로는 지네브라 역시 다른 여자들과 다를 바 없이 유혹에 쉽게 넘어올 것이라는 데 금화 천 냥을 건다. 그리고 그녀를 유혹해서 부인할 수 없는 확실한 증거를 가져오는 데 석 달이면 충분하다고 큰소리치고 제노바로 떠난다. 그러나 제노바에 도착한 앰브로지

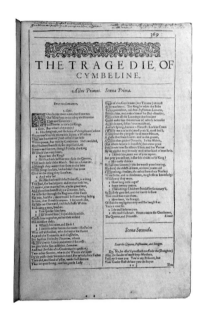

최초로 2절판으로 발행된 《심벌린》의 첫 페이지, 1623.

올로는 지네브라에게는 어떤 수작도 통하지 않는다는 것을 알게 된다. 그리하여 그는 궁여지책으로 비열한 꾀를 하나 생각해낸다. 지네브라의 몸종을 매수하여 그녀의 방에 잠입한 다음, 큰 가방 안에 숨어 이틀 밤을 지내면서 가구 모양이나 배치를 자세히 기록하고 잠옷, 지갑, 속옷 등을 슬쩍 훔쳐냈을 뿐만 아니라, 심지어는 지네브라의 몸에 있는 점들의 위치를 상세히 기록했던 것이다. 파리로 돌아온 그는 베르나보 앞에 이러한 것들을 증거로 제시한다. 베르나보는 앰브로지올로가 아내의 부정의 증거라며 내놓은 것들을 하나하나 부인하다가

몸에 난 다섯 개의 사마귀를 언급하자 심장에 비수가 박힌 듯 얼어붙고 만다. 그는 논쟁을 멈추고 아무 말 없이 내기 돈을 지불하고는, 돈도 잃고 아내의 부정까지 확인한 분노와 절망에 휩싸여 제노바로 돌아간다.

그는 시골집에 은둔한 채 아내 앞으로 자신에게 오라는 편지를 쓴 다음, 편지를 전하는 사람에게 오는 길에 지네브라를 죽이라고 명령한다. 하인은 주인의 명령을 따르려다 지네브라의 자비로움에 감명 받아 다시는 돌아오지 않겠다는 약속을 받고 그녀의 목숨을 살려준다. 주인에게 돌아간 그는 지네브라를 죽여 시신을 늑대의 먹이로 주었다고 거짓으로 고한다. 한편 지네브라는 선원으로 변장하여 레반트로 향하는 배에 몸을 싣고

알렉산드리아에 도착한다. 그녀는 남장을 하고 시쿠라노(Sicurano)라는 사람으로 행세하여 이집트 술탄의 시종이 된다. 신임을 얻게 된 지네브라는 상인들을 보호하는 경비대장으로 임명된다. 그러다가 우연히 앰브로지올로를 만나고 그가 자신의 속옷과 지갑을 가지고 있는 것을 목격한다. 취조 끝에 앰브로지올로는 그것들을 취하게 된 사연을 털어놓고, 그녀는 그를 설득하여 함께 알렉산드리아로 간다. 술탄의 이름으로 남편을 알렉산드리아로 부른 지네브라는 술탄이 있는 자리에서 앰브로지올로가 자백하게 하고, 남편한테는 아내를 살해한 것을 인정하도록 만든다. 그런 다음 모두가 있는 자리에서 변장을 벗고 자신의 정체를 밝힌다. 베르나보는 아내의 청에 따라 용서를 받는다. 하지만 앰브로지올로는 온 몸에 꿀이 발린 채 장대에 매달려 파리 떼와 메뚜기 떼의 공격을 받도록 내버려진다. 술탄의 선물을 받고 부자가 된 지네브라와 억울하게 빼앗긴 돈을 되찾은 베르나보는 제노바로 돌아와 행복하게 오래오래 살게 된다.

이 이야기를 소재로 셰익스피어는 이모젠의 극적 상황을 이끌어냈다. 또한 그는 지네브라의 품성과 자질을 이모젠에게 부여했다. 하지만 이모젠의 본질적 진실함과 아름다움, 이모젠만의 파토스와 달콤한 감성적 색채는 전적으로 셰익스피어라는 극작가의 머리와 펜 끝에서 만들어졌다.

일부 비평가들은 셰익스피어가 보카치오의 이야기를 각색하면서 판단력을 잃었다고 비난한다. 그들은 셰익스피어가 술 취한 상인들과 그들의 아내 신분을 왕자와 공주로 바꾸어버렸고, 대단원의 재미를 완전히 망쳐버렸다고 지적한다. 그러나 이러한 비난에 반박하는 것은 말 낭비라는 생각이 든다. 셰익스피어는 자기 앞에 놓인 이야기 소재들을 넉넉한 상상력과 극작가가 발휘할 수 있는 가장 뛰어난 솜씨로 엮어 무대에 올렸다.

이모젠, 허버트 구스타브 슈말츠(Herbert Gustave Schmalz), 1888.

시대착오적인 요소나 이름, 날짜 등의 혼동은 그리 중요하지 않다. 셰익스피어는 극작가에게 허용된 창작의 특권을 이용하여 이야기의 배경을 보다 멀고 불확실한 과거로 돌리고 놀랍고 영웅적이고 이상적이고 고전적인 부분을 극도의 정제됨과 단순함으로 재포장하여 가장 사랑스러운 낭만적 시극으로 만들어냈다. 이를 두고 슐레겔(Schlegel)은 셰익스피어가 "동시대의 행동양식이 고전적 영웅의 행동이나 심지어 신의 모습과도 조화를 이루게 했다."고 말했다.

　하지만 극의 흐름이 전체적으로 훌륭하고 다양한 인물이 등장하며,

사건이 매우 재미있고 흥미로운 것과 별도로, 극의 최절정의 아름다움과 재미는 바로 이모젠이란 인물에서 비롯된다. 퍼디넌드가 미랜더에게 "살아 있는 모든 것들 중 가장 훌륭한 것으로만 이루어졌다."고 말할 때 그는 연인으로서 이야기하는 것이거나 그녀의 개인적인 매력만을 언급한 것이다. 이와 같은 표현은 이모젠에게도 적용될 수 있다. 미랜더에 대한 묘사가 여성 인물을 원초적인 요소로 분해하면서 이루어진다면, 이모젠에 대한 묘사는 최고의 여성을 구성하는 훌륭한 자질들을 통합함으로써 이루어지기 때문이다.

이모젠은 줄리엣처럼 가장 현란한 복잡함의 한가운데에서 극도의 단순한 인상을 전한다. 그녀를 올바르게 보려면 다른 많은 인물들에게서 독특한 색을 가져와 한데 섞어, 마치 태양광선의 여러 빛깔들이 혼합되어 우리 눈에 보일 때와 같은 효과를 연상하면 된다. 우리는 이모젠이란 인물에서 줄리엣의 열정적 낭만성의 일면, 헬레나의 진실함과 지조의 일면, 이자벨라의 순수한 위엄의 일면, 비올라의 감미롭고 부드러운 여성성의 일면, 포셔의 지성과 절제의 아름다움의 일면이 모두 같은 비율로 너무나 조화롭게 뒤섞여 어느 하나의 자질이 다른 것을 압도하지 않는 모습을 볼 수 있다. 하지만 이모젠은 줄리엣보다는 상상력이 부족하고, 포셔보다는 덜 총명하고 덜 지적이며, 헬레나나 이자벨라보다는 신중함이 떨어지고, 헤르미오네의 위엄에는 근접하지 못한다. 또한 그녀의 순종은 데스데모나의 순종에는 미치지 못한다. 그래서 이모젠은 다른 여주인공들과 개별적으로

■ 《셰익스피어의 여인들 1》을 보면, 저자 안나 제임슨은 줄리엣을 격렬하거나 깊이 침잠하고, 대담하거나 수줍고, 질투하거나 확신하는, 희망적이면서도 절망적인 사랑이란 열정 그 자체로 보았다. 제임슨은 고요한 사랑에서 격렬한 사랑에 이르는 극과 낙을 보여 준 줄리엣의 모습에서 흰색 바탕에 검은색을 칠했을 때 나타나는 색채 대비효과를 읽어냈다. (127-131쪽)

닮은 듯하나 사실 그들과 상당한 거리를 유지한다.

　이모젠이 혼약에 순종하는 것이 이 극의 중심 주제이자 그녀의 압도적인 매력을 드러내 보이는 요소임에는 틀림없다. 하지만 단순히 남편에 대한 지조에 초점을 맞추고 그녀를 보는 것은 옳지 않다. 우리가 이모젠이란 인물의 본질을 파악하고자 한다면, 포스츄머스와 결혼하기 전에 이미 그녀를 알고 사랑한 것처럼 기꺼이 느껴야 한다. 결혼에 대한 지조는, 잘된 밑그림에 덧칠한 색조처럼 그녀의 매력을 배가하는 역할만을 한다. 포스츄머스가 이모젠의 상대역으로 가치가 없어 보이는 것은 아니다. 단지 극에서 그의 위치가 다른 인물들처럼 그녀에게 종속되어 있을 뿐이다. 이극은 이모젠이 주인공이고 중심이기에 다른 접근이 있을 수 없다. 이모젠이 사랑하는 상대이기에, 그녀의 사랑을 정당화하기 위해 포스츄머스를 고귀한 인물로 만든 것이다. 결국 처음부터 우리는 이미 이모젠의 눈으로 그를 바라볼 준비가 되어 있다.

> (포스츄머스는) 궁정에 상주하면서 ― 이건 아주 예외적인 일인데 ―
> 칭찬이 자자하고, 더할 나위 없이 귀여움을 받으며,
> 젊은이에게는 귀감이 되고 중년층에는 예절의 거울이 되며,
> 노인들에게는 노인의 망령을 바라보는 자식 역이 되었지.
>
> (귀족1)

　그리고 이러한 그의 자질은 이모젠의 사랑으로 인해 더욱 차별화된다. 남편에 대한 그녀의 사랑은 로미오에 대한 줄리엣의 사랑만큼이나 깊지만, 후자와 같은 물불 가리지 않는 열정과는 다르다. 그녀가 포스츄머스

포스츄머스와 이모젠, 이디스 네스빗(Edith Nesbit, 1858-1924).

에게 느끼는 사랑은 열광적인 열정으로 고조되고 의무감으로 신성화되어, 일상의 감정으로서 그녀의 마음속에서 작용한다. 그녀는 자신의 사랑을 열정적으로 방어하고 정당화하지만 동시에 차분하게 아내로서의 위엄을 유지하고자 한다.

심벌린 너는 거지를 남편으로 택하고, 천한 피로 내 왕좌를 더럽히려는 게로구나.
이모젠 아닙니다. 저는 그 왕위에 빛을 더해준 겁니다.
심벌린 에잇, 비열한 것.

69

이모젠 아버님, 제가 포스츄머스 님을 사모하게 된 것은 아버님 때문입니다.
아버님은 그이와 저를 어릴 때부터 함께 놀게 하셨습니다.
그이는 어떤 여성에게도 과분한 분입니다.
그이는 저 때문에 너무나 과중한 대가를 치르셨어요.

인물의 성격과 느낌의 차이를 비교해보려면 이모젠과 포스츄머스의 이별 장면과 줄리엣과 로미오의 이별 장면, 그리고 트로일러스와 크레시다의 이별 장면을 살펴보라. 깊은 감정이 살아 있으면서도 묵종하는 이모젠의 슬픔과 줄리엣의 절망적인 고뇌, 크레시다의 안달하는 슬픔을 비교해보라. 다음은 포스츄머스가 추방당하게 되어 아내에게 마지막 작별인사를 하는 장면이다.

이모젠 사랑하는 당신, 아버지의 역정이 조금은 두려워요. 하지만
아버지의 역정으로 제가 봉변을 당하는 것은 조금도 두렵지 않아요.
당신은 이제 떠나셔야 하는군요. 저는 여기에 남아 시간마다 분노의
눈총을 받아가며 지내고 있을 거예요. 그리고 언젠가는 세상의
보배를 다시 보게 될 날이 올 것만 낙으로 삼고 살아가겠어요.
포스츄머스 나의 여왕! 나의 아내! 아, 공주, 울지 마시오. 나까지 울음을
쏟아내어 대장부답지 못하다는 말을 들어서는 안 되니.
나는 그 누구도 따를 수 없을 정도로 충실한 남편으로서 반드시
약속을 지키겠소. 목숨이 붙어 있는 한 이별을 아쉬워한들
괴로움만 더할 뿐이오. 그럼 안녕히!
이모젠 안 돼요, 잠깐만 더 계세요. 잠깐 산책하러 나간다 해도 이렇게는

헤어지지 않을 거예요. 자, 이것. 이 다이아몬드는
어머니 것이었어요. 이걸 받아주세요. 이 이모젠이 죽은 후
다른 부인을 맞이하기 전까지 꼭 지니고 계셔야 해요.

이모젠은 자신이 죽은 뒤에 남편이 다른 여자에게 구애하는 것을 심각하게 받아들이지 않는다. 또한 포스츄머스가 떠난 후에 유려한 탄식을 읊어대지도 않는다. 단지 조용하고 망연자실한 슬픔의 감정이 간결한 힘을 띤 대사로 피력될 뿐이다.

이모젠 아, 죽음의 고통도 이리 심하진 않을 거야.
심벌린 이 불효막심한 것, 이 애비를 젊게 해줘야 할 처지에
　　　오히려 늙게 만들다니.
이모젠 아버님, 몸에 해로우니 너무 역정 내지 마세요.
　　　저는 아버님의 역정에 무감각합니다.
　　　저는 어떤 고통이나 불안도 이겨낼 수 있는 희귀한 감각을
　　　가지고 있으니까요.
심벌린 효심도 없고 아비도 알아보지 못한단 말이냐?
이모젠 희망은 가고 절망뿐이죠. 이런 식이라면 아무런 의미도 없지요.

같은 상황에서 줄리엣의 반응은 사뭇 다르다. 줄리엣의 충동적이고 흥분된 감정은 격한 감정의 동요로 이어지고 그녀의 슬픔에 보다 강렬한 열정과 시적인 색채를 더한다.

줄리엣 그렇게 떠나버리시나요? 날마다 시간 시간 꼭 편지 주셔야 해요.

1분이 며칠처럼 느껴질 거예요. 어머나, 그렇게 시간을 계산하다간

다음에 만날 때는 난 무척 나이를 먹어 있겠네요.

로미오 안녕, 그대여. 시간 날 때마다 꼭 연락하겠소.

줄리엣 우리가 다시 만날 수 있을까?

로미오 그야 만날 수 있지. 지금의 슬픔은 다음에 만나면 죄다 달콤한

이야깃거리가 될 거요.

줄리엣 아, 왜 이리 마음이 불안하지. 그렇게 아래 계신 당신이

무덤 속 시체 같이 보여요.

제 시력이 약해서인지, 당신 얼굴이 창백해서인지.

우리는 크레시다의 쏟아내버리는 듯한 실망의 표현에는 쉽게 연민의 감정을 느끼지 못한다. 버릇없는 아이가 설탕 껌을 잃어버렸을 때의 반응과 다를 바 없는 감정을 표출하는 크레시다는 여성적인 열정이나 연약함, 시적인 색채가 결여된 채 단지 허영과 변덕, 무정함, "물처럼 안정되지 않은" 변덕스러운 기질의 소유자로 남는다.

크레시다 제가 트로이를 떠나야 한다는 것이 사실이에요?

트로일러스 증오스럽지만 사실이오.

크레시다 그렇담, 트로일러스를 떠나야 하는 것도?

트로일러스 그렇소. 트로이와도 트로일러스와도.

크레시다 이럴 수가 있나요?

트로일러스 갑작스러운 일이라서.

크레시다   그럼, 저는 기어코 그리스 쪽으로 가야 하는 건가요?

트로일러스   부득이한 일이오.

크레시다   슬픔에 잠긴 크레시다가 기쁨에 들뜬 그리스 바람둥이에게 가야

한다니! 우린 언제 다시 만날 수 있죠?

트로일러스   들어보오, 당신 마음만 변하지 않는다면….

크레시다   제 마음이 변해요? 어머, 그리 심한 말씀을. 너무 하세요.

트로일러스   그렇게 화만 내지 말고 나와 같이 지금 상황을 이야기해봅시다.

소중한 작별이니까. '당신의 마음만 변하지 않는다면' 하고 내가

말한 것은 당신의 마음을 의심해서가 아니오. 당신의 마음속엔

한 점의 오점도 없소. 그것을 증명하기 위해서라면,

죽음과도 맞서 결투를 할 각오가 되어 있소.

'당신의 마음만 변하지 않는다면' 이라고 말한 이유는 나의

약속의 말을 계속하고 싶어서였소. 당신의 마음만 변하지 않는다면

내 당신을 만나러 가겠소.

크레시다   또 '마음만 변치 말라' 고요! 아! 당신은 저를 사랑하지 않으시군요.

트로일러스   만약 그렇다면 나는 죽어 마땅한 대악당이오. 당신의 마음을

의심하는 게 아니라 내 자신의 가치를 문제 삼고 있는 거요.

하지만 유혹에 흔들려서는 안 되오.

크레시다   제가 유혹당할 거 같아요?

남편을 만나러 가고 싶은 이모젠의 열망은 아내로서 진정한 애정에서 우러나오는 감정의 표현이다. 비록 로미오의 소식을 가져올 유모의 늦장에 조급해져서 "사랑의 수레는 날개가 가벼운 비둘기가 끌고, 큐피드는 바

73

람처럼 재빠른 날개가 있기 마련인데" 늙은 유모에게 심부름을 시킨 자신의 잘못을 책망하면서 "태양이라는 말에 채찍을 가해 어서 지도록 하고 싶다."는 줄리엣의 대사처럼 열정적이고 화려하며 거창한 수식어가 붙어 있지는 않아도 말이다.

> **이모젠** 아, 날개 돋친 말이 없을까? 피자니오야, 들었지?
> 그분은 밀퍼드 헤이븐에 와 계시단다.
> 읽어보아라. 그곳은 얼마나 먼 곳일까? 시시한 일로 걸어서
> 일주일 걸릴 곳이라면, 내가 달려간다면 하루 만에 갈 수 있잖아?
> 피자니오야, 너도 나만큼 주인님을 만나 뵙고 싶겠지? 나만큼 말이지.
> 아니지, 그럴 리 없지, 나보다 훨씬 못하겠지. 같을 리 없지,
> 나는 훨씬 더하거든.
> 자, 어서 대답해봐라. 연인들의 상담역은 귀를 먹을 만큼 이야기를
> 되풀이해야 하는 법이지. 그 복 받은 밀퍼드까지는 얼마나 될까?
> 웨일스에 대체 어떻게 그리 행복한 항구가 있는 것일까?
> 하지만 무엇보다도 어떻게 이곳을 남몰래 빠져나가야 한담?
> 그리고 돌아올 때까지의 공백을 뭐라고 둘러대야 좋을까?
> 구실 같은 건 빠져나간 다음에 생각해보자.
> 그 문제는 다음에 더 논의하자. 그런데 말은 한 시간에 몇 십 마일쯤
> 달릴 수 있지?
> **피자니오** 아씨라면 해가 떠서 질 때까지 이십 마일 달리기에도 빠듯하겠지요.
> 아니, 그것도 너무 벅찰 겁니다.
> **이모젠** 어머, 형장으로 말을 몰고 가는 사형수도 그렇게 더디 가지는 않을 거야.

남편을 향한 이모젠의 감정의 깊이와 솔직함과 우아함이 돋보이는 다음의 두세 구절은 주의 깊게 살펴볼 만하다.

이모젠 네가 항구에 뿌리 내리고 정박해 있는 배 한 척 한 척

모든 배를 샅샅이 알아봤겠더라면 좋았을 것을.

그이가 편지 보내신 걸 내가 받지 못했다면, 일껏 내려준 하나님의

은혜를 놓치고 마는 셈이지. 맨 나중엔 뭐라 하셨지?

피자니오 '나의 여왕, 나의 여왕!' 이라고 하셨습니다.

이모젠 그리고 손수건을 흔들어 보이시든?

피자니오 그리고 그 손수건에 키스하셨습지요.

이모젠 아 감각도 없는 면 조각이 나보다도 행복했겠구나. 그것뿐이더냐?

피자니오 아닙니다. 주인님은 눈이나 귀로 이쪽을 분간하시는 동안에는

갑판에 서서, 장갑이니 모자니 손수건 등을 줄곧 흔들고 계셨습니다.

그래서 배는 쏜살같이 달아났지만, 주인님의 영혼은 차마 떠나지

못하고 있음이 마음의 동요에서 잘 나타나 보이는 것만 같았습니다.

이모젠 까마귀만큼 작게 보일 때까지 지켜보지 않고서.

피자니오 그렇게 지켜봤지요.

이모젠 나 같으면 이 눈의 신경이 끊어지고 말 때까지 지켜보고 있었을 거야.

그렇지, 그렇게 지켜보지 못할 바엔 차라리 끊어버리고 마는 편이

낫지 뭐야.

그리고 멀어져 바늘 끝만큼 작아질 때까지 지켜보고,

모기보다도 더 작아져 공기 속에 녹아버릴 때까지 전송했을 거야.

그러곤 돌아서서 울었을 거야.

75

이 작은 사건은 절제된 감정의 단순함이 느껴지지만 남편을 향한 아내의 사랑과 배려를 강하게 느낄 수 있는 부분이다. 그녀가 팔찌를 잃어버렸을 때를 한번 보자. 이 잃어버린 팔찌가 그녀에게 매우 불리한 증거가 되리라는 것을 우리가 알고 있기 때문에 그녀의 단순하고 꾸밈없는 감정 표현은 보다 극적인 효과를 띠게 된다.

영문도 모르게 없어진 내 팔찌를 찾아보도록 해라. 그건 원래 네 주인님의 물건이다. 유럽의 어떤 왕국의 국고 수입과 바꾼다 해도 잃어버리면 안 되는 물건이다. 오늘 아침까지만 해도 있었던 것 같은데. 간밤에는 분명히 내 팔에 끼워져 있었지. 내가 키스까지 했단다. 그 일을 고해바치려고 도망치지는 않았을 텐데.

포스츄머스가 아내의 지조에 반지를 걸고 야키모에게 아내를 유혹하는 것을 허락하는 장면은 보카치오의 이야기에서 가져온 내용이다. 이런 치졸하고 어리석은 행동은 합당한 비난을 받아왔다. 하지만 포스츄머스에게 변명거리가 필요하다고 생각한 셰익스피어는 그와 야키모의 다툼 장면을 교묘히 끼워 넣는다. 야키모의 덫에 점점 더 걸려 들어가는 포스츄머스의 반응과 행동은 원작보다 큰 개연성과 변명의 여지를 갖게 한다. 결국 그는 내기를 거는 입장이 아닌 내기의 대상이 된다.

야키모 나는 세상의 어떤 여자도 문제없이 유혹해낼 수 있습니다.
포스츄머스 그렇게 지나친 자신감을 갖는 것은 큰 잘못이지요.
　　　　어차피 자업자득의 대가를 안게 되겠지요.
야키모 왜요?

이모젠의 소지품을 훔치는 야키모(2막 2장),
〈하퍼스 먼슬리 매거진〉(*Harper's Monthly Magazine*), 1909년 4월.

포스츄머스 거절당할 것이 뻔하니까요. 그런 수작은 천벌을 받아 마땅하지요.

팔라리오 두 분 다 이제 그만들 두시오. 느닷없이 엉뚱한 얘기로 번졌군요.

　　　　 시작이나 마찬가지로 느닷없이 끝맺기로 하시죠.

　　　　 그리고 앞으로 아무쪼록 친밀하게 지내주시기 바랍니다.

야키모 내가 한 말을 실증해 보이기 위해 내 재산뿐만 아니라

　　　　 이웃 사람의 재산까지 걸어도 좋습니다.

포스츄머스 습격하시겠다는 상대는 어느 부인이신데요?

야키모 상대는 정숙하다고 믿는 당신의 부인입니다.

　이모젠과 야키모가 만났을 때도 야키모는 포스츄머스의 방탕한 생활을 직접적으로 비난하면서 그녀의 절개를 시험하려 하지는 않는다. 마치 이아고가 오델로를 광기로 유도하듯이 넌지시 던지는 암시와 불명확한 말

을 통해 남편이 그녀의 사랑과 믿음을 저버리고 다른 여자와 놀아났다고 은근히 전하는 것이다. 이 장면에서 이모젠의 입에서 나오는 대사는 짧은 질문과 훨씬 더 간단한 대답뿐이다. 고통을 애써 감추려는 이모젠의 자존심과 절제는 표현을 넘어선 아름다움을 느끼게 한다. 야키모가 그녀에게서 이끌어낸 최고의 비난은 "혹시 제 남편이 조국을 잊은 건 아니겠지요?"와 "이제 그만 말씀하세요."라는 대답이다. 야키모가 복수를 종용하는 부분에서는 "어떻게 복수하라는 겁니까?"라는 짧은 대꾸뿐이다. 그녀의 복수를 위해 자신의 목숨까지 바치겠다는 야키모의 말을 듣고 그의 사심邪心을 눈치 챈 이모젠은 심한 모욕을 당한 왕녀와 같은 권위와 위엄으로 분노를 드러낸다.

물러가오! 지금까지 잠자코 듣고 있던 이 귀가 원망스럽소.
당신이 정직한 인간이라면 여자의 미덕을 위해서만 그런 말을 할 수 있을 터인데,
그런 야비한 목적을 위해서라니 기괴하기 짝이 없소.
당신은 체면이라곤 손톱만큼도 없으면서 멀쩡한 신사를 중상하고
더구나 숙녀에게 이렇게 음탕한 수작을 걸어오고 있으니,
나는 당신을 악마처럼 경멸하오.

이후 중상모략과 헛된 수작을 일삼는 야키모의 사악한 마음을 너무도 쉽게 용서해주는 그녀의 모습을 놓고 어떤 사람들은 셰익스피어가 이모젠의 미덕의 가치를 지나치게 드러내느라 악에 대해 적절한 반감을 표현하지 못했다는 비난을 하기도 한다. 맞는 말이긴 하지만, 이모젠의 즉각적이고 준비된 관용의 마음과 그것을 곧바로 악용하는 야키모라는 인물의 극

78

명한 대조가 오히려 이모젠의 덕스러움과 순수함을 두드러지게 한다는 점
을 놓치면 안 된다. 야키모는 포스츄머스에 대해 열광적인 찬사를 쏟아내
고, 그를 너무 존경한 나머지 그녀를 시험해본 것이라고 말한다. 그러자
이모젠은 바로 수긍한다. 하지만 그 장면이 끝날 때까지 이모젠은 위엄 있
는 절제와 표현의 간결함과 절도를 유지한다.

우리는 여기서 이모젠이란 인물이 데스데모나와 헤르미오네와 얼마
나 아름답게 차별화되는지 살펴볼 필요가 있다. 이모젠은 남편의 잔인한
의심을 알게 되었을 때, 데스데모나처럼 저항 없이 순종하는 모습도 헤르
미오네처럼 단호하고 절제된 위엄도 보이지 않는다. 남편의 모욕적인 의
심의 편지를 읽는 장면에서도 그녀의 직접적인 반응은 하인 피자니오의
반응으로 대치된다.

내가 구태여 칼을 빼들 필요가 있겠나?
아씨는 저 편지에 벌써 목이 찔리지 않았나!
칼보다 더 예리한 날이 바로 비방이구나.

(피자니오)

그녀의 첫 번째 탄식에서 우리가 느낄 수 있는 것은 무엇보다도 분개
하는 영혼의 섬광이다. 이는 데스데모나와 헤르미오네에게서는 찾을 수
없는 것이다.

내가 불의를 행했다고? 불의란 무엇이더냐?
밤새도록 자지 않고 남편만을 생각하는 것이 불의더냐,

79

시간마다 우는 것이? 어쩌다 잠들면
남편 신변에 무서운 일이 벌어지는 꿈을 꾸다가 소스라치게 놀라
잠에서 깨어나는 것이 불의더냐?

남편의 거짓과 부정에 대한 애처로운 탄식이 이어지고, "아름다워 보였던 모든 것들은 단지 나쁜 짓을 하기 위한 가면이었구나!" 하는 자괴감에 그녀는 체념하고 완전한 묵종의 길을 따르려고 한다. 보카치오의 이야기에서 지네브라는 자기를 죽이라는 명령을 받은 하인에게 다음과 같이 자비를 구함으로써 목숨을 부지한다.

이봐요! 제발 저를 불쌍히 여기소서.
다른 사람을 즐겁게 하기 위해
당신에게 아무런 해를 끼치지 않은 사람의 살인자가 되지는 마소서.
전지전능하신 신은 내가 남편의 손에서 어떤 대가를 받을 만한 일을
저지르지 않았다는 것을 알고 계십니다.

하지만 셰익스피어의 이모젠은 이렇게 말한다.

자, 피자니오. 너는 정직한 사람이 되어
네 주인님의 명령을 따르려무나. 그리고
요다음에 주인님을 뵙거든 내가 얼마나 순종했는지
증언을 해주려무나. 봐라, 내 손으로 칼을 빼겠다.
자, 나의 순결한 사랑의 거처인 이 가슴을 찔러다오.

망설일 것 없다. 이 가슴속에는 슬픔만이 고여 있을 뿐이다.

예전에는 네 주인님이 이 가슴속의 보물이었으나

지금은 텅 비었다. 자 명령받은 대로 나를 찔러라.

극 전반에 걸쳐 드러나는 이모젠에 대한 피자니오의 헌신적인 애정과 존경은 간접적으로 다른 등장인물들에게 독특한 극적 의미를 만들어내는데, 셰익스피어는 극적 효과를 위해 이를 잘 이용한다. 클로턴(Cloten)이란 인물은 한마디로 역겨운 사람이다. 하지만 이모젠과 대조되는 클로턴의 극적 적합성을 간과해서는 안 된다. 그는 이모젠과는 전혀 어울리지 않는 속물이며, 어리석기로는 슬렌더 경(Sir Slender)과 앤드루 에이규치크 (Andrew Aguecheek)*에 버금간다. 하지만 클로턴의 어리석음은 우스꽝스러울 뿐만 아니라 밉살맞다. 그의 어리석음은 이해력 부족과 맞먹을 정도의 감성 결핍에서 기인한다. 그것은 지능의 문제라기보다는 감정의 뒤틀림의 반영이고, 때때로 번득이는 감각을 보이기는 하지만 전혀 감정의 손질을 받지 않는다. 그를 두고 이모젠은 "바보가 달라붙어 공갈하고 화나게 했다"라는 표현을 쓴다. 어리석음과 악한 심성의 복합체인 클로턴 말고는 어느 누구도 이모젠에게 공포와 경멸과 혐오라는 감정의 뒤섞임을 드러나게 하지 못한다. 어리석고 고집스러운 악의의 소유자인 클로턴과 사악한 왕비, 그리고 결혼을 반대하는 잔인한 아버지는 이모젠이 허락 없이 비밀 결혼을 하고 왕궁에서 도망친 행동에 적절한 변명거리를 제공한다. 또한 그들의 존재는 이모젠의 독특하고 아름다운 성격, 다시 말해 섬세함과 온순함과 잘 조화를 이룬 결단력과 단호함을 두드러지게 하는 계기가 된다.

■ 슬렌더 경은 《윈저의 명랑한 아낙네들》에 등장하고, 앤드루 에이규치크는 《십이야》에 나오는 희극적 인물이다.

인정할 수 없는 구혼자인 클로턴과 만나는 장면에서 이모젠은 그에 대한 경멸을 여과 없이 단호하게 피력한다.

이렇게 숙녀가 체면도 차리지 않고 수다를 떨어서 참으로 안됐지만,
이 점은 명심해주시기 바랍니다.
나는 맹세코 당신을 좋아하지 않는다고 공언합니다.
뿐만 아니라 박애 정신을 잊은 듯하여 미안하지만 미운 생각이 들 뿐입니다.
이런 건 내가 입 밖에 내지 않아도 당신이 눈치로 알아줬으면 좋겠습니다.

이어 그가 추방당한 포스츄머스에게 악담을 퍼붓자, 그녀의 분노는 경멸을 넘어 증오의 칼날이 되어 그녀의 마음의 칼집에 놓이게 된다.

클로턴 당신은 그 미천한 사람과 부부가 되기로 약속했다고 하지만,
        그 사람은 동냥으로 자라나고 먹다 남은 음식으로 살아온 사람이니,
        그런 약속은 효력이 없는 거지요.
이모젠 어머나, 못하는 소리가 없군요. 당신이 주피터의 아들이라 해도
        지금의 신분 이외에 장점이 없는 한, 내 남편의 마부도 될 자격이 없어요.
        당신은 타고난 역량으로 말하면, 그이의 왕국의 망나니의 조수가 된다
        하더라도, 남의 미움을 살 만큼 너무나 과분하고 파격적인 출세를 한
        셈이 되는 거예요.

한 가지 더 주목할 사항은 극의 처음부터 끝까지 이모젠이 보여주는 품성의 일관성이다. 우리는 처음부터 그녀가 지위와 외적 매력을 넘어서

82

는 온순함과 헌신하는 마
음을 가지고 있음을 알고
있다. 어쨌든 그녀는 공
주이며, 극이 진행되는
과정에서 눈으로 확인할
수 있는 정제된 우아함과
지위에 걸맞은 태도를 성
공적으로 보여준다. 야키
모가 그녀의 잠자는 모습
을 보면서 하는 독백을
들어보자.

남자 옷을 입은 이모젠,
리처드 웨스트올(Richard Westall), 1802.

오 비너스여, 그대의 침대에 걸맞은 요염함! 백합의 싱싱함! 홑이불보다도
하얗구나. 이 방이 이리 향기로운 것은 저 입김 탓이구나.
촛불마저 그대 쪽으로 너울거리며 눈두덩이 밑을 들여다보고 싶어하는구나.
흰 바탕에 하늘색 무늬가 있는 저 창문 아래 닫혀 있는 빛을 보고자 하는구나.

　남장을 한 뒤에도 이모젠의 세련됨, 겸손함, 소심함 등의 여성성은 비
올라와 비견될 만큼의 완벽한 일관성과 꾸미지 않은 우아함으로 드러난
다. 우리는 귀더리우스(Guiderius)가 "잘 차려낸 요리"를 한 이모젠에게 보
내는 찬사에 주목해야 한다.

야채 뿌리를 글자 모양대로 썰어내고,

맛있게 찌개 간을 맞추는 것을 보니

병든 주노 여신에게 식사를 준비하는 솜씨 같더군.

그 옛날 공주가 받는 교육에는 요리가 포함되어 있었다고 한다. 이모젠의 대사에도 이러한 왕족의 위엄과 우아함을 반영하는 부분이 있다. 이모젠의 대사는 재치나 지혜 혹은 이성보다는 감각, 진실, 온화한 감성 등을 더 담고 있다. 다음에 인용된 이모젠의 대사는 우리에게 줄리엣의 감성을 상기시킨다.

마력적인 힘을 가진 말에 키스하기 전, 그리고 키스하고 난 후에

이별의 키스를 하고 싶었지. 하지만 그때 마침

아버님이 나타나서서 냉혹한 북풍 같이

갓 피어난 사랑의 꽃봉오리를 흩날려버리고 말았지.

그녀가 남편에게서 온 편지를 펼쳐볼 때의 탄성은 헬레나ˇ의 심오하고 사려 깊은 온화함을 상기시킨다.

내가 그이의 필체를 아는 만큼 천체를 진정으로 잘 아는 천문학자가 있다면

그는 미래를 내다볼 능력도 있을 거야.

다음 대사는 이자벨라ˇˇ의 모습 이상을 담고 있다.

동굴 속의 이모젠, 토머스 그레이엄(Thomas Graham), 1874.

엉뚱한 욕망이 사람을 더 비참하게 만들지.

설사 미천하더라도 분수에 맞는 의지가 있다면,

거기엔 스스로 만족이 있으련만.

네가 나를 죽이지 않는다면 너는 네 주인을 배신하게 된다.

자살은 신이 금한 것이기에 연약한 여자의 손으로는 어쩔 수가 없구나.

어리석은 사람들이 사이비 교주를 믿는 것도 이런 식이겠지.

배신당한 사람이 배신을 누구보다 절감하겠지만,

배신자는 더 비참한 상태에 놓이게 된다.

■ 헬레나(Helena), 《끝이 좋으면 다 좋아》의 여주인공.
■ ■ 이자벨라(Isabella), 《자에는 자로》의 여주인공.

그야 남자와 남자 사이라면 형제간이겠지요.

하지만 흙과 흙 사이에도 질적인 차이가 있어

먼지가 되기 전에는 똑같을 수가 없는걸요.

고난을 시련이나 벌이라 여기는 가난뱅이조차도 거짓말을 하는 걸까?

하긴 이상할 건 없지. 부자도 좀처럼 사실대로 말하지 않으니.

부자가 거짓말을 하는 것은 가난한 자가 하는 것보다 더 죄가 되지.

허위는 거지의 경우보다 왕의 경우가 더 나쁘지.

다음 대사는 사고와 표현법에서 포셔의 모습 그 이상을 담아내고 있다는 생각이 든다.

태양이 이 브리튼만 비추고 있다더냐?

낮과 밤은 이 브리튼에만 있다더냐?

이 브리튼은 대세계라는 한권의 책의 일부처럼 보이지만,

실은 찢겨나간 책장 같이 그 속에는 들어 있지도 않다.

그것은 큰 못의 백조 둥지 격밖에 안 된다. 이것 봐라.

브리튼 밖에도 사람이 살지 않더냐.

이 극은 특히 결말에 대해 호평을 받아왔다. 극의 결말은 흥미로운 여러 사건의 실타래가 마침내 하나로 묶이면서 이모젠의 운명과 잘 엮였다는 평을 받는다. 결말은 이모젠이 극의 진행 과정에서 보여준 성격을 그대로 잘 유지하면서 한편으로는 그녀의 덕성을 더욱 두드러지게 하는 구실

86

을 한다. "당신은 왜 정숙한 아내를 버리셨나요?"라며 남편이 용서를 구하기도 전에 품에 뛰어들어 기꺼이 용서하는 관대함과, 두 오빠를 찾음으로써 왕국의 왕좌를 잃게 된 이모젠의 처지를 안타깝게 여기는 아버지에게 "아닙니다, 아버지. 저는 이것으로 두 세계를 얻었습니다."라고 말하는 그녀의 너그러움은 지금까지 보여준 덕스러움을 한층 돋보이게 하면서 극의 마지막에 더없는 운치를 가미한다. 한마디로 이모젠은 어느 정도의 열정과 지성, 감성을 지닌 선善과 진실, 애정의 사랑스러운 복합체이다. 그녀는 이모젠이란 인물이 없으면 혹여 부족했을 수도 있는 힘과 풍부함을 극에 고스란히 전달하는 역할을 충실히 그리고 완벽히 해냈다. 이모젠은 "그녀의 존재는 낙원이고, 그녀의 영혼은 그것을 지키는 천사"라는 드라이든의 말을 확인시키는 바로 그런 인물이다.

■ John Dryden(1631-1700). 영국의 시인이자 극작가, 비평가. 사상과 창작 양면에서 다양한 시도를 통해 영국 고전주의 문학의 이론을 확립하였다. '영국 문학비평의 아버지'라 불린다.

Shakespeare's Heroines

4장

여성성으로 승화된 사랑과 절제심

《리어 왕》의 코델리아

코델리아는 이탈리아 화폭 속에 표현된 성녀 마돈나의 모습을 상기시킨다. 그 성녀 마돈나가 모성적 부드러움과 애환과 연관되어 우리의 연민을 자극하듯이, 코델리아는 효심, 실수, 고통, 그리고 눈물과 같은 지상의 감성들과 연관된 천상의 이미지를 고수한다.

감옥에서 아버지 리어 왕을 위로하는 코델리아, 조지 윌리엄 조이(George William Joy), 1886.

코델리아는 말로 표현할 수 없는 신성함과, 눈물로 답할 수 없는 깊이를 지닌 여인이다. 그녀의 마음속에는 깊이를 잴 수 없는 완벽한 사랑의 우물이 있는데, 그 안의 물은 넘쳐나는 법도 모자라는 법도 없다. 그녀가 지닌 모든 것은 우리의 시야를 넘어서 있는 것처럼 보이고, 인식보다는 느낌으로 영향을 미친다. 그녀에게는 상상력으로 쉽게 포착할 수 있는 현저하게 두드러진 점도 없다. 코델리아는 다른 여주인공들처럼 지성이라든지 열정, 상상력과 같은 요소로 접근하기 어려운 인물이다. 만약 《리어 왕》이 셰익스피어의 가장 웅대한 작품이라고 한다면, 코델리아는 가장 순수하고 신성한 충동에 지배되는 인간으로서 정제된 완벽함에 근접한 인물이다. 쉽게 또는 단번에 이해되는 인물은 아니지만 분명 코델리아는 자세히 이해하기도 전에 사랑에 빠지게 하는 여인이며, 일단 알게 되면 즉시 진정으로 이해하게 된다.

많은 사람들이 독일의 한 젊은 화가의 일화를 잘 알고 있을 것이다. 그는 당대의 거장인 라파엘로의 성모 마리아 그림을 모사하는 일을 하고 있었는데, 거장의 작품에 등장하는 마리아의 아름다움에 압도되어 자신이 그런 그림을 제대로 본떠 그릴 수 있을지 깊은 회의에 잠겼다고 한다. 이 화가는 존경과 절망 사이에서 슬픔의 나락으로 떨어졌고, 그것은 점차 우울증으로 바뀌어 결국 미치게 되었다. 그는 8년에 걸친 고뇌와 번민 끝에 걸작을 완성시키는 순간 죽음을 맞게 된다. 나 역시 이 화가와 같은 심정으로 코델리아라는 인물을 생각해보아야 했다. 나는 이 여인의 숨겨진 아름다움을 발견할 때까지 그녀를 계속해서 주시했고, 결국 이 여인을 만들어낸 천재 작가의 강렬한 느낌이 나를 기쁨과 절망으로 가득 채우는 것을 느꼈다.

불쌍한 뮐러처럼 나는 내 마음에 떠오른 인상을 다른 사람의 마음에 전달하는 것에, 그것도 뮐러처럼 그림을 그림으로 옮기는 것이 아니고 연극의 인물을 글로 옮겨야 한다는 것에 절망한다. 비평가 가운데 가장 달변인 슐레겔은 다음과 같은 말로 《리어 왕》에 대한 자신의 생각을 요약한 바 있다.

천상의 아름다움을 지닌 코델리아의 영혼에 대해 나는 감히 무슨 말도 할 수 없다.

코델리아를 향한 일반적인 찬사는 그간 연구자들을 만족시키지 못해왔고, 또 일반 독자들에게도 코델리아의 행동에 대한 정당한 설명이 되지 않았기 때문에 나는 슐레겔이나 다른 비평가들이 언급하지 않은 내용을 말하고자 한다. 리어 왕과 관련한 무서울 정도로 흥미로운 이야기 속에서, 리어가 겪는 열정과 고통의 소용돌이 속에서, 코델리아가 주는 부드러운 영향은 마치 천상의 방문객처럼, 인지의 역할이 개입되기 전에 감정적으로 감지된다. 폭풍우 치는 구름 뒤에서 잠시 빛나다가 다시 폭풍우와 어둠에 의해 잠식되는 신비에 싸인 별처럼 그녀가 주는 인상은 아름답고 심오하면서도 모호하다. 비평가들은 말할 것도 없고 일반 독자들도 코델리아라는 인물의 아름다움에는 모두 동감하지만, 좀 더 세부적인 논의로 들어가면 셰익스피어의 다른 여주인공들에 비해 보다 다양하고 상반된 견해를 듣게 된다.

코델리아는 진실한 사랑과 의무감이라는 두 가지 숭고한 원칙을 지닌 인물로 파악된다. 진실한 사랑과 의무감은 안티고네(Antigone)의 경우처럼 따로따로 존재할 때는 가혹하고 냉정한 것으로 생각될 수 있다. 그래서 세익스피어는 이 둘을 애정과 감정이라는 여성성으로 장식하였다. 극의 초반부는 코델리아가 얼마나 사랑받는지를, 후반부는 그녀가 얼마나 사랑을 베풀 수 있는지를 보여준다. 아버지에게 그녀는 절대적인 사랑의 대상이다. 따라서 딸의 냉정한 대답에 절망한 리어 왕은 "그 아이를 가장 사랑했었다, 그리고 여생을 그 아이의 보호 속에서 보낼 생각이었다."고 고백하기에 이른다. 그때까지만 해도 그녀는 "그가 가진 최고의 것이요 그의 칭찬의 대상이며, 노년을 치유해 줄 수 있는 약이자 최고 중의 최고이며 가장 소중한 사람"이었다.

충실한 신하 켄트(Kent)는 그런 그녀를 변호하는 일에 죽음과 추방도 불사할 사람이다. "코델리아 공주님이 프랑스로 떠나갔기 때문에, 리어의 불쌍한 광대는 풀이 죽어버렸다."는 켄트의 대사에서 우리는 그녀가 지닌 온화하고 감미로운 인상이 단순하지만 아름다운 방식으로 전달됨을 느낄 수 있다. "인내와 슬픔의 감정이 교차하는 순간 그녀의 아름다움이 드러나고", 그녀가 불쌍한 리어를 의사에게 데려가, 잠든 리어 곁에 머물면서 따뜻한 키스를 보낼 때, 우리는 효심을 넘어서 슬픔과 장엄함의 아름다움을 맛보게 된다.

아, 아버님, 저의 입술에 아버님을 회복시키는 묘약이 있어,
두 언니가 아버님의 존체에 가한 큰 상처가 이 키스로 치유되기를 바랍니다!
설사 자기네들의 아버지가 아니었더라도,
이 백발은 측은의 정을 불러일으켰을 텐데.
이것이 뒤끓는 비바람과 맞싸워야 했던 얼굴이었나요?
그리고 천지를 뒤흔들며 무섭게 치는 천둥과 맞서셨다죠.

더구나 날쌔게 하늘을 가로지르는 번갯불이 하늘을 찢으며 번뜩일 때 말이죠.
한잠도 못 주무시고, 이렇게 맨머리로?
원수의 개가 나를 물어뜯었더라도
그런 밤이면 난로 곁에 있게 해주었을 텐데.

그녀의 부드러운 관대함은 언니들에게 작별인사를 나누는 장면에서도 빛을 발한다. 그녀는 그들의 본심을 꿰뚫고 있지만 다음과 같이 말한다.

코델리아 아버님이 아끼시는 언니들, 코델리아는 눈물을 흘리며 작별을 고합니다.
언니들의 본심을 잘 알지만 동생으로서 결점을 말하기는 싫어요.
다만 아버님을 잘 모시세요. 아까 언니들이 공언한 효도에
아버님을 맡기겠어요. 아, 내가 아버님의 사랑을 잃지 않았다면
아버님을 좀 더 좋은 곳에 맡길 텐데. 그럼 두 분 언니, 안녕히.
거너릴 우리가 할 일을 지시할 필요는 없다.

청혼을 취소하는 버건디 공작에 대한 그녀의 절도 있는 자존심은 가히 존경을 표할 만하다. 다음의 대사는 코델리아의 독특한 모습을 잘 보여주기에, 전혀 잘라낼 곳 없이 다 읽어볼 만한 부분이다.

코델리아 (리어에게) 전하께 부탁드립니다. 제가 마음에 없는 것을
술술 잘 지껄이지 못하는 것이 흠일지라도,
저는 마음에 생각한 것을 말보다는 실행을 합니다.
그러니 부디 한 마디만 변명해 보이도록 허락하세요.

94

폭풍우 속의 리어 왕(3막 1장), 존 런시먼(John Runciman), 1767.

> 제가 아버님의 총애를 상실한 것은 결코 악덕의 오명,
>
> 살인 또는 망측한 과오 때문이거나 음탕한 짓 혹은 불명예스러운
>
> 행동 때문이 아니라, 단지 남의 안색을 살피는 눈이나
>
> 아첨하는 혓바닥을 가지지 않았기 때문입니다.
>
> 그런 것이 없어서 아버님의 역정을 샀을지는 모르나
>
> 그런 것이 없는 편이 오히려 저로서는 훌륭하다 생각합니다.

리어 너 같은 건 차라리 태어나지 않았으면 좋았을 것을.

> 아비의 비위를 거스르는 건 고사하고라도.

프랑스 왕 단지 그런 이유로? 마음먹은 것을 말하지 않고 실천하는,

> 말수 적은 천성 때문에?

95

버건디 공작, 공작은 뭐라고 대답하시겠소?

사랑이 본질을 떠나 계산적이 되면, 그것은 진정한 사랑이 아니외다.

공작, 결혼하시겠소? 공주님의 인품 자체가 훌륭한 지참금입니다.

버건디　국왕 전하, 처음 전하께서 주시기로 한 것만이라도 주십시오.

그러면 이 자리에서 곧 코델리아 공주를 아내로 맞아,

버건디 공작부인으로 삼겠나이다.

리어　아무것도 못 줘. 짐은 천지신명께 굳게 맹세한 바가 있소.

버건디　그러시다면 유감스럽지만, 아버지를 잃었기에 남편도

잃을 수밖에 없습니다.

코델리아　안심하세요, 버건디 공작! 재산을 노리는 이라면 거절하겠어요.

프랑스 왕　아름다운 코델리아 공주, 당신은 아무것도 없어도 가장 부유하고,

버림받았어도 가장 소중하며, 멸시받았어도 가장 사랑받는 분이오.

미덕을 가진 당신을 나는 이 자리에서 내 손에 넣겠소.

그녀는 또한 야망이 아니라 사랑하는 아버지의 권리를 위해 기꺼이 군대를 일으킨다. 패배 후의 그녀의 말에서 자아성찰을 넘어서는 냉정한 의지와 영혼의 고양을 느낄 수 있다.

최선을 다하고도 최악을 초래한 것이 우리가 처음은 아닙니다.

그녀는 오직 아버지만을 생각하고 걱정하는 모습을 보인다. "어느 여성보다도 부드럽고 상냥하며 나지막한" 그녀의 목소리는 코델리아의 모습을 완성하는 데 매우 중요하다.

국왕이신 아버님의 고생을 생각할진대, 저는 기가 꺾입니다.

저 혼자라면, 믿지 못할 운명의 여신의 찡그린 얼굴을

한번 노려봐줄 수도 있을 텐데요.

하지만 지금까지 논의한 자질들 ― 감수성, 상냥함, 관대함, 굳은 의지, 다정함― 은 다른 셰익스피어의 여주인공들에게서도 찾아볼 수 있다. 이모젠 역시 이런 자질을 모두 갖추고 있다. 하지만 이모젠과 코델리아는 매우 다르다. 만약 우리가 그들의 상황을 바꿔놓고 이모젠에게 코델리아의 지극한 효심을, 코델리아에게 이모젠의 결혼한 여자의 미덕을 부여한다고 해도, 그들은 여전히 분명한 선을 긋게 될 것이다. 그렇다면 코델리아라는 여성을 다른 사람들과 구별되도록 하는 독특하고 개별적인 진실의 실체는 도대체 무엇일까?

코델리아의 마음 혹은 품성을 외적으로 다 표현해내지 못하는 이유는 바로 "마음먹은 것을 말하지 않고 실천하는"(1막 1장, 프랑스 왕의 대사) 코델리아의 타고난 신중함과 완만한 내향성, 차분하게 절제된 행동과 표현, 그리고 그녀의 감정, 말, 태도를 모두 덮어버리는 감추어진 수줍음 때문이다. 코델리아 자신의 아름다움과 매력뿐 아니라, 극의 초반부터 그녀가 취하는 행동과 태도 역시 극이 진행되는 동안 자연스러움과 일관성을 유지한다.

젊고 생동감 있는 문학적 상상력을 지닌 사람들에게는 코델리아와 같은 여주인공이 다른 인물들보다도 훨씬 인상적으로 다가온다. 신비로움 같은 것이 호기심을 불러일으켜 우리의 상상력을 사로잡는다. 그렇게 되면 우리는 공공연히 표현되고 공짜로 주어지는 것보다, 느껴지고 상상되는 것에 사로잡히게 된다. 하지만 이러한 느낌은 젊음이 누릴 수 있는 특권과 같은 것이다. 나이가 들어 더 이상 상상력의 날개를 펴기 어렵게 되면, 완전히 죽지는 않은 시든 열정과 감정을 되살릴, 솔직하고 믿음이 가는 온순함을 열망하게 된다. 이때가 되면 넘치는 사랑이 환영받게 되고, 초록색 잎을 지닌 나뭇가지에 태양과 이슬이 걸리듯 넘치는 사랑이 축복이 된다. 리어는 80세가 넘은 고령의 노인이다. 하지만 우리는 나이 먹지 않은 리어를 보게 된다. 리어의 젊음의 열정은 성급함과 고집스러움에 자리를 내주었다. 사실 리어는 받는 것보다는 주는 데서 축복받을 나이를 오래전에 지나버렸다. "내가 너희들에게 모든 것을 주겠다."는 리어의 말에서 우리는 그가 도리어 시기심으로 가득 차, 지칠 줄 모르는 애정을 요구하고 있음을 느끼게 된다. 세상에는 이런 사람들이 상당히 많다. 코델리아의 냉담하고 절제된 대답에 마치 석고가 된 듯 위축되고 당황하는 이 노인의 반응에 우리는 연민을 느끼게 된다.

리어 다음은 나의 기쁨인 네 차례구나.

막내지만 나의 사랑은 막내의 몫에 머물지 않는구나.

언니들보다 더 비옥한 영토를 받기 위해서 너는 무어라 말하겠느냐?

코델리아 아무 할 말이 없습니다.

리어 아무 할 말이 없어?

코델리아 아무 할 말이 없습니다.

리어 아무 할 말이 없다면 아무 소득이 없을 테니, 다시 말해 보거라.

코델리아 불행하게도 저는 제 마음을 입까지 끌어내 보일 수 없답니다.

저는 아버님을 자식 된 도리로서 사랑합니다.

그 이상도 그 이하도 아닙니다.

이는 너무나도 자연스러운 상황이다. 코델리아는 언니들의 사악한 성품을 꿰뚫고 있다. 그녀의 순수한 마음과 정직함에 비추어볼 때, 그녀가 그들의 역겨운 위선과 과장, 공허한 선언과 아첨을 혐오하고, 자신이 경멸하는 것과 분명한 거리를 유지하는 것은 당연하다. 이런 상황에서 코델리아가 "사랑한다고 말할 것인가, 아니면 침묵할 것인가"라고 자문하는 것이나, "언니들보다 더 비옥한 영토를 받기 위해서 너는 무어라 말하겠느냐?"는 리어의 직설적인 물음에 침묵하는 것은 자연스러운 일이다.

만약 코델리아가 그렇게 묘사되지 않았다면, 이러한 냉정함은 고집스럽거나 다소 잔인하게 보일 수도 있었겠지만, 우리는 극 전반에 걸쳐 감정을 노출시키는 것을 억제하고 가장 깊은 애정을 쉽게 드러내지 않는 코델리아의 절제되고 일관된 성향을 무리 없이 쫓아갈 수 있다. 특히 켄트 백작의 편지를 받고, 언니들의 잔인함과 리어의 비참한 상황에 대해 보이는 그녀의 반응을 묘사하는 부분에서 우리는 코델리아의 성격을 쉽게 헤아릴 수 있다.

켄트 왕비께서는 그 편지를 보시고 슬퍼하시던가요?
기사 예, 그렇습니다. 왕비께서는 편지를 받아들고 그 자리에서 읽으셨는데,
　　　이따금 굵은 눈물방울이 아름다운 볼을 타고 흘러내렸습니다.
　　　보기에는 왕비께서 깊은 슬픔을 억제하려고 하셨지만,
　　　그 슬픔이 반역자처럼 왕비님 위에 제왕처럼 군림하려 들었지요.
켄트 그럼 그 편지에 감동을 받으셨겠군요?

기사 그러나 격렬한 것은 아니셨습니다. 자제심과 슬픔이 서로 어느 쪽이

　　왕비를 가장 아름답게 보이게 할지를 겨루고 있었다고나 할까요?

　　햇빛이 나면서 비가 오는 경우가 있지요. 흡사 그러했습니다.

　　그리고 한두 번 '아버님' 하고 가슴에서 우러나오는 듯이

　　숨 가쁘게 부르셨습니다. 그리고 우시면서,

　　'언니들, 언니들이여! 여자의 수치스러움이여, 언니들! 폭풍 속으로?

　　이 밤중에? 자비는 이 세상에서 죽어버렸나!' 하시고는

　　그 천상의 눈에서 성스러운 눈물을 떨어뜨리셨지요.

　　그리고 혼자서 슬픔을 달래려 자리를 뜨셨답니다.

"그리고 혼자서 슬픔을 달래려 자리를 뜨셨답니다."라는 이 마지막 대사는 애처로움을 넘어서 아름다우리만치 서정적인 연민을 불러일으킨다. 하지만 여기에서는 지금까지 인용된 부분들보다, 불쌍한 리어가 정신이 나간 상태에서 자신이 내친 자식에게 용서를 구하는 장면에 주목해야 한다. 이 장면에서는 코델리아의 절제된 파토스와 간결함, 조용하지만 강렬한 감정과 정신 나간 늙은이의 굴욕스러움과 비참함이 단지 몇 마디 말로 전달되는 동시에 인간의 마음의 내적 작용에 대한 깊은 이해가 제시된다. 바로 이 부분은 셰익스피어의 어느 작품도 넘어설 수 없는 가치를 지닌 장면일 뿐만 아니라, 다른 작가의 어떤 작품과도 비교할 수 없는 압권이라 할 수 있다.

코델리아 전하, 어떠세요? 기분이 어떠신가요?

　　리어 무덤 속에서 나를 끌어내는 것은 실례지. 당신은 천상의 영혼이구려.

나는 지옥의 화륜에 결박당해 있어서, 눈물은

녹아내리는 납처럼 화상을 입힌다오.

코델리아   전하, 저를 알아보시겠어요?

리어   당신은 망령이야. 언제 죽었어?

코델리아   아직, 아직도 착란이 심하셔요.

시의   아직 잠에서 덜 깨셨습니다. 잠시 놔두십시오.

리어   내가 여태껏 어디에 있었나? 여기가 어딘가? 햇빛이 비치는구나!

나는 기막히게 속고 있어. 남이 이런 꼴을 당하는 것을 본다면

불쌍해서 견딜 수 없을 거야. 뭐라 말해야 할지 모르겠구나.

이것들은 내 손이더냐. 어디 보자. 바늘로 찔러보자. 아프구나.

지금 내가 어떻게 되어 있는지 확실히 알고 싶구나.

코델리아   아! 저를 좀 보세요. 그 손을 들어 저를 축복해주세요.

(왕이 무릎을 꿇으려 하는 것을 보고) 아니에요, 아버님.

무릎을 꿇으시면 안 돼요.

리어   제발 나를 놀리지 마오. 나는 어리석은 바보 늙은이요.

이제 갓 팔십을 넘었는데, 한 시간도 넘어섬이 없고, 모자라지도 않지.

그리고 솔직히 말하자면, 나는 정신이 성하지 않은 것 같으이.

글쎄 여기가 어딘지 전혀 모르겠구나. 그리고 아무리 생각해봐도

이 옷은 기억에 없고, 어젯밤 어디에서 잤는지도 생각이 나질 않아.

비웃을지 모르겠지만, 이 여인은 꼭 내 딸 코델리아 같이 생각되는구먼.

코델리아   저예요, 아버지. 접니다.

리어   눈물을 흘리고 있느냐? 그렇군, 눈물이군. 제발 울지 마라.

네가 독약을 준다 해도 나는 마시겠다. 너는 나를 원망하고 있을 게다.

너의 언니들은 나를 학대했다.

너에게는 그만한 이유가 있지만 그들은 그럴 이유가 없는데 말이다.

코델리아 없습니다. 저에게도 그럴 이유는 없어요.

아버지에 대한 코델리아의 사랑을 그녀의 대사의 냉정함으로 측정할 수 없듯이, 언니들에 대한 분노의 깊이 역시 코델리아의 온화한 대사로 가늠하기란 불가능하다. 사실, 코델리아와 리어가 전쟁 포로가 되어 감옥으로 이송될 때, "저 따님들… 언니들을 한 번 만나 보시지 않으시렵니까?"라는 한 줄의 대사보다 더 의미심장하게 코델리아의 마음을 효과적으로 전하는 대사는 없는 듯하다.

우리는 2막과 3막 그리고 4막의 대부분에서 코델리아를 만날 수 없고, 결말부에서 재등장하는 그녀를 보게 된다. 갈 때까지 간 인간의 불행과 사악함을 더 이상 참을 수 없을 정도에 이르렀을 때, 그녀는 구원의 천사처럼 "우리 눈에 있는 연민의 샘을 느슨하게 하고" 고통과 공포를 완화해주면서 무대로 내려온다. 극의 대단원, 파국은 말 그대로 끔찍하다. 리어가 죽은 코델리아를 안고 등장할 때, 연민과 충격이 우리의 사고를 마비시키고, 우리에게 허락된 일은 눈물과 침묵뿐이다. 하지만 내 판단으로는 리어의 결말은 오델로의 결말보다 더 압도적이지는 않다. 두 작품의 관객으로서 우리는 모두 조금도 누그러지지 않는 절대적인 절망감에서 자유롭지 못하다. 코델리아는 천국을 향해 준비된 성인이다. 이 땅은 그녀에게는 적절치 못하다. 그리고 리어와 같은 고통과 고문을 겪고 난 후에도 이생의 삶을 연장하고자 하는 사람이 어디 있겠는가? 켄트 백작은 바로 이런 상황을 아래 대사로 정리한다.

리어와 어릿광대(3막 2장), 윌리엄 다이스(William Dyce), 1851.

영혼을 괴롭히지 마세요. 왕생하시게 놔두시오.

이 냉혹한 현세라는 고문대 위에서 육체를 고문당하는 것 같아서

오히려 원망하실 것입니다.

셰익스피어가 《리어 왕》을 창작할 때 참고했다는 《리어 왕과 세 딸 이
야기》는 해피엔딩이다. 코델리아가 언니들을 패배시키고 아버지를 다시
왕좌로 복원시킨다. 스펜서* 역시 이러한 결말을 따른다. 그러나 셰익스피

■ Edmond Spenser(1552-1599). 영국의 르네상스 시인. 대표작으로 《요정 여왕》이 있다.

어는 파국의 결말을 선호했다. 리어 왕과 비슷한 이야기를 무대에 올린 경우 해피엔딩으로 끝내는 경우가 절대적으로 많았던 이유는 해피엔딩이 무대에 보다 적합하고, 천사 같은 코델리아를 훌쩍거리는 사랑에 빠진 여주인공으로 바꾸고 에드거와 결혼하면서 화려하게 무대를 퇴장하도록 만드는 것이 자연스럽다고 믿었기 때문이다. 지금까지 보았던 내용과 인물에 대한 설명을 고려해볼 때, 이는 가장 어리석고 일관성 없는 결말일 것이다. 이에 대해 슐레겔은 "동일한 비극 작품에 관객에 따라 다른 결말을 제시하는 것은 무슨 경우인가? 강심장을 지닌 관객에게는 슬픈 결말, 상처 입기 쉬운 마음을 가진 관객에게는 희극적 결말이라는 두 가지 결말을 제시하는 사람들은 도대체 극의 연결에 대해 어떤 생각을 지녔는지 모르겠다."고 평했다.

《리어 왕과 세 딸 이야기》에 나타나는 선과 악의 극명한 대조는 이야기의 시대적 배경과 관련이 깊다. 리어 왕은 기원 1000년쯤에 생존한 인물로 되어 있다. 따라서 옛이야기에는 별다른 인물 분석 시도가 없다. 리건 (Regan)과 거너릴(Goneril)은 배은망덕한 괴물이며, 코델리아는 단순히 효성의 측면만 강조된다. 반면 셰익스피어의 극에서는 이러한 효성은 인간을 개별화하는 데 도움을 주는 자질과는 사뭇 다른, 애모의 정이다. 우리는 사건 혹은 상황을 중심으로 하는 이야기와는 별도로 인간의 내적 본성에 대한 인식력을 지니고 있다. 우리는 코델리아가 아버지가 누구인지 알지 못했더라도, 아버지의 사랑을 받지 못했더라도, 공주로 태어나지 않았거나 왕비가 되지 않았더라도, 평정심을 지닌 여인, 차분하지만 깊은 사랑을 지닌 여인, 부동의 진실과 적은 말수, 조심스러운 태도를 지닌 여성으로서의 모습을 보였을 거라고 짐작할 수 있다.

"딸자식이 아니라 호랑이"라는 리건과 거너릴은 단순히 저주스럽고 증오할 만한 키메라˚로 간주될 수도 있지만, 그것보다는 툴리아(Tullia)˚˚라는 인물에서 유사성을 찾을 수 있다. 코델리아의 원형이 되는 인물을 찾기는 쉽지 않다. 아버지의 목숨을 구할 수 없자 아버지와 함께 죽음을 선택한 아벤티쿰(Aventicum)의 여사제 줄리아 알피눌라(Julia Alpinula)˚가 있지만 그녀에 대해서는 더욱 알려진 바가 없다. 귀도의 〈피에타 로마나〉(Pièta Romana)에 등장하는 늙은 아버지에게 젖을 먹이는 여인은 완벽하지만 역시 코델리아는 아니다. 아마도 라파엘로만이 코델리아를 화폭에 옮겨놓을 수 있었을 것이다.

효성과 효심의 여주인공으로 코델리아와 비교될 수 있는 인물은 소포클레스(Sophocles)의 안티고네이다. 극적 차원에서 그들은 매우 비슷하다. 그들은 모두 진실, 효심, 애정이란 추상적 의미를 그대로 형상화한 인물이다. 하지만 두 인물은 또한 매우 다르다. 안티고네는 고대 고전극의 걸작으로 여겨지는 《콜로누스의 오이디푸스》(Oedipus at Colonus)와 《안티고네》(Antigone)라는 두 작품에서 압도적으로 눈에 띄는 중심 역할을 맡고 있다.

오이디푸스가 신의 노여움에 쫓겨 광기에 대한 대가로 시력을 잃고 그 신하들과 아들에 의해 테베에서 내몰려 버려지고 방황할 때, 그는 안티고네의 보호를 받으며 이 도시 저 도시를 떠돌게 된다. 안티고네는 아버지에게 먹을 것을 구해주고, 그를 멸시하는 거칠고 무례한 사람들에게 대항

˚ 사자의 머리, 양의 몸통, 뱀의 꼬리를 하고 입에서 불을 뿜는 괴물.
˚˚ 로마의 전설에 나오는 인물. 로마의 마지막 왕 타르퀴니우스 수페르부스의 아내로 아버지 세르바이우스 툴리우스의 암살을 도왔다고 한다.
◆ 바이런(Lord Byron)의 칸토 〈Childe Herold〉에서 언급된 여인.

하며 아버지를 변호한다. 《콜로누스의 오이디푸스》의 첫 장면에서 비참한 노인이 자식에게 기대어 복수의 여신들의 숲에서 쉬는 장면은 경이로울 정도로 경건하고 아름답다. 오빠 폴뤼니케스(Polynices)를 변호하면서 아버지에게 아들을 받아들이도록 간청하는 장면에서 드러나는 안티고네의 인내심과 부드러움, 폴뤼니케스가 자신이 태어난 나라와 위협적인 전쟁을 벌이려는 것을 만류하는 장면, 오이디푸스가 숲 속에서 생명을 다할 때 보이는 안티고네의 애절함 등이 극적으로 재현되었을 뿐만 아니라, 매끄럽지 못한 번역에도 불구하고 연민을 불러일으키기에 부족함 없이 아름답게 형상화 되었다.

아! 나의 불쌍한 아버지와 함께 죽기를 바랐거늘,

내가 더 살아야 할 이유가 남았단 말인가?

오! 나는 오히려 아버지와 고통을 나누길 바라거늘,

아버지와 함께했을 때는 보기 흉한 것도 사랑스러워 보였는데.

오! 나의 사랑하는 아버지여,

땅 밑 깊은 어둠에 숨어 세월과 함께 없어져버릴지라도

당신은 나에게 여전히 소중하며, 앞으로도 영원히 소중할 것입니다.

비록 당신이 죽기를 원하셨지만 — 아버지의 바람이 그러했기에 —

이 낯선 땅의 잔디 그늘이 아버지의 생명력 없는 사지를 덮었지만

슬퍼하지는 마세요! 제 이 두 눈이 당신을 위해 영원히 눈물 흘릴 것이고

세월도 나의 기억에서 당신을 지워버릴 수 없을 테니까요.

(안티고네)

코델리아의 주검 위에서 흐느끼는 리어 왕, 제임스 배리, 1786~1788.

안티고네의 효심은 《콜로누스의 오이디푸스》라는 비극 작품에서 가장 매혹적인 부분이다. 또한 그녀의 형제애와 종교적 의무에 대한 절대적 헌신은 그녀의 이름을 제목으로 단 비극의 플롯을 형성하기에 모자람이 없다. 그녀의 오빠인 에테오클레스(Eteocles)와 폴뤼니케스가 서로를 테베의 성벽 앞에서 살해했을 때, 크레온은 침략자인 폴뤼니케스의 시신을 매장하지 말라는 칙령을 내리고, 감히 그를 매장하려는 자는 즉각 사형에 처하겠다고 공포했다. 옛날 사람들이 장례의식을 영원한 세계로 들어가는 예식으로 생각하고 중시한 것은 이미 잘 알려진 사실이다. 하지만 안티고네는 크레온의 명령을 듣고도 첫 장면에서 용감하게 두려움을 무릅쓰고 오빠를 매장할 것을 선언한다. 여동생 이스메네(Ismene)는 처벌이 두려워 언니를 만류한다. 이에 안티고네는 이렇게 대답한다.

내가 요구하지도 않는 너의 그 빈약한 도움을 제안한다면
나는 당장 그 도움을 거부한다.
네가 아무리 뭐라 해도 나는 그를 묻어줄 것이다.
내가 그리 해서 죽음을 당해도 나는 기꺼이 받아들일 것이다.
나는 그 일을 신성하게 수행할 것이니
나를 그 옆에 눕게 해다오. 사랑하고, 사랑받으며
우리는 함께 안식을 취하리라.

그녀는 결국 이 일을 수행한다. 그녀는 갈기갈기 찢긴 폴뤼니케스의 시신을 흙으로 덮고, 무덤가에 제주를 뿌리면서 매장의식을 거행한 후, 자신의 정당성을 숭엄하게 밝히고 명령에 따라 죽음을 맞이할 준비를 한다. 이스메네는 수치심과 가책으로 고통받다가 결국 그녀 역시 그 일에 가담했다고 밝히며, 언니와 함께 처벌받도록 해달라고 요구한다. 하지만 안티고네는 엄히 그녀를 물리치고, 결혼도 못하고 죽는 비통함에 대한 아름다운 한탄을 풀어낸 후 망설임 없는 죽음을 위해 스스로 목을 조른다. 크레온의 아들인 헤몬(Hemon)은 그녀의 생명을 구할 수 없자 그녀의 무덤에서 자살한다.

《안티고네》에는 풍부한 시적 대사와 등장 인물뿐 아니라, 상황적 효과라 불릴 수 있는 극적 요소들이 많이 존재한다. 안티고네는 끊임없이 가장 아름다운 대사를 말하고, 가장 영웅적인 행동을 보인다. 그녀의 대사와 행

동은 우리의 감탄과 찬사를 불러일으키기에 모자람이 없다. 덕성과 영웅성이라는 고전적 개념에 따르자면, 그녀는 그리스적 우아함과 통일성, 장엄함과 단순미를 지니고 있다. 하지만 코델리아의 경우는 다르다. 우리의 연민과 관심을 끊임없이 일깨우는 것은 외적인 색채나 형태 혹은 그녀가 보여주는 것들이 아니라, 느끼고 생각하고 고통 받는 그녀 자신의 모습이다. 코델리아의 영웅성은 보다 수동적이고 부드럽다. 그녀의 그런 모습이 녹아내려 우리의 마음에 전해진다. 베일에 살포시 가려진 사랑스러움과 드러내지 않은 미묘한 성격이 보다 깊고 기교 없는 효과를 만들어낸다. 안티고네에게 찬사와 존경을 보낸다면, 코델리아에게 우리는 가슴에서 우러나오는 눈물을 보낸다. 안티고네가 파르테논 신전의 대리석이 보여주는 준엄한 아름다움을 제시한다면, 코델리아는 이탈리아 화폭 속에 표현된 성녀 마돈나의 모습을 상기시킨다. 그 성녀 마돈나가 모성적 부드러움과 애환과 연관되어 우리의 연민을 자극하듯이, 코델리아는 효심, 실수, 고통, 그리고 눈물과 같은 지상의 감성들과 연관된 천상의 이미지를 고수한다.

4부

역사 속의 여인들

1장

양극의 매력을 지닌 이집트의 키르케

《앤터니와 클레오파트라》의 클레오파트라

나이도 여왕을 시들게 하지 못하고, 어떤 관습도
그녀의 무한한 다채로움을 진부하게 만들지 못하지요.
딴 여자들은 남자들에게 만족을 주면 물리게 하지만
여왕은 가장 만족을 주는 그 자리에서 도리어
굶주림을 느끼게 해주오. 가장 야비한 짓도
여왕이 하면 좋게만 보이오.

　나는 "비극이 역사와 사실에 바탕을 둔 사건들을 다룬다면 비극의 위엄뿐 아니라 즐거움에도 치명적인 결점이 된다"는 일부 셰익스피어 비평가들의 주장에 쉽게 동의할 수 없다. 그들이 말하는 사실이란 기껏해야 역사에 실존한 인물들을 극에서 재현하는 것에 한정될 뿐이다. 하지만 이런 경우도 셰익스피어의 역사극을 감상하는 데 걸림돌이 되지는 않는다. 이미 수용되고 인정된 역사적 진실을 위엄 있고 간결하게 재현해낸 셰익스피어의 솜씨는 매우 감탄스럽다. 그가 다루는 역사적 사실이 부정확한 경우는 극히 드물다. 역사라는 서술적 이야기와 극 형태 사이의 분명한 차이를 인정한다면, 셰익스피어 극의 역사적 사실성은 매우 훌륭한 것으로 평가받을 만하다. 셰익스피어는 역사라는 보물창고에서 소중한 자료를 훔쳐 역사의 순수성을 망치려 한 것도 아니고, 자기 나름의 생각으로 만들어낸 인물이나 사건을 가지고 역사를 새롭게 찍어내려 한 것도, 드라이든이나 라신(Racine)*, 그리고 일부 창작자들처럼 역사를 헐값으로 유통시키려 한 것도 아니다. 그는 단지 역사의 녹을 닦아내고 정제하고 윤을 내어, 역사 자체를 매우 훌륭한 것으로 받아들여지도록 했을 뿐이다.

　진실이라는 것은 어떻게 표현되든 간에 신성해야 한다. 셰익스피어는 역사를 존중했으며, 불경스러운 손으로 역사라는 신성한 제단을 만지려 하지 않았다. 하지만 비극, 특히 장엄한 비극은 진실의 성지聖地 앞에 설

■ Jean Racine(1639-1699). 프랑스 고전비극의 대가.

만한 가치가 있고, 역사라는 신전의 사제가 되기에 충분하다. 밀턴(Milton)*의 말을 빌리자면, "종교에서 다루는 경건함과 숭고함, 덕성(virtue), 외부로부터의 운(fortune)에 의해 생기는 변화와 맞물려 나타나는 열정(passion)과 내부로부터의 사고의 교류와 환류還流에서 비롯되는 번민, 나약함에서 비롯되는 연민, 강인함에서 오는 숭엄함, 인간의 지성과 이성의 마비에서 비롯

클레오파트라.
존 윌리엄 워터하우스(John William Waterhouse), 1888.

된 끔찍함"이 모두 비극의 영역에 속한다. 예언자(Sybil)이자 시신(Muse)인 비극은 인간의 운명이라는 책을 높이 들고, 그 운명의 신비에 대한 해석자 역할을 한다. 비극은 삶 속에서 끊임없이 고통 받는, 지상이라는 이 무대 위에서 연기하는 인간들의 심각한 슬픔을 조롱하지 않는다. 현실의 삶을 사는 인간들을 그럴 듯하게 치장하거나 먼지와 어둠으로부터 불려나온 보잘것없는 존재로 보여주려 하지도 않는다. 또한 인간에 대한 너그러운 동정이나 공포와 연민을 애써 불러일으키려 하지 않는다. 비극은 감정의 발원지이기는 하지만 근거 없는 고통을 보태지 않는다. 죄악과 고통이 있는 그대로 재현된다. 맥베스 부인(Lady Macbeth)의 죄, 콘스탄스(Constance)의

■ John Milton(1608-1674). 영국의 시인, 사상가. 《잃어버린 낙원》(Paradise Lost)으로 유명하다.

115

절망, 클레오파트라(Cleopatra)의 기교, 캐서린(Katherine)의 고뇌는 모두 사실이다. 그러나 비극은 응시의 대상으로서, 행동의 교훈으로서 도덕적 효과를 무한히 증폭시킨다.

여기서는 역사로부터 이끌려 나와 무대 위에 재현된 인물들을 살펴보면서 위에서 언급한 내용들을 예증해보려 한다. 그 첫 주인공은 바로 클레오파트라다. 희극과 비극을 막론하고 셰익스피어의 여주인공 가운데 클레오파트라는 《폭풍우》의 미랜더와 더불어 단연 돋보이는 인물이다. 후자의 경우를 시적 순수함에 견준다면, 전자는 기교와 기술의 종합예술품이라 할 수 있다. 셰익스피어 작품의 등장인물들을 일반적으로 분류해볼 때, 이 두 인물은 단순함과 복잡함의 양극을 형성하고, 나머지 인물들은 정도에 따라 이 두 인물 사이에서 각기 나름의 위치를 차지하고 있다고 할 수 있다. 고귀한 자질에 접목된 강렬한 열정에서 비롯된 대죄大罪는 전통적으로 비극이 즐겨 다루는 소재이다. 하지만 아무것도 아닌 것에서 장엄함을 이끌어내고 한없이 연약한 무언가에서 강력한 에너지를 발산토록 하는 것, 무가치함이 위대함 속에서 길을 잃거나 쓸모없는 요소들로부터 숭고함이 나올 때까지 알맹이 없고 경박하고 헛되고 경멸스럽고 변덕스러운 것들을 한데 아우르는 작업은 바로 기적의 작가 셰익스피어만의 영역이다. 클레오파트라는 존경의 대상인 동시에 증오의 대상으로서, 모순의 복합체이며 눈부신 안티테제(antithesis)이다. 인물은 외부적인 힘이 본성을 완전히 제압하는 형상이지만, 마치 이집트의 상형문자처럼 처음 모습은 화려하고 당혹스러운 변칙성을 띠지만 분석과 해독의 과정을 거치면 이러한 명백한 수수께끼에서 심오한 의미와 놀라운 극작술을 발견하게 된다. 하지만 아찔할 만큼 당혹스러운 복잡성이 계속 관객과 독자들을 조롱하고 회피한다면 어찌 이 큰 수수께끼에 대한 명확한 답을 얻을 수 있겠는가? 허영과 권력에 대한 욕망을 이 작품의 중심 주제로 정의하는 견해가 지배적임은 사실이다. 하지만 나는 그렇게 제한된 정의를 내리고 싶지 않다. 왜냐하면 이러한 자질들과 다른 많은 요소들이 함께 뒤섞여 변화를 일으키고, 활짝 편 공작의 날개처럼 광휘를 발현하기 때문이다.

포셔와 줄리엣과 같이 복잡한 특성을 보이는 셰익스피어의 다른 여주인공들에게서도 우리는 대립과 대조 가운데 발견할 수 있는 조화로움에 깊은 인상을 받았었다. 그들을 통해 우리는 통일감과 단순함의 효과는 다양성 속에서 생산된다는 결론을 얻었다. 하지만 클레오파트라가 주는 인상은 통일감과 단순함의 부재이며, 이 충격적인 인상은 영원히 타협할 수 없는 대조와 대립의 원형이다. 완벽에 가까울 만큼 자연스럽지 않았다면 급격히 변화하는 그녀의 성격과 상황, 그리고 감정은 피곤함만을 야기했을 것이며, 그토록 매혹적이지 않았다면 그녀라는 인물은 단지 혼란스러운 존재로 남을 운명이었을 것이다.

나는 셰익스피어의 클레오파트라가 역사의 한 페이지를 장식했던 바로 그 클레오파트라라는 사실에 전혀 의심의 눈초리를 보낸 적이 없다. 그녀의 정식적 업적, 비견할 데 없는 우아함, 여성적 재치와 투지, 거부하기 힘든 유혹, 일관성 없는 장엄함, 통제하기 힘든 기질, 생동감 넘치는 상상력, 발끈하는 변덕, 지조 없음과 거짓말, 부드러움과 진실, 아첨에 넘어가기 쉬운 유아적 모습, 강인한 정신력, 여왕으로서의 자존심, 동양적 색채의 신비로움, 이 모든 모순적인 요소들을 한데 섞어 융해시킴으로써 셰익스피어는 고전적 우아함, 동양의 관능, 그리고 집시의 마법적 모습을 훌륭하게 구현했던 것이다.

셰익스피어의 클레오파트라는 우리의 사고에 혼란을 주고 판단력을 마비시키고 상상력을 현혹시킨다. 극의 처음부터 마지막까지 우리는 도덕적 사고로는 애써 거부하지만 결코 회피할 수 없는 일종의 마력을 클레오파트라에게서 느끼게 된다. 앤터니(Antony)와 다른 극 중 인물들에 의해 반복되는, 그녀를 지칭하는 수식어구가 이와 같은 사실을 확인해준다. 누구나 이집트의 키르케(Circe)인 그녀의 무한한 매력을 표현한 아래의 유명한 대사를 한번쯤 떠올리리라.

홍, 대단한 입심이군!
당신에게는 무엇이나 어울리오. 야단을 쳐도, 웃어도,
울어도 말이오. 당신의 감정은 무엇이든 죄다
아름답고 훌륭하게만 보이는구려!

(앤터니)

나이도 여왕을 시들게 하지 못하고, 어떤 관습도
그녀의 무한한 다채로움을 진부하게 만들지 못하지요.
딴 여자들은 남자들에게 만족을 주면 물리게 하지만
여왕은 가장 만족을 주는 그 자리에서 도리어
굶주림을 느끼게 해주오. 가장 야비한 짓도
여왕이 하면 좋게만 보이오.

(이노바버스)

이노바버스(Enobarbus)의 신랄한 반어법은 다음의 대화에서도 클레오

앤터니와 클레오파트라, 로렌스 알마 타데마 경(Sir Lawrence Alma-Tadema), 1883.

파트라의 여성적 기교를 다시 한 번 잘 드러낸다.

> 이노바버스 클레오파트라는 이런 소문만 들어도 단박에 기절하여
> 죽을 것입니다. 이보다 훨씬 못한 이유로도 죽어 넘어질 뻔한 것을
> 저는 스무 번이나 목격했습니다.
>
> 앤터니 그 여인은 우리가 상상할 수 없을 만큼 능소능대한 잔꾀를
> 지니고 있지.
>
> 이노바버스 아니, 그렇지 않습니다. 여왕님의 정열은 오직 순정의 극치랄까요.

그분의 한숨과 눈물을 바람이니 비니 하고 치부할 수는 없습니다.

그건 달력에서도 볼 수 없는 대폭풍이거든요.

이건 그분의 잔꾀가 아닙니다.

그것이 잔꾀라면 그분은 우뢰의 신 주피터처럼 비도 내릴 수 있게요.

쉽게 넘어올 준비가 된 앤터니에 대한 그녀의 절대적인 장악력의 비밀은 이 짧은 대사에 그대로 드러난다.

클레오파트라 어디서 누구와 같이 뭘 하고 계시는지 좀 가서 알아봐라.

하지만 절대로 내가 너를 보낸 건 아닌 걸로 해.

침울하시거든 난 춤을 추고 있다고 전해.

명랑하시거든 내가 급환이 났다고 전하거라. 어서 다녀오너라.

차미언 여왕 마마, 그분을 진정 사랑하신다면 그런 방법을 좋아해서는

안 되시리라 생각됩니다.

클레오파트라 그럼 어떡하라고.

차미언 매사 그분에게 양보하시고, 역정을 사지 않도록 하세요.

클레오파트라 바보 같은 소릴 하는구나. 그따위 짓을 하면 그분을 잃고 말지.

차미언 너무 자극하지 마시고 부디 참으세요. 너무 짓궂게 대하시면

미움을 사기 마련이니까요.

하지만 클레오파트라는 기교의 달인이자 그 이상을 알고 있다. 도도하게 발끈하는 성격과 오만하고 당당한 교태는 그녀의 대사에 그대로 녹아 있다.

그때 — 아, 그때! —

나는 웃음으로 그분을 참을 수 없게 만들었고, 바로 그날 밤

웃음으로 그분을 정신 들게 해드렸지. 그리고 다음 날 아침 아홉 시도 되기 전에

술을 먹여 잠들게 했지. 그리고 나의 머리장식이며 망토를 그분에게 씌워드리고

그분이 필리피(Philippi) 전장에서 휘둘렀던 명검을 내가 차봤지.

앤터니가 들어왔을 때, 그를 몰아붙이고 그의 기분을 놓고 장난치는 그녀의 심술궂음과 변덕스러움은 다음 대사에서 읽을 수 있다.

클레오파트라　당신의 눈치로 다 알아요. 무슨 좋은 소식이 있지요?
　　　　　　아니, 부인께서 오시라고 하던가요? 처음부터 부인이 당신을
　　　　　　이곳에 못 오게 했으면 좋았을 걸!
　　　　　　내가 당신을 이곳에 잡아두고 있다고 부인께 오해받고 싶지는
　　　　　　않아요. 난 당신껜 무력한 여자예요. 당신은 부인 소유시잖아요.
　　앤터니　신도 다 아시다시피.
클레오파트라　자고로 여왕치고 이토록 심하게 기만당한 예도 다 있을까!
　　　　　　배신당하리라는 건 처음부터 다 알고 있었어요.
　　앤터니　이봐요, 클레오파트라.
클레오파트라　신의 옥좌를 진동케 하는 맹세를 해도 당신이 나에게만
　　　　　　절개를 지키는 분이라 생각할 수는 없지요.
　　　　　　부인께조차 불성실한 당신이 아니던가요. 내가 미쳤지,
　　　　　　맹세한 그 입으로 금방 깨뜨리는 맹세를 믿다니!
　　앤터니　제발, 여왕이시여.

클레오파트라 제발 떠나는 핑계를 찾지 마시고, 그냥 작별인사나 하고 떠나세요.

그녀는 풀비어(Fulvia)의 사망 소식을 듣고 잠시 위엄을 회복한다.

이 나이에도 미련함에서 자유롭지는 못해도, 유치함과는 거리를 두죠.
풀비어가 죽었나요?

그러고 나서 앤터니가 아내의 죽음을 애통히 여기는지 어떤지를 알기
위해 교묘한 조롱으로 그를 자극하는 대사를 흘린다.

클레오파트라 어머나, 이런 거짓 사랑도 다 있을까!
　　　　　슬픈 눈물을 담아야 할 신성한 눈물단지는 어디에 두셨나요?
　　　　　아, 이제 보니 알았어요. 풀비어의 죽음이 남의 일이 아니군요.
　　　　　내가 죽어도 이런 대우를 받을 것 아닌가?
앤터니 시비는 그만하고, 자 내 가슴속 계획을 좀 들어보시오.
　　　　　그 계획의 실행 여부는 당신의 충고 여하에 달려 있다오.
　　　　　나일 강의 진흙을 옥토로 만드는 태양을 두고 맹세하건대,
　　　　　나는 당신의 휘하 용사로 출전하여, 화친을 하든 전쟁을 치르든
　　　　　어느 쪽이고 당신의 의향에 따르겠소.
클레오파트라 가슴의 이 레이스 좀 잘라다오, 차미언아. 어서, 아니, 그냥 두어라.
　　　　　난 기분이 금방 나빠졌다 좋아졌다 하는구나,
　　　　　앤터니 님의 사랑 여하에 따라서.
앤터니 나의 소중한 여왕, 참으시고 대장부의 사랑을 진정 믿어주시오.

그리고 진실한 사랑인지 아닌지를 시험해보시오.

클레오파트라 풀비어의 경우가 좋은 교훈이랍니다.

제발 비켜서서 부인을 위하여 눈물을 쏟고, 내게 작별인사를

하세요. 그리고 그 눈물은 이집트 여왕한테 바친

눈물이라고 하세요. 자, 그럴싸하게 일장 연극을 좀 해보세요.

완전히 진실을 가장한 연극 말이에요.

앤터니 자꾸 그러면 내가 성을 내게 되오. 이젠 그만하시오.

클레오파트라 다 잘하실 수 있잖아요. 이만해도 상당한 솜씨지만.

앤터니 자, 이 칼을 두고….

클레오파트라 그리고 방패에 두고, 점입가경이구만.

하지만 아직 극치는 남아 있군요. 얘, 좀 봐라, 차미언아.

헤라클레스의 후손인 이 로마인께서는 성내는 모양도

참 그럴싸하지 않니?

이는 참으로 '완벽한 감정의 가면'이다. 하지만 그녀가 헤라클레스와 같은 위대한 로마인인 앤터니를 속이고 조종해서 위험의 순간으로 몰아갈 때, 다시 한 번 온화함의 역류를 만나게 된다. 아름다운 이별 장면에서 우리는 우아하고 시적인 클레오파트라의 면모를 발견한다.

절 용서하세요, 저의 미덕도 당신 눈에 들지 않으면 저에겐 치명적이니까요.
당신의 명예가 귀국을 요청하고 있어요. 그러니 소녀의 가엾고 어리석은
푸념에는 귀를 틀어막으시고 모든 신들과 함께 떠나세요!
당신의 칼에 월계수의 승리가 앉으시옵기를!

123

그리고 당신의 여정에 평탄한 성공이 함께하기를 빕니다.

앤터니가 떠난 후 그녀의 변덕과 생동감 넘치는 사고의 움직임은 훨씬 강화된다. 그의 부재에 안달하는 불평이라든지, 자신의 권위에 대한 도전과 모욕에 맞서는 과격한 감정의 발산이라든지, 왕녀로서의 고집과 불같은 카리스마가 다음의 대사에서 엿보인다.

만드레이크 즙을 가져오너라, 마셔야겠다.
나의 앤터니 님이 안 계시는 이 시간의 공백을 잠으로 메웠으면 싶구나.
오 차미언, 그 어른은 지금 어디에 계실 것 같니?
서 계실 것 같니, 앉아 계실 것 같니? 걸어 다니실 것 같니? 아니면 말을 타고
계실 것 같니? 오 행복한 말 좀 보게. 앤터니 님을 등에 싣다니!
잘해라, 말아! 네가 등에 태우고 있는 그 어른이 누군 줄이나 아느냐?
천하의 반을 등에 짊어지신 영웅이요, 인류의 칼이자 투구인 용사시란다.
그분은 지금 이렇게 말씀하고 계실 거야. 나의 유서 깊은 나일 강의 뱀은
어디 있느냐? 그분은 날 그렇게 부르곤 하시니까.

클레오파트라 그래 내 사신들을 만났느냐?
　　알렉서스 예, 여왕 마마, 스무 명도 넘게 만났습니다. 대관절 왜 그렇게
　　　　　　　연달아 사신을 파견하시는지요?
클레오파트라 내가 그분에게 사신을 보내는 일을 잊은 날엔 난 거지 같이
　　　　　　　죽으리라. 잉크와 종이를 좀 가져오너라, 차미언아.
　　　　　　　잘 돌아왔다, 착한 알렉서스. 그런데 차미언,

　　　　나는 선대의 저 시저도 이토록 사랑하지는 않았지?

차미언　오, 그 훌륭하신 대(大) 시저!

클레오파트라　한 번만 더 그런 입을 놀리면 네 목이 막혀 죽어버리렸다!

　　　　훌륭하신 앤터니 님이라고 말하지 못하고!

차미언　늠름하신 대 시저!

클레오파트라　나의 소중한 남자 중의 남자를 시저와 비교했단봐라.

　　　　이 나라의 수호신 이시스(Isis)* 앞에 맹세하지만, 혼을 내줄 테니.

차미언　황공하오나 저는 마마의 말씀을 흉내 낸 것 뿐이에요.

클레오파트라　그… 그런 말을 한 것은 철부지인 탓으로, 판단은 풋내기이고

　　　　정열도 없던 시절이다.

　　　　자, 어서 잉크와 종이를 가져오너라. 날마다 몇 차례씩

　　　　사신을 보내겠다. 이 나라 이 겨레의 씨가 다 마를 때까지라도.

　　플루타르코스의 《영웅전》 안토니우스 편에서 알 수 있듯이, 앤터니와 클레오파트라가 밤거리를 쏘다니며 알렉산드리아의 서민들과 나누는 걸쭉한 농담과 대화에는 특별한 즐거움이 있다. 그 책에 따르면 그들은 연회에 참석한 하객들과 신하들을 매우 친밀하게 대하는 데 익숙했다고 한다. 클레오파트라는 자신의 과격함과 심술궂음, 이기심과 변덕에 타고난 본성이라고 할 수 있는 온화한 애정과 친근감을 뒤섞어 넘쳐나는 관대함을 주변에 과시한다. 우리는 극이 전개되는 과정에서 이런 다채로운 모습을 쉽게 접할 수 있다. 셰익스피어는 그녀의 이러한 모습들을 충실히 묘사했을 뿐만 아니라, 이를 통해 최상의 극적 효과를 만들어냈다. 왕녀의 권위 앞

■ 고대 이집트 및 그리스, 로마 등지에서 숭배된 최고의 여신.

125

에 두려움과 아첨을 표해야 하는 하녀와 수행시녀들로부터 간헐적으로 나오는 자유로운 의사 표현은 지극히 자연스럽고 일관성을 보이면서 왕녀의 관대함을 반증한다. 클레오파트라에 대한 그들의 헌신적 애정과 충성은 죽음을 맞이하는 순간까지 지속된다. 클레오파트라의 이 모든 성격을 가장 정교하고도 특징적으로 보여주는 것은 뭐니 뭐니 해도 앤터니와 옥타비아의 결혼 소식을 전하는 전령과의 대화 장면이다. 뭔가 잘못되어감을 인지한 클레오파트라는 최악의 상황을 성급하게 예측하면서 자신의 예측이 틀렸을 때 얻게 될 즐거움을 느끼고 싶어한다. 자신이 두려워하고 있는 사실을 알려고 할 때의 초조함, 스스로를 점점 환희의 상태로 몰고가다가 결국 분노로 바꿔버리는 대사에서 느껴지는 진실성 앞에 우리는 움찔하게 된다.

> 클레오파트라 앤터니 님이 작고하셨느냐? 그렇다고 말만 해봐라,
> 이 망할 것 같으니, 넌 네 여왕 마마를 죽이는 것이 된다.
> 그러나 별고 없으시고 자유의 몸이라고 말한다면
> 네게 황금을 주고, 이 손의 파란 정맥에 키스를 하게 해주겠다.
> 여러 국왕들이 입술을 갖다 대고 몸을 바르르 떨며 키스했던
> 이 손이다.
> 전령 첫째, 여왕 마마, 그분은 안녕하십니다.
> 클레오파트라 아, 그럼 황금을 더 주겠다. 그러나 여봐라, 우린 죽은 사람보고도
> 안녕하다고 말하는 수가 있는데, 그런 의미라면 네게 주겠다던
> 황금을 녹여 흉한 소식을 토해내는 네놈 목구멍에 부어 넣을 테다.
> 전령 여왕 마마, 제 말씀을 들어 보십시오.

클레오파트라 그럼 말해보라, 들어보자. 하지만 네 안색이 수상하구나.

글쎄, 앤터니 님이 아무 탈 없이 건강하시다면 그렇게 좋은 소식을

그런 시큼한 낯짝으로 알려오지는 않을 텐데.

전령 황공하오나 제 말씀을 들어보십시오.

클레오파트라 네 얘길 듣자니 때려주고 싶은 마음이 들썩들썩한다. 하지만

앤터니 님이 살아계시고 무사하시고 시저와는 의가 좋으시고,

그리고 그분의 포로가 아니라고 내게 말하면, 나는

황금 소낙비를 쏟아주고 진주알 우박을 뿌려주겠노라.

전령 여왕 마마, 그 어른은 무사하십니다.

클레오파트라 거 좋은 소식이다.

전령 그리고 시저와 의가 좋으십니다.

클레오파트라 넌 참 정직한 사람이로구나.

전령 시저와는 어느 때보다 훨씬 의가 좋으십니다.

클레오파트라 널 톡톡히 출세시켜 줘야겠구나.

전령 하오나, 마마….

클레오파트라 '하오나' 란 말은 듣기 싫다. 이 말로 아까 그 좋은 소식을

망치고 마는구나. 염병할, '하오나' 가 다 뭐냐!

'하오나' 는 무슨 흉악한 죄인을 구금하러 오는 옥사장이 같구나.

여봐라, 좋은 소식 나쁜 소식을 통틀어 내 귀에 다 부어다오.

그분은 시저와 의가 좋으시고 건강하다고 너는 말했지.

그리고 자유의 몸이시라고 말했지?

전령 자유의 몸이라뇨. 천만에요, 여왕 마마! 그런 보고를 드린 기억은

없습니다. 지금 옥타비아와 관계가 있으시니까요.

클레오파트라 관계라니?

전령 이불 속에서의 근사한 관계 말입니다.

클레오파트라 아아, 차미언아, 내 얼굴이 창백해졌지?

전령 여왕 마마, 그 어른은 옥타비아와 결혼하셨습니다.

클레오파트라 에잇, 무서운 염병이나 걸릴 놈아! (전령을 때려눕힌다)

전령 여왕 마마, 고정하십시오.

클레오파트라 뭐라? (또 때린다) 썩 물러가라, 고얀 놈 같으니라고,

네 머리칼을 쥐어뜯어놓겠다. (사자를 쥐어박는다)

이놈을 철사로 후려갈겨줄까 보다. 그리고 소금물에 절여,

영원히 고통을 맛보게 해줄까 보다.

전령 여왕 마마, 저는 소식을 가져왔을 뿐이지,

제가 결혼을 주선한 것은 아닙니다.

클레오파트라 아까 한 말을 취소하면 네게 영토를 주고, 당당한 신분으로

출세시켜주겠다. 그리고 네가 이미 얻어맞는 것으로

나를 화나게 한 것을 용서해주겠다. 그에 더해

엉뚱한 청만 아니라면 무엇이든 네 소원대로 들어주겠다.

전령 그 어른은 결혼하셨습니다, 여왕 마마.

클레오파트라 망할 자식 같으니, 이만해도 너는 너무 오래 살았다. (칼을 뺀다)

전령 그럼 전 달아나겠습니다. 왜 이러십니까, 여왕 마마,

저는 잘못을 한 기억이 없는데요. (퇴장)

차미언 여왕 마마, 고정하세요. 전령은 죄가 없습니다.

클레오파트라 죄 없는 사람도 더러는 벼락을 면치 못하는 법.

이 이집트는 나일 강에 녹아버려라! 그리고 온순한 동물들도

죄다 뱀이 되어버려라! 그 녀석을 다시 불러들여라.

내가 미쳐버린다 해도 그 녀석을 물어뜯지는 않을 테니까.

어서 불러들여라, 어서!

차미언　오기를 두려워합니다.

클레오파트라　그 녀석에게 해악을 끼치지는 않겠다. (차미언 퇴장한다)

이 손은 버릇도 없지, 나보다도 못한 자를 때리다니.

이건 애당초 내 자신이 씨를 뿌려 놓은 결과가 아니더냐.

(차미언이 전령을 데리고 돌아온다) 자, 이리 오너라.

정직하긴 하다만 나쁜 소식을 가지고 오는 건 좋지 못하다.

좋은 소식 같으면 수없이 혀를 동원해도 관계없지만,

흉한 소식은 저절로 알려지게 놔둬야 한다.

* * *

클레오파트라　나는 앤터니 님을 칭찬한 나머지 시저를 험담하곤 했었지.

차미언　예, 여러 차례 그런 일이 있었어요, 여왕 마마.

클레오파트라　이젠 그 보복을 받는구나. 날 좀 부축해서 안으로 안내해라.

기절할 것만 같구나. 오, 아이레스야, 차미언아, 아, 이젠 괜찮다.

여봐라 알렉서스, 아까 그자한테 가서 옥타비아의 생김새를

좀 물어오너라. 그리고 나이와 성격도 좀 물어보고,

머리칼 빛깔도 좀 물어오너라. 그리고 속히 내게 보고해라.

(알렉서스 퇴장) 이젠 그분을 영 잊어버려야겠어.

아니, 그럴 수는 없지. 차미언, 그분은 어떤 때는 군신 같이

보이더구나. (마디언에게) 너는 가서 알렉서스에게 가서

그 여자의 키도 물어보고 오라고 해라.

내가 가엾지, 차미언? 하지만 아무 말도 말아라.

날 좀 방으로 데려다다오.

나는 이 부분에 비견될 장면이 없다고 생각하기에 이 장면 전체를 제시했다. 이집트 여왕의 자존심과 오만, 여성적 유혹의 태도, 예측불허지만 자연스러운 감정의 변화, 다양한 열정적 감정의 대결 구도, 이 모든 것이 마침내 눈물과 우수의 감정의 천으로 휘감겨버리는 상황이 너무나도 진실하고 여성스러운 감각으로 완벽하게 묘사되어 있다. 색채감과 화려함이 이 독특한 장면에 덧칠해졌다는 점이 주목할 만하다. 화난 여성이 자신의 몸종을 매질한다는 단순한 생각은 다소 우스꽝스럽기도 하고 그리 좋아 보이지는 않는다. 특히 여왕 혹은 비극의 여주인공에게는 더욱 부자연스럽고 어울리지 않는 설정이 될 수도 있다.[*] 하지만 이 장면은 저속하거나 희극적인 것과는 거리가 있다. 클레오파트라는 특별한 제재 없이 "우리가 증오하는 것들의 가장자리를 건드릴 수 있는" 특권을 부여받은 것처럼 보인다. 이 제왕다운 거친 말투를 지닌 "모든 것이 어울릴 듯한 입심 좋은 여왕"에게는 분노의 감정까지도 잘 어울린다. 우리는 통제되지 않은 감정들과 유아적인 변덕스러움 가운데서도 클레오파트라라는 인물의 시성詩性이라든지 그녀에 대한 묘사의 환상적이면서도 화려한 우아함이 유지되고, 여전히 상상력을 압도하고 있음을 느끼게 된다.

■ (원주) 주변 인물들에 의한 평가로 이미 잘 알려져 있었던 엘리자베스 1세 여왕의 폭력성과 거친 성격으로 인해 셰익스피어 시대에는 오히려 그런 여왕의 이미지가 덜 폭력적이고 덜 독특한 것으로 보였을 수도 있다.

클레오파트라의 과격한 성격은 역사적으로 이미 충분히 검증되어 있다. 이는 그녀가 옥타비아누스가 동석한 자리에서 자신의 재무대신의 귀를 일격한 일화가 있다는 플루타르코스의 기록이 증명한다. 셰익스피어는 이 일화를 극을 마무리 짓는 데 교묘하게 이용했다. 하지만 이 장면 역시 앞선 전령과의 일화에 비해 강도가 떨어진다.

이 전령은 나중에 거의 완력으로 끌려나와 옥타비아에 대한 평을 전함으로써 클레오파트라의 질투 어린 불안감을 해소시키게 된다. 지난번 경험에 비추어 그는 이번에는 과격한 여왕의 비위를 맞추려 말을 조율한다. 기교와 예리함, 뛰어난 통찰력을 모두 갖춘 클레오파트라지만 이어지는 장면에서는 여성적 심술과 질투의 하수인으로 행동하는 모습을 보인다. 자신의 어리석음을 받아주고 기분을 맞춰준 대가로 돈을 주는 장면은 클레오파트라의 성격을 잘 드러낸다. 그녀는 허위 보고를 한 전령에게 돈과 감사의 말을 전하며 다음과 같은 대사로 장면을 마무리한다.

클레오파트라 아까는 너무 심하게 대해서 안됐구나.
                지금 보고 같아서는 그 여자가 별 것 아닌 것 같구나.
    차미언 별거 아니고말고요.
클레오파트라 그는 위엄이란 것이 무엇인지 본 적이 있으니, 아마 잘 알 거야.

그녀의 거친 성미와 무례한 기질은 다른 몇몇 장면에서도 찾아볼 수 있다. 로마인들에게 인신공격적인 말을 들었을 때 그녀는 다음과 같이 외친다.

로마는 가라앉고, 내게 그런 욕을 하는 혀는 썩어버려라!

프로쿨레이우스(Proculeius)가 종묘(宗廟, monument)를 급습하여 그녀에게서 단도를 낚아채자, 공포, 분노, 자존심, 열정, 경멸의 감정이 영혼 가득히 차올라 그녀를 송두리째 뒤흔들어놓는다.

클레오파트라 너 어디 있느냐, 죽음아! 이리 오라, 어서! 어서 와서 여왕을 잡아
　　　　　　 가거라. 아기들과 거지들을 수없이 잡아가는 것과 맞먹을 테니!
프로쿨레이우스 아, 진정하십시오, 여왕님!
클레오파트라 이젠 먹지도 마시지도 않겠소. 그리고 ― 한마디 더 쓸데없는 소
　　　　　　 리를 해야겠는데 ― 잠도 영영 자지 않을 테요.
　　　　　　 어차피 한 번은 죽을 이 육신을 내 손으로 부수겠소.
　　　　　　 시저가 어떻게 하든 간에. 여보, 나는 당신 주인네 마당에
　　　　　　 끌려가서 날개를 잘리고 저 멍청한 옥타비아의 멸시 밑에
　　　　　　 순종하고만 있지는 않을 테요.
　　　　　　 그래, 나를 들어 올려, 입성 사납게 아우성치는
　　　　　　 저 로마의 군중들에게 구경시킬 심산이오?
　　　　　　 내 무덤으로는 이집트의 도랑이 차라리 훌륭하지!
　　　　　　 차라리 나일 강의 진흙에 벌거숭이로 내던져지고 뭇 파리들이
　　　　　　 쉬를 슬어 보기 싫게 썩게 하라지!
　　　　　　 차라리 높은 피라미드를 교수대 삼아 나를 쇠사슬에 달아매라!

다소 진정되기는 했지만 여전히 제왕다운 허세로 돌라벨라(Dolabella)

에게 앤터니에 대한 평을 들려주는 유명한 장면은 환상과 상상력이 공존하는 동양적 화려함으로 가득하다.

돌라벨라 　지고하신 여왕 폐하, 소생에 대한 소문을 들으셨지요?

클레오파트라 　글쎄요.

돌라벨라 　확실히 소생을 알고 계실 것입니다.

클레오파트라 　모르고 있건 알고 있건 아랑곳 없소.

　　　　　　아이들이나 아낙들이 꿈 얘기를 하면 당신네는

　　　　　　비웃는다고 하지만, 그것이 당신네들 수작이 아니오?

돌라벨라 　뜻을 잘 알아듣지 못하겠는데요.

클레오파트라 　실은 나는 꿈에 앤터니라는 황제가 있는 것을 보았소.

　　　　　　아, 한 번 더 그런 잠을 청하여 그런 분을 다시 한 번 만나보았으면!

돌라벨라 　실은 황공하오나….

클레오파트라 　그분 얼굴은 마치 하늘과 같았소. 거기에 있는 해와 달도

　　　　　　그 궤도를 돌며, 아, 저 조그만 지구를 비추고 있었소.

돌라벨라 　여왕 마마께 아뢰오….

클레오파트라 　두 다리는 대양大洋을 걸쳐 딛고, 번쩍 든 팔은

　　　　　　이 세계의 장식이었소.

　　　　　　그 음성은 천체의 음악만 같았고, 친구들을 대하실 때는 말이오.

　　　　　　그러나 세계를 요란하게 뒤흔들어놓으려 하시자,

　　　　　　흡사 천둥이 우르릉거리는 것만 같았소.

　　　　　　그 은혜로 말하자면 겨울이라곤 없고, 수확해 들일수록

　　　　　　결실이 풍성해지는 가을철만 같았소.

홍겨워지면 돌고래만 같았소, 해수에 살면서 등은 항상

수면 위로 드러내고 있는 돌고래 말이오.

왕관이며 면류관을 쓴 왕후들이 그분의 종자들로, 영토며 섬들은

그분의 주머니에서 은전이 뿌려지듯이 뿌려졌소.

돌라벨라   클레오파트라 마마….

클레오파트라   내가 꿈에 본 그런 분이 실제 존재했다고 생각하오,

또는 존재할 수 있다고 생각하오, 당신은?

돌라벨라   저는 그렇게 생각하지 않습니다.

클레오파트라   그 거짓부렁, 하느님의 귀에까지 들리렷다.

그러나 가령 그런 분이 존재한다고 치면, 또는 존재했다고 치면,

그런 일은 꿈의 한계를 초월한 것이오. 자연은 재료가 부족해서

기묘한 형태를 만드는 데는 상상력과 견주지 못한다지만,

그래도 앤터니 같은 분은 자연의 걸작으로

그림자 같은 상상의 산물일랑 완전히 압도해버린다오.

위 대사는 역사적 인물로서 클레오파트라가 지닌 모든 결점을 상쇄하기 충분하다. 대사에서 읽어낼 수 있는 열정적인 모성적 부드러움은 그림으로 나타낸다면 그 자체로 화폭을 가득 채워, 그녀의 성격적 결함의 침범을 허락하지 않을 듯하다. 비록 자신에게 닥칠 운명의 장난을 저주하고 "천둥이 시저 아들에게 내리치기를" 바라면서 다시 한 번 마지막으로 사악한 악녀의 모습을 드러내지만 말이다.

셰익스피어는 앤터니와 클레오파트라 사이의 애정관계를 사실적이면서도 열정적으로 재현하기 위해 역사적 사실에 집착했다. 앤터니에게 클

악티움 해전, 기원전 31년 9월 2일, 로렌초 카스트로(Lorenzo A. Castro), 1672.

레오파트라를 향한 사랑은 일종의 일시적 심취의 감정이자 독점적인 순정이었다. 나이를 먹어가는 한 남자가 자신보다 훨씬 젊은 여자, 여성적 매력을 무차별적으로 펼치며 자신을 꼼짝 못하게 만드는 여인에 대해 느끼는 사랑 말이다. 반면 클레오파트라의 사랑은 다소 복잡한 것으로서, 쾌락, 권력, 그리고 자아에 대한 사랑이 한데 뒤섞여 만들어진 결정체이다. 그녀의 성격은 가장 복잡할 뿐만 아니라, 그 어떤 감정도 그녀의 마음속에서는 순수하고 무변의 상태로 있을 수 없다. 그녀의 정열은 중심에 고정된 진실한 마음이지만, 돛에 매달린 깃발처럼 그녀의 다양한 기질이라는 바람에 따라 휘날릴 뿐이다. 그녀의 변덕과 어리석음, 사악한 기질의 한가운

135

데에는 여전히 여성스러운 감정이 우세하고, 비호의적인 운명이 앤터니와 클레오파트라를 사로잡아감에 따라 변화하는 앤터니에 대한 태도는 그 자체로 아름답기도 하고 흥미롭기도 하다. 첫 장면에 보이는 변덕과 고집스러움 대신 우리는 부드러움과 영민함, 두려움, 그리고 아첨하는 고분고분함이 적절히 조화된 그녀의 모습을 발견하게 된다. 예를 들어 악티움 (Actium) 전쟁 이후 앤터니의 고상하고 부드러운 책망 앞에 주눅 드는 모습에서는 한편으로는 여성적인 섬세함이, 다른 한편으론 자연스러운 감정의 흐름이 느껴진다.

클레오파트라 아, 겁을 내어 달아난 것을 부디 용서해주세요.
　　　　　당신이 쫓아오시리라곤 생각도 안 했어요.
　앤터니 여보, 이집트의 여왕, 내 마음은 당신의 키에 끈으로 묶여 있어서
　　　　　내가 끌리리라는 것은 신도 잘 알고 있소.
　　　　　그리고 내 정신은 온통 당신의 지배를 받고 있으니,
　　　　　당신의 부름이라면 신의 명령을 거역하고라도
　　　　　갈 수밖에 없다는 것을 당신은 잘 알고 있소.
클레오파트라 아, 용서하세요!
　앤터니 이제는 그 젊은이에게 비굴하게 강화를 청하고 영락(零落)한
　　　　　사람으로서 말을 얼버무리고 속임수라도 써봐야 하게 됐소.
　　　　　천하의 반을 주무르고, 왕국들을 세우고 없애던 이 사람이 말이오.
　　　　　당신은 잘 알고 있소, 당신이 얼마나 날 정복하고 있는지를,
　　　　　그리고 애정 때문에 약해진 이 칼은 오직 애정에 순종할 수밖에
　　　　　없다는 것을.

클레오파트라 용서하세요, 용서하세요!

앤터니 제발 눈물을 쏟지 마오, 그 한 방울 한 방울은 내가 얻고 잃은 전부
와 같으니까.

자, 키스합시다. 이것만이 나에게 보상이 되오.

마크 앤터니라는 인물은 셰익스
피어에 의해 묘사된 것처럼 파르네세
의 헤라클레스 상(Farnese Hercules)
을 연상시킨다. 허세 부리는 듯한 힘
의 과시, 과장된 위엄, 전장에서 칼이
부딪치면서 나는 소리와 연회의 풍악
소리 사이에서 들리는 화려한 대사를
통해 만들어진 앤터니의 모습은 역사
적 기록에서 볼 수 있는 거침과 폭력
성과는 다소 거리를 둔다. 하지만 앤
터니가 말하는 모든 대사는 "자신이
원하는 대로 이 세상의 땅덩어리 절반
이 움직인다."는 말처럼, 오만하면서
도 관대한 로마인의 성격을 고스란히
보여준다.

파르네세의 헤라클레스 상.

▪ 헤라클레스는 자식을 살해했다는 벌로 12가지 임무를 부여받는데, 그중 첫 번째가 맨손으로 사자를 죽이는 일이었
다. 이 일화는 후에 이탈리아의 명문가 파르네세 가문의 정원에 세워진 헤라클레스 동상이 죽은 사자의 껍질을 두르고
서 있는 모습으로 형상화된다. 파르네세의 헤라클레스 상은 그가 지닌 엄청난 힘을 보여주는 것으로, 헤라클레스를 표
현한 많은 조각상 중에서 단연 으뜸으로 평가받는다.

극의 파국에서 생기는 모든 사건은 역사적 사실을 그대로 재현하고 있지만, 결말로 치달으면서 또 다른 웅장함과 비장함이 첨가된다. 재앙이 주위를 감싸옴에 따라, 클레오파트라는 그에 대적하기 위해 자신이 지닌 모든 능력을 끌어낸다. 그것은 위대한 영혼의 침착한 꿋꿋함이라기보다는 고집스러운 여인의 건방지고 길들여지기 거부하는 영혼으로 볼 수 있다.

그녀의 팔에서 앤터니가 숨을 거두었을 때 클레오파트라의 입을 통해 말해지는 대사를 나는 개인적으로 셰익스피어의 어떤 대사보다 훌륭하다고 생각한다. 클레오파트라는 조용히 슬픔을 삭이는 여자가 아니다. 그녀가 지닌 열정의 폭력성과 여성성에서 비롯된 연약함의 대조, 왕녀로서의 위엄과 비참함 사이의 거리감, 자신을 잠식해오는 두려운 운명에 대한 충동적인 저항과 고통에 대한 야성적인 초조함과 파토스의 혼재는 그야말로 최고이다. 그녀는 앤터니의 시체 위에서 기절하지만 시녀들의 울부짖음에 다시 기력을 회복한다.

> 이제 나는 한낱 여인밖에 안 된다. 천한 감정을 가진 것으로 보아
> 소젖 짜는 천덕꾸러기 계집이나 다를 바가 없구나.
> 내 홀(笏)을 저 심술쟁이 신들에게 팽개치고 내 보석을 도둑맞을 때까지는
> 이 세계는 너희들 신의 세계나 동등하다고 쏘아주고 싶구나.
> 이제 만사는 허무, 인내는 바보짓, 조바심은 미친 수작.
> 그러니 죽음이 밀어닥치기 전에 선수를 써서
> 죽음의 비밀의 집으로 돌진한다고 해서 죄가 된단 말인가?
> 왜 그러느냐, 시녀들아? 아아, 기운을 내라.
> 아니, 무슨 일이냐, 차미언아? 훌륭한 시녀들아! 아아, 시녀들아, 보아라,

내 등불이 다 타서 꺼졌지 않느냐! 얘들아, 용기를 내라. 우선 장례를
치러드려야지. 그리고 나서 고상하게 로마의 정통 격식대로 처신하여,
죽음의 신이 자랑스럽게 나를 잡아가도록 해야지.
자, 저리들. 저 거대한 영혼의 집이 이젠 차디차구나.
아아, 시녀들아, 시녀들아! 자, 이제는 결심과 신속한 끝장밖에는 벗도 없구나.

비록 클레오파트라는 로마식에 따라 고귀한 죽음을 맞겠다고 말하고
있지만, 자신이 치러야 할 대가를 두려워한다. 역사상의 인물로서 클레오
파트라의 일면을 잘 보여주는 이러한 소심하고 겁 많은 성격은 결국 악티
움 전쟁의 실패 원인이 되었고, "죽기는 죽되, 가능한 한 쉽고 편안한 방법
을 모두 시험해볼 때까지" 운명적인 결심을 지연시킨다. 셰익스피어는 이
부분을 조명하며 그녀의 이런 성격을 효과적으로 제시하면서 그녀에 대한
존경과 관심을 조금도 손상하지 않았다. 천성은 소심하나 의지의 힘으로
그녀는 충분히 용감했다. 그녀의 생동감 있는 상상력은 결심에 따라 일을
진행하는 원동력이 되기도 했지만, 반대로 미래에 있을 불행에 대한 예측
으로 불안감을 만들어 내는 요소이기도 했다. 그녀는 포로로 잡혔을 때 벌
어질 온갖 치욕스러운 상황을 그려본다.
그녀가 예상하는 것은 허영심 많고 사치스럽고 건방진 여자가 특히
두려워하는 것이고, 오직 진정한 덕성과 관대함을 지닌 여성만이 무시해
버릴 수 있는 것들이다. 클레오파트라에게 자유를 잃는 것은 견딜 만한 것
이다. 하지만 포로가 되어 로마 거리를 걷도록 강요받는 것은 참기 어려운
일이다. 그녀는 거짓 공손함으로 시저에게 고개 숙일 수도 있고 최고의 속
임수로 이중적인 모습을 보일 수도 있었다. 하지만 경멸하고 비방하는 듯

139

시저 앞의 클레오파트라, 장 레옹 제롬 (Jean-Léon Gérôme), 1866.

한 옥타비아의 눈총을 받느니 차라리 "이집트의 하수구"에 있는 편을 택할 것이다.

클레오파트라　얘, 아이레스. 넌 어떻게 생각하느냐?
　　　　　　　너도 이집트의 꼭두각시로서 나랑 같이 로마에서
　　　　　　　구경거리가 될 것이다.
　　　　　　　기름 묻은 앞치마를 두르고 잣대나 망치를 든 직인 녀석들이
　　　　　　　우릴 들어 올려 구경거리로 삼을 거란 말이다.
　　　　　　　고약한 냄새가 나는 천한 음식을 먹는 입의 독한 입김에 싸여
　　　　　　　우리는 그 독기를 들이킬 수밖에 없단다.
아이레스　어머, 하느님 맙소사!
클레오파트라　아니다, 아이레스. 반드시 그렇게 된다. 교만한 병사들은
　　　　　　　창녀라도 체포하는 양 우리를 체포하고, 상스러운 노래쟁이들은
　　　　　　　우리를 조롱하여 장단도 맞지 않은 노래를 지을 테지.
　　　　　　　그리고 재치 있는 희극 배우는 우리 신세를 즉흥극으로 엮어서
　　　　　　　알렉산드리아의 향연 장면을 상연케 할 테지.
　　　　　　　그리고 앤터니 님은 주정뱅이로 등장하게 되고, 갈대 음성을 한
　　　　　　　소년 배우는 이 클레오파트라의 위엄을 창녀 같이 분장할 테지.

그리고 나서 그녀는 왕관과 왕복을 가져오도록 명령하고, "마크 앤터니를 영접하기 위해" 성장聖裝을 한다. 마지막까지 요부의 이미지를 잃지 않는 그녀는 죽음의 신마저도 그녀를 데려가는 일에 뿌듯함을 느끼게 만들기에 충분했을 것이다. 클레오파트라는 절망 가운데서도 화려함을 잃지

않는 "불사조"처럼 죽음을 맞이하려 했다.

　루크레티아(Lucretia)*, 포셔, 아리아(Arria) 등과 "고귀한 로마식 죽음"을 선택한 다른 인물들의 최후도 나름대로 숭엄하지만, 그 누구의 죽음도 클레오파트라의 종말만큼 상상력에 강한 영향을 주지는 못했다. 연약하고 소심하고 제멋대로인 여성이 단지 정열과 의지의 힘으로 죽음에 대항하는 모습은 우리를 경악시키기에 충분하다. 고전적인 우아함, 시적 상상력, 죽음이 휘감을 때까지 압도적으로 무대를 제압하는 아름다움과 왕족의 긍지는 그녀가 삶과 성격을 통해 보여준 대조의 효과를 최고조에 이르게 한다. 어떤 기교나 재주로도 클레오파트라의 마지막 장면의 지극히 현실적인 상황을 더 잘 표현할 수는 없을 것이다. 셰익스피어는 클레오파트라의 결말을 통해 고전의 권위를 고수하면서 심오한 판단과 느낌을 보여주었다. 언어와 감정이 이야기의 뼈대에 살을 붙였다는 것이 그에게 할 수 있는 최대의 칭찬이다. 상상력과 클레오파트라의 압도적인 매력의 마술적인 유희는 마지막 순간까지 유지된다. 클레오파트라가 독사를 가슴에 대면서 시녀들을 진정시키며 하는 대사이다.

　쉿! 내 가슴에 아기가 있지 않느냐?

　젖을 빨며 유모를 잠들게 하는 것 좀 보아라!

　이미지의 부드러운 아름다움이 긴박하고 공포스러운 분위기와 대비

■ BC 6세기경 로마의 전설상의 인물. 콜라티누스의 아내로 미모와 정절을 갖추었으나, 고대 로마 최후의 왕 타르퀴니우스의 아들 섹스투스에게 능욕당하자, 남편에게 복수를 부탁하고 자살했다. 이로 인해 콜라티누스는 브루투스 등의 협력을 얻어 타르퀴니우스 일족을 로마에서 추방했고, 이로써 왕정이 끝나고 공화제가 시작되었다고 한다. 그녀의 비극적인 죽음은 유럽의 미술과 문학작품의 좋은 소재가 되었다.

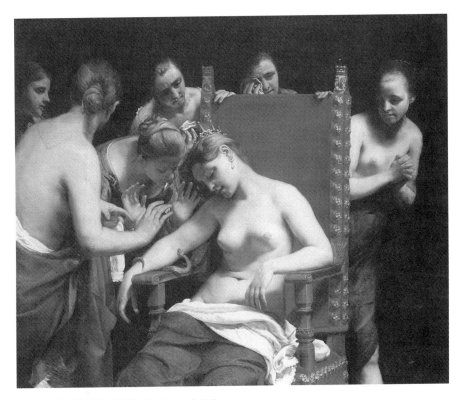

클레오파트라의 죽음, 귀도 카냐치(Guido Cagnacci), 1658.

되면서 세상 그 어떤 말보다도 강한 애처로움을 생산해낸다. 헌신적인 시녀들로부터 우리는 클레오파트라의 덕스러운 매력을 느끼게 된다. 뒤늦게 뛰어 들어온 옥타비아누스가 이미 자신의 포로를 구할 수 없음을 깨닫고 죽은 그녀의 시신을 응시하며 하는 말을 통해서 관객들은 그녀의 아름다움과, 죽음도 어찌할 수 없는 클레오파트라의 거부할 수 없는 의기양양한 태도를 다시 한 번 떠올리게 된다.

여왕은 잠을 자고 있는 것 같구나.

마치 그 아름다움의 어마어마한 덫으로

또 다른 앤터니를 사로잡으려는 듯이 말이다.

나는 클레오파트라라는 역사적 인물을 기리는 사제도 아니고 그녀를 닮은 여성도 물론 아니다. 나는 단지 그녀를 엄청난 아름다움과 정신력, 독창성을 지닌 극적 인물로 바라본다. 그녀는 두 편의 라틴 극, 열여섯 편의 프랑스 극, 여섯 편의 영어로 된 비극, 적어도 네 편 이상의 이탈리아 비극에 소재를 제공했다. 하지만 셰익스피어만이 유일하게 인물을 왜곡하지 않고 이야기가 줄 수 있는 최대의 즐거움을 전부 제공했다. 오로지 셰익스피어만이 이 이집트 여왕의 가장 위대한 부분과 가장 약한 부분, 긍정적인 부분과 약점이 될 수밖에 없는 부분을 온전히 노출시키면서도 인물의 극적 자산과 시적 색채를 손상 없이 유지했다. 아울러 인물의 죄나 실수에 대해 애써 숨기지 않으면서도 퇴락한 위엄에 대한 연민을 충분히 이끌어냈다.

플레처*의 클레오파트라는 바티칸에 있는 위엄과 우아함으로 중무장한 거대한 석상을 연상시키고, 드라이든(Dryden)의 《사랑을 위해 모든 것을》(*All for Love*)에 등장하는 클레오파트라는 피티 궁(Pitti Palace)에 전시된 귀도 레니**의 《죽음을 맞이한 클레오파트라》와 비슷하다. 셰익스피어의 클레오파트라는 우아하고 환상적인 아라베스크 양식처럼, 상반된 모양

■ John Fletcher(1579-1625). 영국의 극작가이자 시인. 케임브리지 대학에서 공부한 뒤 F. 보몬트 등과 함께 많은 희비극을 공동으로 썼으며, 만년에는 셰익스피어와 라이벌이 되었다.
■ ■ Guido Reni(1575-1642). 이탈리아의 화가. 〈베아트리체 첸치의 초상〉으로 유명하다.

과 어울리지 않을 것 같은 대담한 조합이 만나 빛의 혼동 속에서 조화로운
부조화를 이루어내는 형상과 같다.

Shakespeare's Heroines

2장

로마 여성의 이상적 아름다움

《앤터니와 클레오파트라》의 옥타비아

옥타비아의 아름다움은 클레오파트라의 아찔한 눈부심에 잠식될 수밖에 없는 운명일지도 모른다. 은빛 달과 영원한 빛을 지닌 별들이 수놓인 밤에 장작불을 보는 것과 비슷하다고나 할까? 하지만 그녀는 "아래를 내려다보는 차분하고 달콤한 눈과 얌전한 자태"를 지녔으며, 이런 예절 바른 부드러움과 위엄 있는 순종적 자세는 바로 클레오파트라와 대립각을 이룬다.

나는 《앤터니와 클레오파트라》의 옥타비아가 단지 "클레오파트라를 돌보이게 만드는 무채색의 그림자 역할을 한다."고 한 어느 비평가의 말을 이해할 수 없다. 클레오파트라는 자신을 돋보이게 하기 위해 그림자가 필요한 인물도 아니며, 옥타비아 역시 단지 "무채색의 그림자" 역할만을 맡고 있지는 않다. 질투에 사로잡힌 연적 클레오파트라의 대사가 그녀에 대해 그런 평을 유도했는지는 모르겠지만 말이다. 아무리 역사상의 실제 인물에 가깝게 재현된다 해도 그녀의 아름다움은 클레오파트라의 아찔한 눈부심에 잠식될 수밖에 없는 운명일지도 모른다. 은빛 달과 영원한 빛을 지닌 별들이 수놓인 밤에 장작불을 보는 것과 비슷하다고나 할까?

하지만 극의 중심은 앤터니와 클레오파트라의 사랑이기 때문에, 옥타비아는 연적과는 거리를 둔 채 적절한 조연 역할만을 한다. 그렇지 않았더라면 아마도 관객의 시야가 분산되어 극의 집중도가 떨어지거나, 고귀한 로마 여성의 이상적 아름다움을 지닌 부드럽고 우아하고 덕스럽고 관대한 옥타비아와 클레오파트라가 대비되었을 것임에 틀림없다.

> 그 부인의 미모로 말하자면, 마땅히 가장 탁월한 대장부를
> 남편으로 삼을 만하며, 그리고 다른 부인네들과는 비교가 안 되는
> 온화함과 기타 여러 미덕을 겸비하고 계십니다.
>
> (아그리파)

148

《사랑을 위해 모든 것을》에서 작가 드라이든은 옥타비아와 그녀의 아이들을 무대에 등장시켜 클레오파트라와 직접 대면하는 장면을 연출하는 우를 범했다. 이렇게 역사적 사실을 왜곡*한 것은 용서할 수 있지만, 단지 무대 효과를 만들어내기 위해 극의 진실과 극적 재산을 희생한 것은 용서할 수 없는 일이다. 극적 흥미를 유지하기 위해 드라이든은 클레오파트라뿐만 아니라 옥타비아라는 인물도 왜곡했다. 그는 잔소리가 넘쳐나는 두 여인의 대면 장면을 종종 무대 위에 재현했는데, 마치 발정 난 두 암탉처럼 무대 양 끝에서 각기 등장하는 구도를 자주 만들곤 했다.** 셰익스피어는 매혹적이고 요염하고 화려하지만 때론 저속하기도 한 클레오파트라를 고결하고 정숙한 옥타비아와 직접적으로 비교하게 만들 기회를 조금도 허용하지 않았다.

옥타비아에 대한 언급은 많지 않지만, 언급된 부분만으로도 많은 것이 설명된다. 그녀는 "아래를 내려다보는 차분하고 달콤한 눈과 얌전한 자태"*를 지녔으며, 이런 예절 바른 부드러움과 위엄 있는 순종적 자세는 바로 클레오파트라와 대립각을 이룬다. 또한 그녀는 극 전체에서 결코 잊을 수 없는 가장 우아한 비유 중 하나를 제공한다. 동생 옥타비우스 시저와의 이별을 슬퍼하는 옥타비아를 보고 앤터니는 다음과 같이 말한다.

혀는 감정을 순수하게 토로하지 못하고,

■ (원주) 옥타비아가 이집트에 갔었다는 기록은 존재하지 않는다.

■■ (원주) 드라이든의 옥타비아는 셰익스피어의 작품에서보다는 중요한 인물이지만 훨씬 차갑고 냉정한 인물로 묘사된다. 그러나 짧은 등장 장면에서도 매우 흥미로운 관점으로 조망된다. 드라이든은 사랑에 빠진 연인들보다는 한 남자의 아내로서의 권리를 요구하는 여인의 주장이 관객의 흥미를 더 자극하리라는 것을 알았다. 따라서 더 큰 의무감과 적은 사랑으로 남편을 대하는 상처 입은 옥타비아의 측면을 강화하려 했다.

◆ "downcast eyes sedate and sweet, and looks demure"

감정 또한 혀에게 말을 전하지 못하는구나.

만조에 떠 있는 백조의 깃털이 어느 쪽으로도 기울지 않듯이.

클레오파트라는 이성적이고 정숙하고 단아한 옥타비아에게 흠을 잡히지 않으려고 노심초사하고 전전긍긍하는 모습을 보인다. 이 부분은 두 여인의 성격을 잘 보여준다. 이러한 두려움은 클레오파트라에게조차 시기심과 양심의 가책을 느끼게 할 수 있는 옥타비아의 덕성에서 비롯된 것이다. 클레오파트라가 그다지도 애지중지하는 자식들의 운명을 예언자로부터 들었을 때, 과연 무슨 생각과 느낌이 들었을까? 포로가 되어 성난 로마 군중들의 분노의 과녁이 되지만, 그들은 관대한 옥타비아의 손길을 통해 생명을 이어간다. 그녀는 앤터니와 클레오파트라의 아이들을 집으로 받아들여 자신의 아이들과 마찬가지로 교육시키고 가식 없는 모성으로 대했으며, 적절한 배우자들과 결혼시켜주었다.

여기에서 옥타비아의 죽음과 클레오파트라의 죽음을 비교해보는 것도 매우 흥미롭다. 아우구스투스(Augustus)의 누이로서가 아니라 그녀가 지닌 덕성으로 인해 넘치는 존경을 받는 삶을 산 뒤에, 옥타비아는 "로마의 희망"이라 불리는 장남 마르셀루스(Marcellus)의 죽음을 겪는다. 이 충격은 결국 그녀의 삶의 의지를 꺾고, 깊은 우울증에 빠지게 하여 점점 건강을 잃게 만든다. 그녀가 조금씩 죽음에 다가서는 장면이 만약 화폭에 담겼다면 나는 분명 클레오파트라의 죽음을 그린 그림 앞에 마주 보이게 걸어놓았을 것이다. 아우구스투스가 시인 베르길리우스(Vergilius)로 하여금 마르셀루스의 덕과 단명한 삶을 기리는 시를 누이에게 읽어주라 명했을 때 베르길리우스는 다음과 같은 시행을 읊는다.

아우구스투스와 옥타비아, 리비아에게 《아이네이스》를 읽어주는 베르길리우스.
장 바티스트 위카르(Jean-Baptiste Wicar), 1790-1793.

이 젊은이는 하루 중 가장 축복받은 시간에
지상에 모습을 잠시 드러냈다가 곧 사라질 운명이더라.

옥타비아는 두 손으로 얼굴을 감싸고 눈물을 터뜨린다. 베르길리우스
가 교묘하게 마지막 시행까지 미루어놓았던 마르셀루스의 이름을 언급했
을 때, 옥타비아는 흥분을 통제하지 못하고 기절해버린다. 그 후 옥타비아
는 베르길리우스에게 시 한 줄 한 줄에 대해 상당한 금액의 포상을 내렸

다. 아마도 이때 겪은 그녀의 심리적 동요가 건강에 큰 영향을 미쳐, 곧 죽음을 맞이하게 되었을 것이라는 역사적 기록이 있다. 그것이 앤터니가 죽은 지 20년이 되던 때라 한다.

3장

지고의 자긍심을 지닌 모성

《코리어레이너스》의 볼럼니아

볼럼니아의 숭고한 애국심과 귀족적 품위, 자존심으로 가득 찬 모성, 달변 그리고 위풍당당한 영혼은 최고의 무대효과를 가져온다. 하지만 여성적 본성에 가까운 진실은 아름답게 보존되고, 원기와 에너지로 충만한 그녀의 초상에서는 어떤 투박함과 조악함도 엿볼 수 없다.

코리어레이너스로 분한 켐블(J. P. Kemble),
토머스 로렌스 경(Sir Thomas Lawrence), 1798.

    셰익스피어가 옥타비아를 화폭에 담으면서 아름다운 스케치를 그려
냈다고 한다면, 볼럼니아로부터는 진정 고풍스러운 영혼의 소유자이자 모
든 부분에서 완벽한 로마 귀부인의 초상을 구현했다고 할 수 있다. 극의
주인공은 코리어레이너스지만, 줄거리의 많은 부분은 그의 어머니인 볼럼
니아에 의존한다. 마지막 파국 역시 "그녀는 로마를 구했지만 아들을 잃었
다."는 말처럼 아들의 정신세계에 큰 영향을 준 그녀의 힘에 의존한다. 볼
럼니아의 숭고한 애국심과 귀족적 품위, 자존심으로 가득 찬 모성, 달변

그리고 위풍당당한 영혼은 최고의 무대효과를 가져온다. 하지만 여성적 본성에 가까운 진실은 아름답게 보존되고, 원기와 에너지로 충만한 그녀의 초상에서는 어떤 투박함과 조악함도 엿볼 수 없다.

나는 볼럼니아를 조명하기 위해 어머니와 아들이라는 관계에서 비롯된 감정을 설명하는 것으로 글의 서두를 풀어나가고자 한다. 이들의 관계와 그 관계가 만들어가는 감정이야말로 이 극의 사건에서 매우 중요한 부분이고, 그들의 성격을 확실히 파악할 기회를 제공한다고 볼 수 있기 때문이다. 볼럼니아는 분명 로마의 귀부인이자 로마를 구한 여걸이지만, 그녀의 모성애와 어머니로서의 자긍심은 애국심을 훌쩍 넘어선 것임이 분명하다. 그렇기에 아들이 추방되었을 때 볼럼니아는 로마와 그 시민들에게 서슴지 않고 저주를 퍼붓는다.

이제 역병이 전 로마를 뒤덮을 것이고
모든 번영이 끝을 보리라.

볼럼니아는 아들의 죽음 앞에서, "스파르타에는 내 아들과 같이 용감한 사람들이 많다."고 외치는 스파르타의 어머니처럼 외치지 않는다.

한마디만 더 듣고 가거라.
저 대신전이 로마에서 가장 보잘것없는 건물을
가뿐히 능가해버리듯이,
너희가 추방한 내 아들은 너희 모두를 능가하는 인물이다.

극의 첫 장면에서, 주요 인물들이 등장하기도 전에 한 시민이 다른 시민에게 마르키우스(Marcius)의 군사적 위용은 나라를 위해서라기보다는 "그의 어머니를 즐겁게 하기 위한 것"이라고 투덜대는 장면이 나온다. 지나가는 듯한 사소한 이 장면을 통해 우리는 볼럼니아가 맡을 중요한 극적 역할에 주의를 기울일 준비를 하고, 파국에서 그녀가 담당할 몫을 추측하게 된다. 셰익스피어 극작술의 뛰어난 면모를 엿볼 수 있는 부분이다. 1막에는 두 명의 로마 부인, 즉 코리어레이너스의 어머니와 아내가 바느질을 하면서 코리어레이너스의 부재와 전쟁의 위험에 대해 이야기를 나누는 장면이 나온다. 이 장면에 발레리아(Valeria)가 등장한다. 이 짧은 장면에서 셰익스피어는 볼럼니아와 버질리아라는 두 여인의 성격을 분명히 제시한다. 볼럼니아라는 인물에게 느껴지는 거만함, 아들의 위용에 대한 찬사와 아들에 대한 어머니로서의 자부심은 버질리아의 겸손한 온화함, 아내로서의 순종적 사랑, 남편에 대해 한없이 걱정하는 마음과 대조를 이룬다.

> **볼럼니아** 그 애가 아주 어리고 나에겐 하나밖에 없는 외아들이었을 때도,
> 그리고 훌륭한 청년으로 커서 사람들의 눈길이 그 애에게 쏠리게
> 되었을 때도, 그리고 설령 여러 나라의 왕들이 하루만
> 빌려달라고 애원을 해도, 한 시간도 곁을 떠나게 하고 싶지 않은 것이
> 어미의 정이라 믿었을 때도,
> 명예를 얻을 수 있다고 생각될 때는, 저런 사람에게 어울리는 것은
> 명예다, 제 아무리 훌륭한 사람이라도 공명으로 빛나지 않는 이상,
> 벽에 걸려 있는 그림과 같은 것이다, 이렇게 생각하고 기꺼이
> 위험을 무릅쓰게 했단다. 잔혹한 전쟁에도 내보냈었지.

그러면 떡갈나무 가지로 된 관을 이마에 쓰고 돌아왔단다.

애야, 나는 그 애가 태어났을 때 아들이라는 것을 처음 알았을 때보다

그 애가 남자임을 실증해 보여 주었을 때가 훨씬 기뻤단다.

버질리아 하지만 어머님, 혹시 이번에 전사라도 하게 되면 어떻게 해요?

볼룸니아 그렇게 되면 그 애의 훌륭한 명성이 그 애를 대신해줄 거야.

그래야만 내 아들이라 여겨질 수 있잖겠니. 진심으로 말하건대,

나는 사내애가 열둘이 있다 해도, 그리고 그것들이 저마다 귀엽고,

너나 마르키우스 같이 귀엽다 해도, 그중 열한 명은 차라리

나라를 위해 훌륭하게 전사하게 하겠다, 주색에 빠져 포만 속에서

일생을 보내게 두느니.

시녀 마님, 발레리아 부인이 오셨어요.

버질리아 죄송하지만 전 물러가 있겠어요.

볼룸니아 아니, 물러가서는 안 된다. 네 남편의 군고(軍鼓) 소리가

이곳까지 들려오는 것만 같구나. 오피디어스의 머리채를 잡아채서

넘어뜨리고 있는 것이 보이는 듯하다. 마치 어린애가 사나운 곰을

피해 달아나는 것이 보이는 것만 같구나. 그 애가 이렇게 발을

구르면서 외치는 것이 들리는 것 같아. '야, 나를 따르라, 겁쟁이들아!

네놈들은 로마에서 태어났으면서도, 겁쟁이 뱃속에서 나왔더냐!

그리고 나서 피투성이의 이마를 장갑 낀 손으로 닦으면서

돌진하는 것만 같구나.

골풀을 베는 일꾼이 남김없이 골풀을 베지 않으면

품삯을 받지 못한다고 생각하고 있을 때처럼 말이지.

버질리아 피투성이 이마라니요? 설마 그럴 리가 있겠어요?

볼럼니아 쳇, 바보 같은 소리를 하는구나! 그야말로 대장부에게 잘 어울리는
      것이지, 기념비에 황금의 널판이 입혀 있는 것보다는.
      헥토르에게 젖을 빨리고 있는 헤쿠바의 앞가슴도,
      그리스군의 칼에 피를 흘리고 있는 헥토르의 이마만큼 아름답지는
      않을 게다…. (시녀에게) 발레리아 님께 들어오시라고 여쭈어라.
버질리아 하늘의 신들이여, 저 무서운 오피디어스로부터 제 남편을
      지켜주십시오!
볼럼니아 그 애는 반드시 오피디어스의 머리를 제 무릎 아래 때려눕혀
      그 목덜미를 짓밟아줄 게다.

두 여인의 대조적인 성격은 극의 진행과 더불어 잘 유지된다. 코리어
레이너스가 전쟁에서 승리했다는 소식이 전해졌을 때, 메네니우스
(Menenius)가 던진 "장군님은 부상당하셨나요?"라는 물음에 대한 두 여인
의 반응은 매우 다르다.

버질리아 오! 안 돼, 안 돼, 안 돼!
볼럼니아 오! 부상을 당했구나, 그만해도 신께 감사할 일이지.

승전 후 그가 돌아왔을 때 승전의 기쁨에 고무된 어머니는 아들을 축
복과 갈채로 환영하지만, 정숙한 아내는 '고상한 침묵'과 눈물로 마음으로
만 남편을 맞이한다.
볼럼니아와 코리어레이너스는 비록 성별과 나이가 다른 데 따른 차이
점은 있지만 어머니와 아들로서 비슷한 점이 많다. 자부심과 기개를 지닌

볼럼니아는 신중함과 자제력으로 균형을 잡는 인물이다. 그녀의 말과 행동은 로마의 귀부인답게 성숙하며 절제되어 있다. 성난 민중을 잠재우기 위해 아들을 제압하는 모습을 담은 장면에서는 물불을 가리지 않는 아들의 성급함을 자제시키기 위해 취하는 위엄 있는 어머니로서의 어조다. 그녀의 대사에는 아들의 고귀한 품성에 대한 아낌없는 칭찬과 존경 어린 마음이 그대로 녹아 있다.

볼럼니아 (코리어레이너스에게) 내 충고를 들어라.
나도 너만한 용기는 가지고 있다. 그렇지만 분노 때문에
일을 그르치지는 않을 만큼 분별도 있다.
메네니우스 말씀 잘하셨습니다. 부인, 온 국가의 맹렬한 발작을

브루투스와 시키니우스를 꾸짖는 볼럼니아, 제임스 린튼 경(Sir James Linton), 1888.

치료하기 위해서가 아니면, 아드님이 고개를 숙이게 하기 전에,

격에는 맞지 않지만 나라도 갑옷을 입고 나서려 했습니다.

코리어레이너스 (메네니우스에게) 그러면 대체 어떻게 하라는 겁니까?

메네니우스 다시 한 번 호민관을 만나주시오.

코리어레이너스 만나서 대체 어쩌라는 겁니까?

메네니우스 앞서 한 말을 사과하시오.

코리어레이너스 그놈들에게! 그것은 신들에게도 할 수 없소.

그것을 그놈들을 향해서 하라는 말입니까?

볼럼니아 그래서는 너무 완고하구나. 하긴 이렇게 절박한 때만 아니라면

훌륭한 태도라고 할 수 있겠지만. 너는 흔히 말하잖니,

전쟁에서는 명예와 책략이 막역한 친구처럼 같이 성장한다고.

그 말이 진리라면 평화시에도 그 둘이 같이 있지 않으면

서로 손해를 보는 수가 있지 않을까?

* * *

볼럼니아 그렇게 해라, 얘야. 이 모자를 들고 가는 거야.

그리고 이렇게 활짝 팔을 벌리고… 인사를 하는 거다.

그리고 무릎을 바닥 돌에 닿도록 굽히는 거야.

이런 경우에는 몸짓, 그것이 마음의 말이 된단다.

무식꾼의 눈은 귀보다 예민하게 움직이니까….

머리를 몇 번이고 숙이면, 거만하고 억센 마음도 얌전해져,

다 익은 오디 같이 만지지도 못할 만큼 말랑말랑해질 게다.

아버지에게 저주받는 데스데모나, 외젠 들라크루아(Eugène Delacroix), 1852.

폭풍우 속에서 관복을 벗는 리어(3막 4장), 조지 롬니(George Romney), 176

코델리아의 죽음을 슬퍼하는 리어(5막 3장), 제임스 배리(James Barry), 1774.

울부짖어라, 울부짖어라, 울부짖어라, 울부짖어라!
아, 너희들은 돌 같은 인간들이구나. 내가 너희들의
혀와 눈을 갖고 있다면, 그것으로 푸른 하늘의 지붕을
무너뜨렸을 것이다. 그애는 영원히 갔다!
죽은 것과 산 것을 나는 구별할 수 있다. 딸은 죽어서
흙이 되었다. 거울을 다오. 내 딸의 입김이 거울을
흐리게 하거나 얼룩지게 하면 그건 살아 있다는 증거다.

〈리어 왕〉 중에서.

독사에 물린 클레오파트라, 귀도 레니(Guido Reni), 1630

아우구스투스와 옥타비아, 리비아에게 〈아이네이스〉를 읽어주는 베르길리우스,
장 오귀스트 도미니크 앵그르(Jean-Auguste-Dominique Ingres), 1812-1819?.

〈헨리 4세〉의 한 장면(1부 3막 1장), 헨리 푸셀리(Henry Fuseli), 1784.

〈헨리 4세〉의 한 장면(1부4막 1장), 윌리엄 블레이크(William Blake), 1809.

캐서린 왕비의 재판 (헨리 8세) 2막 4장, 조지 헨리 할로 George Henry Harlow, 1817 © 런

맥베스와 뱅쿠오, 세 마녀(〈맥베스〉 1막 3장) 프란체스코 추카렐리(Francesco Zuccarelli), 1760년대

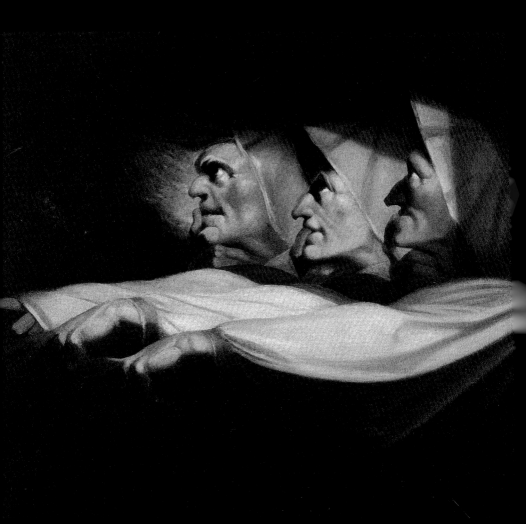

세 마녀(《맥베스》 1막 3장), 헨리 푸셀리(Henry Fuseli), 1783

숨어 숨을 잡은 우리 마녀들
바다와 육지 위를 도는 나그네
돌고 돌자, 돌아라, 돌아라
너도 세 번 나도 세 번
또다시 세 번 돌면 모두 합해 아홉 번이 되는구나.

마녀 1 맥베스 만세! 글래미스 영주께 축복을!
마녀 2 맥베스 만세! 코더 영주께 축복을!
마녀 3 맥베스 만세! 앞날의 임금님이시여!

《맥베스》 중에서.

맥베스 부인(《맥베스》 5막 1장), 귀스타브 모로(Gustave Moreau), 1852

또는 '나는 여러분의 병사입니다. 늘 전쟁에만 나가 있었기

때문에 부드러운 태도에는 서툽니다.' 라고 말해라.

'그렇지만 여러분에게 호의를 청하는 것, 나로서는 필요하고,

또한 여러분이 그것을 요청받는 것도 당연하기에,

앞으로는 여러분을 위해 나의 힘과 몸이 미치는 한 내 성격을

고쳐가도록 힘쓰겠습니다.' 라고 말하거라.

메네니우스　자당님의 말씀대로만 하면 놈들의 마음을 살 수 있습니다.

애걸만 하면 놈들은 곧 '용서한다.' 고 합니다.

무의미한 소리를 내뱉듯이 말입니다.

볼룸니아　자, 어서 가서 그렇게 해다오. 너로서는 정자 그늘에서 적에게

아첨을 하느니 불의 소용돌이 속에서라도 적을 뒤쫓고 싶겠지만.

＊ ＊ ＊

메네니우스　간곡히 말해보는 수밖에 별수 없는 거요.

코미니어스　그것이 유익할 것 같습니다. 코리어레이너스 자신이

그렇게 할 수만 있다면 말이죠.

볼룸니아　그렇게 하지 않으면 안 되고, 그리고 그렇게 할 것입니다.

그렇게 하겠다고 말해라. 그리고 곧 실행해라.

코리어레이너스　그럼, 이 맨머리를 그놈들에게 보이지 않으면 안 되는 겁니까?

비굴하게 혀를 놀려, 이 훌륭한 마음에 거짓말쟁이라는 낙인을

찍어주지 않으면 안 되는 겁니까?… 좋습니다. 하겠습니다.

그렇지만, 잃게 되는 것이 한 줌의 흙덩이 같은 이 마르키우스의

육체뿐일지라도 그놈들에게 짓밟혀 가루가 되어 바람에

휘날려야 한다니! 자, 광장으로! 당신들은 내가 도저히

해내지 못할 일을 시키는군요.

코미니어스 자, 우리가 막후에서 당신을 도와주겠소.

볼럼니아 애야, 부탁한다. 네가 군인이 된 것은 내가 칭찬했기 때문이라고

너는 말했지만, 오늘도 칭찬을 하겠으니, 일찍이 해본 적이 없는

이 역할을 아무쪼록 훌륭히 해주길 바란다.

코리어레이너스 좋습니다. 그렇게 하겠습니다. 그럼, 내 기질은 어디로 깨져

없어져버려라! 어떤 창부의 혼백이라도 나에게 옮겨져 오너라!

* * *

하지만 안 될 말이지. 그런 짓은 스스로 자신의 진실함을

존중하지 않는 짓이다. 스스로의 행동으로 씻을 수 없는 굴욕을

자기 마음에 가르치는 짓이고.

볼럼니아 그럼 마음대로 하려무나. 나로서는 네게 그것을 강요하는 것은

네가 평민들에게 애걸하는 것 이상으로 치욕적인 일이다.

자, 뭐든 엉망으로 해버려라. 나는 네 고집을 두려워하기보다는

네 긍지를 느껴보고 싶은 거란다. 나는 너나 마찬가지로

죽는 것을 아무렇지도 않게 생각한다. 니 좋을 대로 하려무나.

그 용감한 기질은 내게서 타고난 것이다. 네 긍지를 지키려무나.

코리어레이너스 그렇게 노하지 마십시오. 어머니, 저는 광장으로 가겠습니다.

이제 꾸짖지 마십시오.

178

니콜라 푸생(Nicholas Poussin)의 그림을 모사한 《코리어레이너스》의 한 장면.

　　어머니와 아들의 기氣 싸움에서 아들은 어머니 앞에 손을 든다. "사나
운 말 뒷발에 차여 죽든지, 타페이야의 가파른 바위 절벽에서 떨어져 죽든
지" 코리올리(Corioli) 시민 전체와 기꺼이 대적하려던 전사는 어머니의 힐
책 앞에 움츠리고 만다. 코리어레이너스의 오만하고 불같은 성격이 강조
되었기 때문에 어머니에 대한 아들의 순종과 존경을 넘어서는 그의 묵종
은 볼럼니아의 위엄과 더불어 강한 인상을 남긴다.

　　저런, 수다를 떠느라 세상에서 가장 고귀한 어머님께 인사드리는 것도
　　잊고 있었군. 자, 무릎아 땅에 꿇어앉아라.
　　보통 아들들이 남기는 것보다 훨씬 깊은

179

공경恭敬의 자국을 땅 위에 찍어라.

볼럼니아가 전쟁을 만류하기 위해 아들 앞에 간청을 하려 나서자 그는 다음과 같이 탄식한다.

어머니는 마치 올림포스 산이 두더지가 파 올린 작디작은 흙더미에 탄원하는 듯이 허리를 굽히셨구나.

볼럼니아의 귀족적 거만함은 그녀의 두드러진 성격적 특징이지만, 일반 민중에 대한 경멸의식은 오늘날의 고위층 부인네들과 다를 바가 없다. 코리어레이너스의 아래 대사에 그런 태도가 잘 드러난다.

어머니는 그 이상으로 찬성해주셔야 하는데, 어떠실지?
어머니는 평소 그놈들을 천한 모직물 같은 것들이라는 둥,
단돈 한 푼으로 팔리기 위해 만들어진 것들이라는 둥,
모임에는 맨대가리로 나타나서 전쟁이냐 평화냐의 문제가 논해질 때도,
하품을 하며 멍청하게 말뚝 같이 서 있기 위해 만들어진 짐승이라는 둥
그놈들을 비난하셨소.

볼럼니아가 호민관들을 비난할 때도 마찬가지다.

저 어리석은 민중을 선동한 것들은 바로 네놈들이다.
우리가 하늘의 비밀을 알아보지 못하는 것처럼, 내 아들의 가치를

조금도 알아보지 못하는 저 괭이 새끼들을 선동한 놈들이
바로 네놈들이란 말이다.

나팔수들이 코리어레이너스의 귀환을 알릴 때, 그녀의 탄성에서는 로
마인의 기질을 그대로 느낄 수 있다.

들어봐라, 나팔소리!
마르키우스가 온다는 전주곡이구나. 앞에는 환영하는 소리,
뒤에는 패한 적의 눈물.

추방당하는 남편 때문에 흐느끼는 버질리아에게는 이렇게 말한다.

그렇게 찔끔찔끔 울지 마라, 울려면 나 같이 울어라,
분노에 찬 주노 여신처럼 말이다!

하지만 장엄한 정신력과 애국심, 조금도 타협할 수 없는 강한 모성과
숭엄한 언변술을 지닌 볼럼니아를 무엇보다 잘 드러내 보이는 장면은 극
의 마지막 부분이다. 이 장면에서 그녀는 로마의 안위를 호소하면서, 무력
으로도 얻을 수 없었던 동맹국간의 평화를 성난 아들로부터 이끌어낸다.
엄격성과 정확성을 바탕으로 한 역사 해석 역시 극의 묘미를 더한다.
  "우리가 말하지 않더라도"로 시작하는 5막 3장의 유명한 대사에 담긴
단어 하나하나는 모두 플루타르코스의 《영웅전》에서 가져온 것이나, 약간
의 추가적인 표현과 운율의 첨가로 또 다른 매력을 느끼게 만든다. 나는

거부할 수 없는 매력을 지닌 이 대사의 마지막 부분을 제시하려 한다. 볼럼니아의 가장 매력적인 모습을 담은 부분이다. 중간에 이탤릭체로 쓰인 곳은 수사학자나 역사가들의 서술을 뛰어넘는, 오직 작가 셰익스피어에 의해서 창작된 주옥같은 구절임을 기억하자.

아들아, 너는 항상 명예를 존중하고,

신의 덕을 본받고자 노력해온 사람이다.

이 신은 뇌성으로는 넓은 하늘을 찢어대지만 유황불 번개로는

겨우 참나무를 쪼개놓을 뿐이다. 여봐라, 왜 말이 없느냐?

집념을 고집하는 것이 대장부답다고 생각하고 있단 말이냐?

며늘아기야, 네가 좀 뭐라고 말해봐라. 네가 그렇게 울고만 있는데도,

네 남편은 아랑곳도 하지 않는구나.

손자 아가, 네가 좀 뭐라 말해봐라. 네 어린 입으로 부탁하면 들어줄지도 모르지.

이 세상에서 저이만큼 어미의 은혜를 입은 사람도 없는데,

저 아이는 나를 족쇄에 묶인 죄인 같이 애원하게 만드는구나….

여봐라, 너는 이 어미에게 여태껏 효도를 한 일이 없다.

이 불쌍한 어미는 너밖에는 더 자식을 바라지도 않았고,

너를 격려해서 전쟁에 내보내며 공훈을 얻어

무사히 돌아와주는 것을 기뻐하곤 했던 것이다.

내 부탁이 무리한 부탁이란 말이더냐.

그렇다면 나를 쫓아버려도 좋다. 하지만 그렇지 않다면,

네가 나쁜 것이다. 제 어미를 배신한 불효의 죄에 대해서는

반드시 신의 벌이 내리고 말 것이다. 외면을 하는구나….

코리어레이너스와 그의 어머니 볼럼니아(5막 3장), 안젤리카 카우프만(Angelica Kauffmann), 1765.

자, 부인네들은 무릎을 꿇고 저 사람을 무안케 해주자꾸나.

저 사람은 우리의 기원을 동정하는 마음보다는

자기의 이름 코리어레이너스를 자부하는 마음이 더 강한 모양이구나.

자, 무릎을 꿇자, 이것이 마지막이다. 이래도 효력이 없다면,

로마로 돌아가서, 모두 같이 죽기로 하자. 자, 봐라!

이 어린애마저 우리와 함께 무릎을 꿇고 양손을 처들어 애걸하고 있는 것이

네 눈에 비친다면, 차마 거절하지는 못할 게 아니냐.

로마를 구한 이 대단하고 감동적인 연설 이후 볼럼니아에게 다른 대사를 허락하지 않은 것은 셰익스피어의 현명한 판단이란 생각이 든다. 더 이상 우리의 상상력에 더 강한 효과를 줄 수 있는 대사는 없는 듯하다. 그녀는 천둥과 같은 환호와 갈채 속에서 존경의 시선을 받으며 무대에서 퇴장한다.

4장

뛰어난 감수성과 상상력이 빚어낸 아름다움

《존 왕》의 콘스탄스

콘스탄스의 연약한 모성애에 독특한 색조를 부여해주는 것은 바로 상상력의 힘이다. 그녀는 단순히 모성적 본능에 의한 사랑을 아들에게 주는 것이 아니라, 아들에 대한 사랑에 시적 상상력의 날개를 단다. 자부심에 가득 찬 영혼, 열정적 상상력, 정열로 충만한 자기 의지, 이 모든 것이 모성적 사랑과 융합하면서 콘스탄스에게만 어울릴 빛깔을 만들어낸다.

　우리는 막 코리어레이너스의 어머니인 볼럼니아로부터 최고의 자긍심과 의지력, 강한 모성과 뛰어난 지력, 그리고 폭발력 있는 기질을 엿보았다. 엇비슷한 성격적 자질을 브르타뉴(Bretagne)의 콘스탄스한테도 찾아볼 수 있을 듯하지만, 콘스탄스는 상황과 교육이라는 두 요소에 의해 상당히 조율되어 있기 때문에 어떤 경우에도 콘스탄스의 절제된 위엄과 로마 귀부인인 볼럼니아의 강도 높은 고전적 위엄을 같은 선상에 놓기란 쉽지 않다. 극작가 셰익스피어는 엄격한 역사의 선을 따라 콘스탄스를 둘러싼 상황을 설정했고, 이를 적절하게 무대에 반영하였다. 반면 정확한 역사적 사실에 근거한 정황 설정과는 달리, 셰익스피어가 무대 위에 올린 콘스탄스라는 인물은 역사적 암시에 의지해 해석되지 않았다. 하지만 인물 묘사가 역사적 배경과 무리 없이 조화를 이루고 있고, 후일 역사적 고증에 의해 극적 인물의 현실성을 어느 정도 뒷받침해주는 정황이 속속 드러나는 점으로 미루어 보아, 나는 셰익스피어에 의해 무대에 올려진 콘스탄스라는 역사적 인물의 성격과 모습에 반론이나 비난을 쓸 여백을 애써 만들지 않고자 한다. 영고성쇠의 삶의 결과물로서, 헛되지만 지칠 줄 모르는, 길들여지기를 거부하는 최고 권력에 대한 의지, 고귀한 열정, 그리고 기사도 시대의 여성들의 실제 삶의 모습이 이 극의 몇몇 장면에 나타난다. 한 인물을 무대에 올리면서 흩어진 역사의 조각들을 이리저리 맞추는 극작가 셰익스피어는 마치 사지가 절단된 몸의 부분들을 다시 모아 하나의 온전한 인간으로 만들고 거기에 생명까지 불어넣는 마술사처럼 느껴진다.

콘스탄스는 브르타뉴 공작인 코낭 4세의 외동딸이자 상속녀이다.[*] 그녀의 어머니이자 맬컴 4세의 장녀인 스코틀랜드의 마거릿에 대해서는 알려진 것이 거의 없다. 단지 아버지의 재능과 지혜, 기질을 일부 타고난 듯하고, 이를 딸에게 물려주었으리라는 짐작이 가능할 뿐이다. 콘스탄스의 불행은 태어나기도 전에 정해진 운명으로서, 그녀의 조상 가운데 한 여인의 부도덕한 행실에서 비롯되었다. 콘스탄스의 증조할머니뻘인 코낭 3세의 아내 마틸다(Matilda)는 호색적인 기질은 물론 뛰어난 미모와 불같은 성미로도 유명했다. 남편인 코낭 3세는 살아생전에 마틸다와 이혼하는 것이 부적절하다고 여기고, 사생아라고 여긴 마틸다의 아들 호엘(Hoel)에게 왕위를 넘겨주지 않고 딸 베르사(Bertha)와 그녀의 남편 리치몬드의 알렌 백작에게 자신의 공국을 상속하고 그들을 실질적인 브르타뉴 공작과 공작부인으로 칭한다. 아버지의 유언에 묵종할 수 없었던 호엘은 자신의 권리를 주장하고자 군사를 일으키고, 12년 이상 지속된 남매간의 전쟁을 벌인다. 그리고 그다지 영향력 없던 베르사의 뒤를 그녀의 아들 코낭 4세가 잇게 된다. 젊고 허약하며 줏대 없는 사내였던 코낭은 점점 커져만가는 삼촌의 추종 세력과 몇 년 동안 투쟁한 끝에, 정치적 야망이 컸던 잉글랜드의 헨리 2세[**]에게 도움을 청하기에 이른다. 이 치명적인 조치가 그의 왕권과 자손들의 운명을 결정짓는다. 잉글랜드가 브르타뉴에 깊숙이 발을 들여놓은 이 순간부터, 이 불행한 나라는 공포와 범죄가 난무하게 된다. 10년 동안의 시민 폭동으로 브르타뉴의 대부분이 황폐화되고, 기근과 역병으로

■ 여기부터 여러 쪽에 걸쳐 《존 왕》이라는 작품의 이해를 돕기 위해 콘스탄스를 둘러싼 역사적 배경을 설명하고 있다.
■■ Henry II(1133-1189). 잉글랜드의 왕으로 플랜태저넷(Plantagenet) 왕가의 시조이다. 플랜태저넷 왕가는 1154년에서 1485년까지 잉글랜드를 다스렸다.

인구의 삼분의 일 이상이 감소한다. 결국 코낭은 잉글랜드 왕의 도움으로 왕좌는 유지했지만, 욕심과 야망으로 가득 찬 헨리 2세의 손아귀에 놓이게 된다. 헨리 2세는 전쟁을 치르는 동안 여러 조약을 통해 코낭의 영토를 빼앗을 궁리를 하고 브르타뉴 사람들을 그로부터 멀어지게 하여, 종국에는 코낭 공작을 자신의 하수인으로 만들 생각을 한다. 이러한 혼돈과 유혈의 시대 한복판인 1164년 콘스탄스가 태어난다. 잉글랜드의 왕은 세 살도 채 안된 코낭 공작의 딸 콘스탄스를 인질로 삼아 자신의 정치적 계획을 완수한다. 그는 후일 콘스탄스를 자신의 셋째 아들인 제프리 플랜태저넷과 결혼시키기로 하고, 브르타뉴 공국을 자신의 소유인 듯 생각한다.

헨리 2세.

이후 이 허약하고 불행한 코낭과 관련된 이야기는 사라지고, 그가 사망한 연도와 날짜도 남아 있지 않다. 그러는 동안 헨리는 공공연하게 아들 제프리와 며느리 콘스탄스를 대신하여 브르타뉴 공국의 통치를 주장하고 나선다. 잉글랜드의 주장이 바로 인정되지 않자, 헨리는 무력을 앞세워 브르타뉴를 침략한다. 그는 브르타뉴의 영토를 황폐화하고 뇌물과 협박으로 귀족 일부를 굴복시켰으며, 타협과 회유를 거부한 사람들을 죽이거나 감옥에 가두는 한편, 갖가지 비열하고 야만적인 정책을 통해 공국을 지배하려 애썼다. 또한 헨리는 여전히 본래의 통치자에 대한 믿음을 갖고 있던 브르타뉴 사람들의 민심을 돌리고 왕권 강탈을 감추려는 제스처로, 브르타뉴의 수도 렌(Rennes)에서 제프리와 콘스탄스를 브르타뉴 공작과 공작 부인으로 임명한다. 이때가 1169년으로 콘스탄스가 다섯 살, 제프리가 여덟 살 되던 해다. 헨리는 이후 약 14년에 걸쳐 공국의 통치권을 강탈하고 억압한다. 이 기간에는 콘스탄스에 대한 기록이 거의 없다. 그녀는 통치자로서라기보다는 인질로 감금 상태에 있었던 것 같다. 콘스탄스의 남편인 제프리는 성년이 되어감에 따라 브르타뉴의 질서와 번영을 원하게 되고, 아버지의 섭정에 대항하게 된다. 마침내 1182년 콘스탄스와 제프리의 공식적인 결혼이 이루어지니 그때 콘스탄스의 나이는 19세였다.

헨리의 전 생애를 암울하게 하고 결국 그를 죽음에 이르게 한 가족 간의 불화는 이미 잘 알려진 일이다. 계속되는 아들들의 반항과 도전 가운데서도 제프리의 경우가 가장 위협적이었다. 제프리는 형인 헨리와 리처드와 마찬가지로 플랜태저넷 가(家)의 자부심과 야망을 그대로 지닌 사람이었다. 뿐만 아니라 그는 재능과 달변, 위선에 있어서 아버지와 겨룰 수 있는 유일한 아들이었다. 콘스탄스의 남편이 되어 공국의 왕관을 손에 쥔 제프리는 아버지에게 공공연한 반대 의사를 표시한다. 다른 말로 하자면 그는 잉글랜드 약탈자들의 잔인함과 억압에 대항하여 아내와 아내의 불행한 나라의 명예와 이익을 보호하려 했던 것이다. 결혼한 지 3년이 지났을 때, 그는 프랑스 왕과 군사 동맹을 맺기 위해 초청을 받아 파리로 향했다. 이때 아내인 콘스탄스도 동행했는데, 왕의 신분에 걸맞은 성대한 환대와 접대를 받았다고 한다. 기사도 무예에 출중했던 제프리는 자신들을 환대하는 잔치에서 벌어진 마상경기에 나가 두각을 보였는데, 불행하게도 말에서 떨어져 밟혀 죽고 만다.

미망인이 된 콘스탄스는 브르타뉴로 돌아와 귀족들의 지지를 받고 명

실 공히 브르타뉴의 통치자로 공인된다. 당시 브르타뉴에서는 살리카 법
이 큰 영향력이 없었고, 몇몇 특별한 경우 여성이 통치권을 소유하거나 이
어받는 것이 인정되었던 것 같다. 콘스탄스는 이러한 권리를 행사한 첫 번
째 여성이었다. 그녀는 결혼 후 2년 만에 얻은 외동딸 엘리너(Elinor)와 남
편이 죽은 후 몇 달이 안 되어 태어난 아들을 두었다. 콘스탄스는 죽은 남
편을 기리기 위해 아들에게 아버지의 이름을 물려주려고 했으나, 브르타
뉴 사람들은 갓 태어난 왕자에게 제프리가 아닌, 그들 공국의 존경을 한
몸에 받아온 아더(Arthur)의 이름을 붙일 것을 요구한다. 전설상의 인물인
원탁의 기사 아더가 죽은 지 수세기가 흘렀지만, 사람들은 멀린(Merlin)
의 예언대로 다시 한 번 그가 재림하기를 기다리고 있었다. 브르타뉴 사람
들은 억압받는 불운한 조국의 영광과 독립을 되찾을 희망을 이 어린 아더
에게 걸었던 것이다. 그러나 기대와 흥분도 잠시, 할아버지인 헨리가 어린
아더를 보호하겠다고 나선다. 콘스탄스가 아들을 넘겨주는 것을 완강히
거부하자, 헨리는 무력을 앞세워 브르타뉴를 침공하고 약탈과 방화로 영
토를 유린한다. 수도 렌에 입성한 헨리는 콘스탄스와 아이들을 포로로 잡
고, 콘스탄스를 자신의 추종자이자 체스터 백작인 블론드빌의 랜달
(Randal)과 강제로 결혼시킨다. 체스터 백작은 용맹한 기사이자 잉글랜드
의 권위 있는 귀족 가운데 한 사람이었지만, 콘스탄스가 남편으로 받아들
일 만한 인품과 자질을 갖춘 사람은 아니었던 것 같다. 그는 키도 작고 용

■ 프랑크 왕국 메로빙거 왕조의 창시자 클로비스 1세(Clovis Ⅰ)가 제정한 법으로, 왕위를 포함하여 재산 상속권까지
남자 아니면 상속할 수 없도록 규정되어 있다. 이 법을 라틴어로 렉스 살리카(Lex Salica)라 하고, 영어로는 살릭 법(Salic
Law)이라 부른다. 동서를 막론하고 왕이 죽고 뒤를 이을 왕자가 있는 경우에는 당연히 장자가 당연히 왕위를 이어받았
고, 장자가 없으면 차남, 삼남 식으로 연장자 순에 따라 왕위를 이어받는 것이 일반적 관례였다. 그런데 살리카 법은 후
손 중 왕자가 없고 공주만 있을 때는 딸들에게 왕위를 상속하지 않고 왕의 남동생 중에서 이어받도록 정했다. 공교롭게
도 가까운 왕족 중에 남자 후손이 전혀 없는 경우가 생기면, 출가한 딸의 남편, 즉 사위 중 한 명이 왕위를 계승했다.
■ ■ 아더 왕 전설에 나오는 예언가이자 마술사.

모가 천했으며, 오만하고 포악한 성격에 무한한 야망을 품은 남자였다고
한다.

콘스탄스는 다른 것은 몰라도 재혼을 신성한 의무로 여긴 적은 없었
다. 결국 그녀는 합법적인 결합이라 생각한 적이 없는 이 매듭을 끊어버릴
정당한 기회를 맞게 된다. 약 1년 동안 그녀는 체스터 백작에게 브르타뉴
공작 칭호를 허락하고, 자신의 의지와는 상관없이 그가 공국을 다스리게
내버려 둔다. 하지만 1189년 헨리 2세가 마침내 그 자신과 불효막심한 자
식들을 증오하며 죽음을 맞이한다. 헨리 2세가 아무리 위대하고 훌륭한 자
질을 가졌다고 하더라도, 브르타뉴는 그의 모든 행적을 증오했다. 헨리의
죽음을 기회로 브르타뉴는 그의 정권에 반기를 들며 헨리의 추종자들을
추방하거나 살해한다. 그리고 콘스탄스의 허락을 받아 랜달과 그의 추종
자들을 브르타뉴에서 내쫓아버린다. 랜달은 자신의 영지로 돌아와 상처를
치유하며 복수를 꾀한다.

헨리 2세의 뒤를 이어 리처드 1세가 등극한다. 그는 성지 탈환을 위한
십자군 원정을 떠나면서 콘스탄스의 아들 아더를 자신의 후계자로 선언한
다. 리처드와 난폭한 귀족들 상당수가 자리를 비우자 브르타뉴에는 일시
적인 평화가 찾아온다. 이 시기의 역사학자들은 성지 팔레스타인에서의
전쟁에 주목하느라 유럽 내부 상황에 대해서는 그다지 언급을 하지 않았
다. 하지만 브르타뉴가 콘스탄스의 통치 아래 번영을 누리게 되었다는 것
과 20년 동안의 전쟁이 초래한 황폐함으로부터 상당한 회복을 이루었다는
것을 칭송하고 찬양하는 기록은 남아 있다. 그녀가 독립적인 주권을 가지
고 통치한 7년 동안 특별한 일은 그다지 많지 않았지만, 1196년 아들 아더
를 브르타뉴 공국의 공작으로 임명함으로써 그녀는 정치와 외교상의 모든

문제를 처리하는 데 아들과 공조를 도모한다. 그때 아더의 나이는 아홉 살이었다.

이는 정치적 술수라기보다는 순수한 모성에서 비롯되었다고 할 수 있는데, 이 일로 그녀는 값비싼 대가를 치르게 된다. 원정에서 돌아온 리처드는 랜달 백작의 음모와 주장에 귀를 기울여 브르타뉴에 시선을 돌리게 된다. 그는 아더의 후견인임에도 불구하고, 콘스탄스가 자신의 동의 없이 아더를 브르타뉴 공국의 공작으로 임명하고 그녀와 권력을 나누었다는 사실에 분개한다. 몇 차례에 걸쳐 콘스탄스의 변명과 주장을 듣고 나서야 화가 누그러진 리처드는 노르망디 국경 지역의 퐁토르송에서 강화 회담을 갖는 것에 동의한다.

리처드 1세.

이 회담은 미끼였다. 우리는 잔인하고 배신으로 물든 이 사건이 사자왕 리처드의 주도로 이루어졌다는 사실에 쉽게 수긍할 수 없다. 콘스탄스는 이 계획된 배반의 음모를 전혀 의심하지 않고 시숙인 리처드의 초청을 수락했고, 수는 적지만 엄선된 수행원들과 함께 수도 렌을 떠나 퐁토르송으로 떠난다. 체스터 백작은 퐁토르송 초입에 리처드의 군사를 매복시킨다. 환영과 환대를 기대하며 퐁토르송에 입성한 콘스탄스는 매복된 군사에 사로잡혀 약 18개월간 성에 감금된다. 이 기간에 랜달이 콘스탄스에게 어떤 대우를 했는지에 대한 기록은 남아 있지 않지만, 그녀의 증오심과 혐오감이 한없이 커져간 시간임에는 틀림없을 것이다.

　브르타뉴의 귀족들은 렌의 주교를 찾아가 신의와 정의를 배반한 것을 항의하며 콘스탄스를 되찾아 올 것을 탄원한다. 리처드는 슬쩍 문제를 회피하고 사태를 관망하는 한편, 콘스탄스를 풀어주는 데 조건을 단다. 하지만 그것은 단지 시간을 벌려는 수작에 지나지 않았다. 약속된 조건을 모두 이행하고 인질을 넘겨준 브르타뉴 사람들은 리처드 쪽에서도 콘스탄스를 돌려보내겠다는 약속을 이행하라고 요구하지만, 리처드는 무시와 냉담함으로 일관하면서 콘스탄스를 돌려보내기는커녕 오히려 무력을 앞세워 브르타뉴를 침공한다. 브르타뉴가 겪었던 이전의 고통들은 이번 침공에 비하면 아무것도 아니었다. 7년 동안 콘스탄스 집정하에 이루어낸 모든 번영과 안정이 한순간에 무너져버렸다. 잉글랜드의 귀족들과 군대, 용병들은 칼과 화염으로 공국을 황폐하게 만들었다.

　그동안 콘스탄스는 공국의 불행에 눈물을 흘릴 수밖에 없었고, 아들의 안위에 대한 걱정으로 속이 썩어갔다. 그녀는 궁정집사인 윌리엄 데로슈(William Desroches)에게 아들을 맡겼었다. 그는 중년의 남자로, 공인된 용맹과 신뢰를 지닌 사람이었다. 데로슈는 아더를 브레스트 요새에 숨겨 얼마간 잉글랜드 왕의 손길을 피할 수 있게 했다. 브르타뉴 사람들과 귀족들은 용감하게 저항했지만, 결국 리처드가 제시한 요구에 응하지 않을 수 없었다. 정확한 내용은 알려져 있지 않지만, 1198년에 맺은 조약에 의해 콘스탄스는 감금 상태에서 해방된다. 이듬해 리처드가 사망하자 콘스탄스는 얼마간 독립적인 공간과 자유를 얻게 되고, 이를 기회로 삼아 랜달과 이혼하려 한다. 그녀는 당시 관행에 따라 교황의 허가를 기다리지 않고, 서둘러 이혼 조치를 감행한다. 그러고 나서 곧 용맹하고 신의가 있는 투아르 백작(Comte de Thouars)과 결혼하여 잉글랜드에 대항한다. 열네 살이 된 아더는 삼촌 리처드의 합법적인 상속자가 된다. 콘스탄스는 아더에게 직접 기사 작위를 수여한 프랑스 국왕의 보호 아래 아더를 놓고, 아더의 권리를 찬탈한 삼촌 존(John)에 맞설 것을 엄숙히 맹세한다.

존 왕.

《존 왕》(*King John*)의 이야기는 여기에서 부터 시작된다. 역사적 사실은 극이 허용할 수 있는 범위 안에서 존 왕의 죽음까지 이어진다. 프랑스 왕에게 버림을 받은 뒤 삼촌의 수중에 놓인 불운한 아더의 실제 운명은 역사에 밝혀진 그대로이다. 셰익스피어가 작품의 소재를 끌어온 역사책에 따르면 아더는 팔레즈(Falaise) 성에서 도주하다 살해되었다고 한다. 콘스탄스는 그녀가 평생 겪은 재앙 가운데 가장 심한 이 불행을 직접 목격하지 못하고 죽었다고 한다. 1201년 아더가 감옥에 갇히고 몇 달이 지난 어느 날, 콘스탄스는 갑작스러운 죽음을 맞는다. 채 서른아홉도 되지 않은 때였다. 잉글랜드와 노르망디와 브르타뉴의 합법적인 상속자인 콘스탄스의 장녀 엘리너 역시 열다섯 살 때부터 브리스톨 성에 감금되어 생활하다가 죽고 만다. 그녀는 상당한 미모의 소유자로서 당시 "브리타니의 아름다운 아가씨"(Fair Maid of Brittany)로 불릴 정도였다고 한다. 엘리너는 남동생 아더와 마찬가지로 삼촌들의 야망의 희생물이 되어버렸다. 콘스탄스와 투아르 백작 사이에서 태어난 두 딸 가운데 맏이인 앨리스(Alice)는 브르타뉴 공작부인이 되고, 프랑스의 왕족 드뢰(Dreux) 백작과 결혼한다. 브르타뉴의 통치권은 앨리스의 자손들에게 계속 이양되며, 브르타뉴의 앤 공주가 프랑스의 샤를 8세와 결혼하면서 공국의 통치권은 영구적으로 프랑스와 통합된다.

《존 왕》의 주요 등장인물은 존 왕과 팔콘브리지(Falconbridge) 그리고 콘스탄스 세 사람이다. 존 왕은 물론 역사에서 그대로 끌어낸 인물이다. 그는 티치아노가 그린 체사레 보르자(Cesare Borgia)＊의 초상화를 연상시킨다. 이 그림에서는 인물의 가증스러움이 티치아노라는 위대한 화가의 붓을 통해 화려하게 부활하여 영원불멸성을 획득했다. 팔콘브리지는 작가의 상상력의 산물이고 콘스탄스는 역사에 실존했던 인물이다. 하지만 역사 속의 콘스탄스가 창백하고 불분명한 그림자 같은 존재이자 반쯤 녹아내려 흐릿한 배경 뒤로 사라져버린 인물이라면, 셰익스피어가 무대에 올린 콘스탄스는 조각의 양각처럼 두드러지고 생명력을 발산하는 인물로 재탄생한다.

콘스탄스라는 극 중 인물을 조망하면서, 우리는 주로 모성에 초점을 맞추게 된다. 그녀의 모든 관심사는 아들 아더의 어머니로서의 상황과 연관이 있다. 어떤 상황에 놓이든 그녀가 토로하는 감정의 선은 항상 아들과 연결되어 있다. 그녀가 무대에 등장하는 장면들은 항상 아들에 대한 걱정으로 노심초사하지 않으면 아들의 권리를 옹호하고 변호하는 부분으로 구성되어 있다. 메로페(Merope)＊＊의 경우도 마찬가지라 할 수 있다. 그녀가 등장하는 네 편의 극은 일관되게 그녀를 모성의 대명사로 조명한다. 상황

＊ 보르자 가문은 르네상스 시대에 칼릭스투스 3세와 알렉산데르 6세 두 명의 교황을 배출하고, 이탈리아 정치에 큰 영향력을 행사했다. 특히 알렉산데르 6세는 아들 체사레 보르자와 함께 중부 이탈리아에 강력한 교회국가를 건설하고자 하였다. 체사레는 마키아벨리가 새로운 '군주'의 본보기로 일컬었던 인물로, 권력의 강화를 위해서는 어떠한 수단도 가리지 않았다.

195

존 왕으로 분한 찰스 킨(Charles Kean)과 콘스탄스로 분한 엘렌 킨(Ellen Kean).

이 전부라 할 수 있기 때문에 인물 자체는 아무것도 아닐 위험성이 생긴다. 메로페는 나름대로 흥미로운 인물이지만 그녀가 놓인 상황에서 그녀를 빼놓고 보면, 다시 말해 시종일관 아들의 안위에 안절부절못하는 그녀에게서 아들을 떼어놓고 보면 그녀는 아무것도 아니게 된다. 메로페는 다른 사람들과 구별되는 특징 없이 그저 하나의 이름으로만 존재하게 된다. 그녀의 극 중 위치는 고통 받는 어머니이고, 니오베(Niobe)* 상을 다른 각도에서 볼 수 없듯이 그녀를 다른 각도에서 볼 수 없다.

하지만 콘스탄스는 다르다. 그녀는 자신을 둘러싼 상황과 완벽한 거리를 두고 한 개인으로서 독특함을 발산한다. 상황은 모성적 감정을 요구

■ ■ 메로페는 오이디푸스를 양자로 키운 코린토스의 왕 폴리보스의 아내이다. 그녀의 이야기는 여러 작가의 작품 소재가 되었는데, 그중 에우리피데스의 그리스 비극 가운데 가장 위대한 작품 중의 하나로 칭송받았던 《메로페》는 불운하게도 소실되었다. 마페이, 알피에리, 그리고 볼테르의 《메로페》가 잘 알려진 이야기이고, 이탈리아어로 된 또 다른 《메로페》가 하나 더 존재한다고 한다. 영어로 된 《메로페》는 볼테르가 쓴 것을 그다지 훌륭하지 못하게 번역해놓은 것이라 한다.

◆ 그리스 신화에 나오는 여인. 자식 자랑을 하다가 아폴론과 아르테미스에 의해 6명의 아들과 6명의 딸이 모두 살해당했다고 한다.

하고 그러한 감정을 가장 중심에 놓지만, 그녀의 모성적 본능은 그녀를 독자적인 인물로 만들어내는 다른 감정과 자극, 능력으로 수정, 보완된다. 우리가 그녀를 아들을 잃고 정신이 나간 어머니로 생각하기 때문에 그녀는 곧바로 눈물과 동정심을 이끌어낸다. 하지만 극을 통해 우리는 마치 그녀의 삶 전체를 알고 있는 듯이 어머니로서의 모습 이외의 다른 부분들을 충분히 추론할 수 있다.

콘스탄스가 지닌 중요한 특징으로서 우리에게 큰 감명을 주는 것은 바로 '힘'이다. 상상력, 의지력, 애정의 힘, 감정의 힘, 열정의 힘, 그리고 자긍심이 그녀가 지닌 힘의 범주에 모두 포함된다. 스스로를 통제하고 끝까지 일관성을 유지하는 데 주로 작용하는 도덕적 에너지는 부족하다. 보다 정확하게 말하자면, 넘치는 감수성과 뛰어난 상상력이 콘스탄스에게 풍족한 시적 다채로움을 제공했지만, 상대적으로 다른 자질들을 억누르는 역효과를 제공하는 것이다. 따라서 상당한 위엄을 지닌 여인임에도 불구하고 콘스탄스의 압도적인 이미지는 여성적인 것으로 미련 없이 기운다. 자포자기와 반항으로 일생을 일관한 콘스탄스가 지닌 허약함, 감정의 기복, 숭엄한 열정의 폭발, 공포심, 초조함, 눈물은 모두 여성적인 것들이다. 그녀의 오만함은 저항으로 인해 더욱 부풀어 오르고, 슬픔과 절망에 의해 광적으로 폭발한다. 결국 그녀가 지닌 에너지는 그녀의 성격에서 기인했다기보다는 상황 의존적인 감정의 흐름에서 비롯한다. 극 중에서 그녀는 인내의 산물인 불굴의 의지를 기개 높은 자존심으로도, 지력으로도 이끌어내지 못한다. 평화를 호소하며 극에 처음으로 등장하는 2막 1장의 콘스탄스는 자신이 지닌 이성적 사고 능력을 그대로 보여준다.

당신의 사신이 답변을 가지고 돌아올 때까지 기다리십시오.

함부로 당신의 칼을 피로 더럽혀서는 안 됩니다.

우리가 이곳에서 전쟁에 호소하여 얻고자 한 권리를 어쩌면

새틸리언 경이 평화적으로 잉글랜드로부터 받아올지도 모릅니다.

만약 그렇다면 우리는 공연히 서둘러 잘못 흘려진 피,

그 한 방울 한 방울을 후회하지 않으면 안 되게 될 테니까요.

이런 그녀가 감정이 극도로 동요했을 때는 이렇게 반응한다.

전쟁, 전쟁이오, 평화가 아니란 말이오! 평화가 나에게는 전쟁이오.

아더 왕자와 후버트(4막 1장), 래슬렛 존 포트(Laslett John Pott), 1873~1876.

콘스탄스가 아들에 대해 야망을 품는 것, 아들의 고귀한 태생과 왕권에 대해 자부심을 갖는 것, 그리고 그 권리를 수호하기 위해 과격해지는 것은 당연한 일이다. 하지만 나는 오로지 통치권을 향한 깊은 야망이 콘스탄스의 모든 행동과 감정의 주된 동기라고 주장하는 사람들에게는 동의할 수 없다. 그녀가 아들의 정당한 법적 권리를 주장하면서 보이는 열정은 아들을 사랑하고 아들에 대한 자부심으로 가득한 어머니가 궁지에 몰렸을 때 보일 수 있는 다분히 자연스러운 반응이다. 위대한 자리에 오르도록 운명지어진 아들을 위해 애쓰고, 그런 아들을 한없이 추앙하려 했지만, 그 아들을 잃었을 때 그녀에게는 그저 '사랑스러운 내 아들'일 뿐이다.

아, 하나님! 내 아가, 사랑스러운 내 아들 아더!
너는 내 생명, 내 기쁨, 내 음식, 나의 세계란다! 과부인 내게 유일한 위로이자,
내 슬픔을 치유해주는 의사와 같지.

그녀의 광적인 대사 속에서 다른 느낌, 혹은 다른 감정의 선을 찾기란 쉽지 않다. 오직 어머니로서 느끼는 슬픔, 가슴이 무너지고 모든 슬픔을 다 빨아들일 것 같은 고뇌의 늪만이 보인다. 분노나 복수에 대한 열망조차도 슬픔의 강도를 방해하지는 못한다. 야심이 있는 여인이라면, 냉정하고 교활한 팬덜프 추기경에게 다음과 같은 말을 할 수 없었을 것이다. 아들을 잃은 황망하고 처절한 심정을 구구절절 내뱉는 다음의 대사는, 콘스탄스처럼 열정적인 감수성과 상상력을 조합해낼 수 있는 사람의 입에서나 기대할 수 있다.

추기경님, 천국에 가면 친구들을 알아볼 수 있다고 당신은 말한 적이 있지요.

만약 그것이 사실이라면, 나는 다시 내 아들을 만날 수 있겠군요.

글쎄, 인류 최초의 사내아이 카인이 태어난 후로부터 어제 첫울음소리를 낸 아

이에 이르기까지,

아더만큼 기품 있는 아이는 일찍이 태어난 적이 없으니까요.

하지만 이제 그 꽃봉오리는 슬픔의 벌레에 먹히고,

그 타고난 아름다움은 두 뺨에서 사라지고,

그 애는 망령 같이 말라비틀어져, 발작을 일으키는 학질에 걸린 사람처럼

창백하게 죽고 말 거예요. 그런 꼴로 다시 일어나서

천국에 가더라도, 그곳에서 내가 그 애를 다시 만났을 때

나는 그 애를 알아보지 못할 거예요. 그러니 영영 나는

저 귀여운 아더를 다시 보지 못하는 거예요.

엘리너 왕대비(Queen Elinor)는 콘스탄스에게 "야망에 찬"이란 수식어를 붙인 적이 있다.[■] 하지만 이는 콘스탄스가 진정 야망을 품고 있는 여인이어서라기보다는 엘리너 자신의 두려움과 증오를 표출한 것이라 보는 것이 적당할 것이다. 야망을 제외한 다른 감정과 열정이 사라질 나이의 엘리너는 아더의 어머니인 콘스탄스를 권력의 라이벌로 여겼으며, 이런 이유 때문에 아더의 왕권계승을 반대했다.

사실 콘스탄스라는 인물에 독특한 색조를 부여하는 것은 자부심도 기질도 야망도 심지어 모성애도 아니다. 그것은 바로 폭발적인 상상력이다.

■ 엘리너 왕대비는 아더가 왕이 되면 콘스탄스가 아들이 성년이 될 때까지 수렴청정을 할 수 있다는 것을 알고 있었다는 영국의 연대기 작가 홀린즈헤드(Holinshed)의 기록이 있다.

모든 감정의 끈을 다잡고 감정과 사고에 생명력을 불어넣으면서 자신의 마음을 토로하는 콘스탄스의 시적 대사는 줄리엣의 상상력에 비견될 만하다. 첫 장면에서, 극도의 흥분 상태에 있는 콘스탄스를 단순히 화가 난 여인네 이상으로 끌어올리는 것은 다름 아닌 상상력의 힘이다. 그녀는 "나처럼 슬퍼해라, 주노 여신처럼 말이다."라고 외치는 볼럼니아의 스타일이 아니다. 오히려 신탁을 전하는 분노에 찬 예언자 시빌(Sibyl)과 같다. 그녀의 비난의 감정은 번개와 천둥의 강도로 퍼부어진다. 오스트리아(Austria) 공작을 향한 그녀의 유명한 대사를 보자.

> 오, 리모주! 오, 오스트리아!
> 당신은 그 피 묻은 노획물을 더럽히고 있는 것이오!
> 이 노예 같은 놈! 이 비열한 겁쟁이! 용기도 없는 주제에 흉악무도한 자식!
> 너는 주책없는 운명의 여신이 옆에서 안전을 보장해줄 때 이외에는
> 싸우지도 못하는 운명의 여신의 비열한 하수인이지 뭐냐.

이는 마치 불타는 경멸의 화살을 그의 얼굴에 마구 쏘아대는 듯하다. 콘스탄스와 엘리너 왕대비가 서로를 비난하는 장면을 보자. 엘리너의 단순한 무례함은 콘스탄스의 입에서 쏟아져 나오는 비난의 역류에 단번에 휩싸여버린다.

> 엘리너 프랑스 왕, 찬탈자라니 누구 말인가?
> 콘스탄스 그 대답은 제가 하지요. 찬탈자인 당신의 아들이지 누구겠어요.
> 엘리너 예끼, 무례한 년! 제가 낳은 사생아를 국왕으로 삼고,

제 자신은 여왕이 되어 천하를 지배해보겠다는 야심이군!

콘스탄스 당신이 당신 남편에게 정절을 지켰듯이

나도 당신 아들에게 정절을 지켰습니다.

그리고 이 아이는 자기 아버지 제프리의 모습을 그대로 닮았어요.

당신과 존의 소행이 비슷한 것 이상으로 말예요. 하긴 당신네 둘은 비

와 물 같이, 또는 악마와 그 어미 같이 그렇게도 닮아 있지요… 내 아들

이 사생아라고요! 내 영혼을 두고 맹세하지만, 내 아들은 아버지 이상

으로 깨끗하게 태어났습니다.

당신이 내 아들의 아비의 어머니라면, 내 아들의 아비는 정당한 출생

은 아닐 것이니까요.

엘리너 아가, 알뜰한 네 어미 좀 봐라. 네 아비를 모욕하는구나.

콘스탄스 아가, 살뜰한 네 할머니 좀 봐라, 너를 모욕하는구나.

＊ ＊ ＊

엘리너 자 아가, 이 할미한테 오너라.

콘스탄스 자 아가, 할머니께 가거라. 그리고 할머니께 왕국을 바치거라.

그러면 할머니는 네게 살구니 버찌니 무화과 따위를 주신다는구나.

알뜰한 할머니지 뭐니.

아더 어머니는 잠자코 계세요! 나는 차라리 무덤 속에 묻히고 말았으면

좋겠어요.

나 때문에 이렇게 소동이 벌어지는 것은 싫어요.

엘리너 원, 가엽기도 하지. 제 어미 때문에 창피해서 우는구나.

콘스탄스 제 일은 상관하지 말고, 당신 자신이나 창피한 줄 아세요!

어미 때문에 창피한 것이 아니라 제 할머니의 못된 처사 때문에,

불쌍한 이 애 눈에서 하늘도 감동할 진주 눈물이 쏟아지는 것이니까.

이 눈물이라면 하늘도 사례 대신 받을 것이오. 이 수정의 눈물을

바친다면 하늘도 매수되어 이 애를 정당하게 대하고,

당신네들에게 복수해줄 거요.

엘리너 너는 하늘과 땅을 해괴망측하게 저주하는 사람이로구나!

콘스탄스 당신은 하늘과 땅을 해괴망측하게 손상시키는 사람이군요!

나를 두고 저주하는 사람이라니, 당치도 않은 소리.

당신과 당신의 아들은 영지며 왕권이며 정당한 권리를

이 아이한테서 횡령해갔어요. 이 아이는 당신의 맏아들,

제프리의 아들인데, 오직 당신 때문에 불행하게 되었어요.

당신의 죄를 가엽게도 이 아이가 갚고 있는 거예요.

죄를 잉태한 당신의 뱃속으로부터 이대(二代)밖에 되지 않았으니까,

성서의 규율대로 이 아이가 벌을 받고 있는 것이지요.

* * *

엘리너 소견머리 없는 요 욕지거리 여편네! 이봐,

나는 네 아들의 자격을 빼앗을 유언장이라도 쓸 수 있는 사람이야.

콘스탄스 암요, 그렇겠지요. 유언장이라고요! 사악한 유언장,

여자의 유언장, 악의에 찬 할망구의 유언장 말이지요!

필리프 왕 이제 그만하시오, 부인! 정 따지겠다면 좀 냉정히 따지시오.

이어 정반대의 분위기로, 막다른 골목까지 몰린 자신의 비참한 현실에 대한 심정을 토로하는 부분에서도 역시 비슷한 강도와 깊이의 상상력이 나타난다.

당신은 나를 이렇게 놀라게 한 죄로 벌을 받고 말 거니까.
나는 마음이 약하고 여러 가지 학대만 받아왔기에 공포에 민감해요.
나는 남편을 여읜 미망인, 겁이 많답니다,
태어날 때부터 겁이 많은 여자였어요.
그러므로 고작 한 말이 농담이었다고 당신이 고백하더라도,
나의 놀란 가슴은 좀처럼 가라앉지 않고, 온종일 부들부들 떨고만 있을 거예요.
당신은 머리를 가로젓고 있으나, 그건 무슨 뜻이지요? 왜 그렇게 서글픈 표정으로 내 아들을 바라보고 있지요? 물이 불어 둑이 범람하는 강처럼,
왜 당신 눈에는 슬픔의 눈물이 고여 있나요? 그 슬픈 표정들은
당신의 말을 증명하는 것인가요?

* * *

이봐, 물러가시오. 당신은 꼴도 보기 싫어요.
이 소식으로 당신은 더할 수 없이 추악한 사람이 되고 말았으니.

콘스탄스의 연약한 모성애에 독특한 색조를 부여해주는 것은 바로 이러한 상상력의 힘이다. 그녀는 단순히 모성적 본능에 의한 사랑을 아들에게 주는 것이 아니라, 아들에 대한 사랑에 시적 상상력의 날개를 단다. 아

204

들의 아름다움과 아들의 고귀한 태생을 격찬하며 아들을 우상 숭배하듯 추켜세우고, 어린 아들의 이마에 이미 왕관이 씌워진 모습을 본다. 자부심에 가득 찬 영혼, 열정적 상상력, 정열로 충만한 자기 의지, 이 모든 것이 모성적 사랑과 융합하면서 콘스탄스에게만 어울릴 빛깔을 만들어낸다. 콘스탄스의 입에서 흘러나오는 아들을 향한 찬사가 이 모든 것을 예증한다.

아더 　어머니 좀 참으세요.
콘스탄스 　나보고 참으라고 말하는 네가 만약 소름끼칠 만큼 못생기고,
　　　　징그러운 반점과 보기 흉한 오점투성이로 어미의 수치가 된다면,
　　　　그리고 병신, 바보, 꼽추, 가무잡잡한 얼굴에다 귀신딱지로 생기고,
　　　　더러운 사마귀나 보기 흉한 흉터투성이로 볼썽사납다면,
　　　　나는 관심도 갖지 않고 그냥 참고 있겠다. 글쎄 그런 경우라면
　　　　나는 너를 사랑하지도 않을 것이고, 너도 그 위대한 혈통에 어울리지도
　　　　않았을 뿐 아니라 왕관을 쓸 자격도 없을 것이니 말이다.
　　　　허나, 아가, 너는 아름답게 생겼고 태어날 때부터 창조의 신과 운명의
　　　　여신이 힘을 합하여 너에게 위대한 신분을 준 것이다.
　　　　너는 창조의 신으로부터 백합이나 반쯤 핀 장미에도 지지 않을
　　　　아름다움을 받았다. 그러나 아, 운명의 여신은 매수당하여, 맘이 변하고
　　　　너에게서 떠나버린 것이다.
　　　　운명의 여신은 끊임없이 네 숙부인 존과 밀통을 하고,
　　　　황금의 손으로 프랑스 왕을 유혹하여,
　　　　왕권을 올바르게 존중하는 마음을 짓밟게 하고, 프랑스 왕으로 하여금
　　　　자기의 권위를 저들의 권위의 뚜쟁이로 만들게 했단다.

슬픔을 광기로 전환시키는 것은 바로 이 넘치는 선명도를 지닌 콘스탄스의 상상력이라 할 수 있다. 콘스탄스는 모든 것을 상실한, 아들 하나만 바라보고 사는 어미인 동시에, 고통과 슬픔의 감정과 조급한 기질이 뒤섞여 이성의 활동이 둔화된 여인이다. 하지만 그녀는 미치지 않았다. 그녀는 쉽게 통제되지 않는 광기와 유사한 감정과 실제로 미친 것 사이를 정확히 구분한다.

그런 헛소리를 하면 당신은 성직자답지 않아요. 나는 광인이 아닙니다.
산발한 이 머리칼은 내 것임에 틀림없고, 내 이름은 콘스탄스,
제프리가 내 남편이었고, 어린 아더가 내 아들인데 빼앗기고 말았어요.
나는 광인이 아닙니다. 그야 광인이면 오죽이나 좋겠어요.
그러면 나는 나 자신을 잊을 수 있을 테니까요. 아, 그렇게만 된다면,
얼마나 많은 비탄을 잊어버릴 수 있겠습니까!

콘스탄스의 말은 그녀의 마음속 감정의 속도만큼이나 빠를 뿐만 아니라, 생동감과 힘으로 넘친다. 줄리엣의 대사처럼 시적 은유가 넘쳐나기도 한다.

물이 불어 둑이 범람하는 강처럼,
왜 당신 눈에는 슬픔의 눈물이 고여 있나요?

콘스탄스의 모든 대사에는 유창함과 언어적 화려함, 이미지의 풍부함이 넘쳐난다. 여기에 귀족이란 신분과 나이에서 오는 우아함과 중후함이

206

덧붙여진다. 따라서 줄리엣은 황홀감에 사로잡힌 시의 신처럼 사랑을 읊어내지만, 콘스탄스는 고통에 싸여 신탁을 전하는 노파 피토네스(Pythoness)처럼 슬픔을 토해낸다. 줄리엣의 사랑은 끝없는 대양 같이 깊고 무한하며, 콘스탄스의 슬픔은 너무나도 커서 그 슬픔을 지탱하고 담아낼 수 있는 비유를 "견고한 대지"에서 찾는다.

> 나의 비탄에게 거만한 태도를 취하도록 가르쳐주어야지.
> 비탄이 거만해지면, 그 비탄의 주인은 허리를 굽히게 될 것이니까.
> 내게로, 그리고 엄청난 비탄의 왕좌로 두 왕을 오게 해요.
> 나의 비탄은 너무나 크기 때문에,
> 거대하고 견고한 대지 이외에는 그 비탄을 받들 수가 없으니까요.
> 여기에 나와 슬픔이 앉겠어요. 여기가 내 옥좌예요.
> 두 왕에게 여기로 와서 머리를 조아리라 전해주오.

또 한 번의 장엄한 이미지가 신을 향한 울부짖음에서 나타난다.

> 신이시여, 무장을 하여 이 허약한 왕들을 응징하소서!
> 한 미망인의 절규랍니다. 저의 남편 역이 되어주소서, 신이시여!

* * *

> 아, 내 혀가 천둥의 입속에 있다면 얼마나 좋을까!
> 그렇다면 나는 비탄으로 이 세상을 뒤흔들어놓고

여자의 가냘픈 소리에는 귀도 기울이지 않는 저 잔인한 해골을 잠에서
깨워놓을 수 있을 텐데.

그녀의 마음속 감정은 그대로 이미지화되고, 생명력을 부여받는다.

슬픔은, 없어져버린 내 아들 대신
그 애 침대에 들고, 나와 같이 이리저리 걸어 다니고,
그 귀여운 얼굴을 나타내 보이며, 그 어린애 목소리를 반복해서 들려주고,
그 기품 있는 온갖 재능을 생각나게 해주고, 그리고
남겨두고 간 옷을 그 애의 모습에다 입혀놓곤 합니다.
그러니 어찌 내가 슬픔에 빠져 있지 않을 수가 있겠어요!

그러고 나서, 죽음은 결혼을 앞둔 신부로서 콘스탄스의 환대를 받게
된다. 줄리엣이 "수의를 두른 채 곪아터지는 피로 물든 티볼트"의 환영을
보듯이, 콘스탄스는 괴물의 환상을 보게 되고, 광기 어린 환상과 환영의
이미지에 휩싸이게 된다.

아, 그립고 정다운 죽음아!
향기로운 악취! 싱싱한 부패! 번영이 증오하고 무서워하는 죽음아,
영원한 밤의 잠자리에서 눈을 뜨고 일어나라,
나는 너의 징그러운 백골에 키스하고, 너의 텅 빈 이마에는 내 눈알을 빼다 넣고,
이 손가락은 너와 같이 살고 있는 구더기들을 반지로 삼고,
그리고 숨이 드나드는 이 입은 구역질나는 먼지로 틀어막고,

마침내는 너와 마찬가지로 죽음의 괴물이 되고 말겠다.

자, 이빨을 드러내고 나에게 웃어라. 나는 그것을 미소로 생각하고,

아내로서 네게 키스를 해주겠다! 불행의 연인이여, 자 어서 내게로 오라!

콘스탄스라는 인물은 광기에서 장엄함을 이끌어낸 인물이다. 장엄함
은 헤르미오네라는 인물을 특징적으로 보여주는 단어였다. 헤르미오네의
장엄함이 절제와 고상함, 그리고 불평 없이 절망을 감싸 안는 데서 비롯되
었다고 한다면, 콘스탄스의 장엄함은 슬픔을 말로 다 풀어내는 데서 온다
고 할 수 있다. 웅대한 이미지와 은유를 사용한 콘스탄스의 야성적인 한탄
과 탄식은 감흥의 차원을 넘어서 우리에게 전율을 준다.

일반적으로 자부심과 모성을 콘스탄스라는 인물을 설명하는 단어로
꼽을 수 있을 것이다. 하지만 보통 사람에게도 나타날 수 있는 이러한 열
정적 감정이 콘스탄스의 상상력과 넘치는 감수성의 도움으로 독특한 색조
를 띠게 된다. 리어와 오델로의 대사 일부를 제외하고 논하자면, 개인적으
로 셰익스피어의 모든 작품을 통해 가장 화려하고 에너지 넘치는 대사는
아마도 줄리엣과 콘스탄스의 입을 통해 전해진다고 해도 과언이 아니라는
생각이 든다.

극에서 유일하게 역사의 흐름에서 이탈한 것이 있다면, 그것은 바로
투아르 공작이라는 인물의 설정이다. 극이 진행되는 시점에서 실제로는
콘스탄스가 이미 투아르 공작과 결혼한 상태이지만 극 중에서는 미망인으
로 처리된다. 역사적 사실에 부합하도록 만들고자 했다면 투아르와의 결
혼은 극의 시작 시점에 놓여야 한다. 하지만 투아르 공작의 존재는 극적
흥미와 분위기에 전혀 도움을 주지 못한다. 배신과 배반으로 버려진 콘스

탄스는 철저히 절망과 슬픔 속에 홀로 남아야만 극적 효과를 최대로 끌어 올릴 수 있기 때문이다. 극의 한가운데인 3막 1장에서 콘스탄스의 이미지는 치명적인 상처로 죽음에 이를 만큼 피를 흘릴 대로 흘린 어미 독수리가 다른 탐욕스러운 독수리들로부터 자기 자식을 방어하려고 날갯짓하는 모습으로 형상화된다. 이런 콘스탄스의 상황을 부각시키기 위한 등장인물의 구성 또한 탁월하다. 한쪽에는 탐욕스러운 야망으로 중무장한 야비한 영혼의 소유자 존 왕이 있고, 다른 한쪽에는 이기적이고 계산적인 정책가인 프랑스 왕 필리프가 있다. 그들 사이에서 끊임없이 거리 재기를 하는 냉정하고 냉혹한 팬덜프 추기경이 있고, 앞뒤를 가리지 않고 덤벼드는 팔콘브리지, 프랑스 황태자 루이, 사나운 왕대비 엘리너, 새색시다운 사랑스러움과 겸손함을 지닌 존 왕의 질녀 블랑슈, 소년다운 순수함과 품위를 지닌 아더가 있다. 이들 한가운데 완벽한 슬픔과 절망의 화신 콘스탄스가 놓인다. 모든 인물과 이야기의 구심점이 되는 콘스탄스의 슬픔 안으로 극적 효과가 모조리 집결되는 것이다.

5장

권력욕에 빠진 완고한 지성

《존 왕》의 엘리너 왕대비

엘리너 왕대비는 격렬한 열정이 모든 원칙과 정책을 압도했던 젊은 시절의 위엄과 기개를 고스란히 간직하고 있었다. 양심이라든가 원칙과 같은 것에 통제받지 않는 강한 지성과 권력에의 욕망은 나이가 들어감에 따라 소진되는 다른 열정이나 감정과는 무관하게 살아남아, 나이가 주는 인내력과 고집의 도움으로 오히려 더욱 위험한 감정으로 거듭난다.

콘스탄스의 주변 인물로 등장하는 기옌(Guienne)＊의 엘리너＊＊와 카스티야(Castilla)＊의 블랑슈(Blanche)＊＊는 정밀화보다는 스케치 정도의 밑그림으로 무대에 등장한다. 그러나 그들의 초상은 역사적 진실과 흐름을 그대로 지니고 있다. 고인이 된 기옌 공작의 딸로서 콘스탄스처럼 공작령의 후계자인 엘리너 왕대비가 무대에 등장했을 때, 그녀는 길고 파란만장했던 삶의 끝자락에 놓인 70세의 고령이었다. 비록 시간의 조율과 타협이 있긴 했지만, 그녀는 격렬한 열정이 모든 원칙과 정책을 압도했던 젊은 시절의 위엄과 기개를 고스란

엘리너 왕대비의 초상.

＊ 프랑스 서남부의 옛 지명.
＊＊ 아키텐의 엘리너(Elinor of Aquitaine)라고도 불린다.
◆ 스페인 반도의 사분의 일이 넘는 영역을 차지하는 전통적인 지방.
◆◆ 존 왕의 질녀로, 프랑스 왕 루이 8세의 아내이며 루이 9세(성 루이)의 모후이자 섭정이었다.

히 간직하고 있었다. 양심이라든가 원칙과 같은 것에 통제받지 않는 강한 지성과 권력에의 욕망은 나이가 들어감에 따라 소진되는 다른 열정이나 감정과는 무관하게 살아남아, 나이가 주는 인내력과 고집의 도움으로 오히려 더욱 위험한 감정으로 거듭난다. 그녀가 콘스탄스에게 드러내 보이는 개인적이고 공공연한 증오는 역사가들의 기록에 의해 전해진 그대로이다. 영국 연대기를 집대성한 홀린즈헤드(Holinshed)는 엘리너 왕대비가 어린 손자 아더에게 보인 반감은 아더의 결함 때문이기보다는 며느리인 콘스탄스에 대한 두려움과 거리감에서 비롯되었다고 기록했다. 셰익스피어 역시 이 둘의 관계를 같은 맥락에서 정리한다.

> 엘리너 그것 봐라. 내가 평소 말하지 않았더냐.
> 저 야심가 콘스탄스가 자기 아들을 위해 권리를 주장하고
> 마침내는 프랑스 왕을 비롯해서 온 세계를 선동해놓고 말 거라고.
> 우호적인 태도로 협상했더라면 미연에 방지하고 원만한 해결을
> 봤을 것. 이제는 두 왕국이 무섭고 잔인한 싸움으로
> 결말을 내야만 하게 돼버렸구나.
> 존 왕 우리에게는 병력과 정의가 있습니다.
> 엘리너 정의보다는 강력한 병력이 필요하다. 정의를 주장하다가는
> 왕이나 나나 큰일 나지. 이것은 내 양심이 왕의 귀에 속삭이는 말,
> 하나님과 왕과 나 이외에는 아무도 들어서는 안 될 이야기다.

엘리너 왕대비는 죽을 때까지 자손들에게 영향력을 행사했다. 리처드 1세의 부재 시 정권을 위임받아 정치를 하였고, 그에 대한 평가도 훌륭했

다. 그녀가 생존해 있는 동안 그녀의 조언을 따른 존 왕의 정치 또한 번성했다. 하지만 그녀는 콘스탄스에 대한 질투심으로 통제와 자제력을 잃으면서 가족의 선동자 역할을 맡게 된다. 콘스탄스에 대한 왕대비 엘리너의 통제력을 상실한 질투심은 비록 변명거리를 대긴 어려워도 이유는 있다. 엘리너와 남편 루이 7세 사이에는 사랑이 없었다.[*] 자식이 없었던 엘리너는 루이 7세와 정식으로 이혼하고 헨리 2세와 결혼하지만 남편의 외도와 무시에 힘든 생활을 했다고 한다. 엘리너 왕대비는 콘스탄스가 죽은 지 몇 달 후이자 아더의 피살 사건이 있기 전인 1203년에 생을 마감한다. 만약 엘리너가 살아 있었더라면 아더의 피살은 막을 수 있었을지도 모른다. 엘리너 왕대비는 쉬 폭발하는 기질의 소유자이긴 하지만, 아들과 같은 잔인함과 비열함의 그늘은 찾아볼 수 없는 인물이다.

---

[*] 엘리너는 루이 7세와 이혼하고 잉글랜드 왕 헨리 2세와 재혼하여, 노르망디·앙주·아키텐을 연결하는 서 프랑스의 광대한 지역이 잉글랜드 왕령이 되었다.

엘리너 왕대비의 무덤.

6장

흠 잡을 데 없는 왕족 여인

《존 왕》의 블랑슈

블랑슈는 압도적인 아름다움과 흠잡을 데 없는 명성의 소유자이다. 남편에 대한 사랑, 가정에 쏟는 애정, 태생과 가문에 대한 자부심, 여성적 자태와 마음가짐, 굳건한 기질, 종교적 열성, 절대권력에 대한 숭배와 절제되고 올바른 이용, 이 모든 것이 블랑슈를 오스트리아의 마리아 테레지아와 비교하게 만든다.

카스티야의 블랑슈는 카스티야의 알폰소 8세(Alfonso Ⅷ)의 딸이자 엘리너 왕대비의 손녀이다. 극에 등장하는 시점의 블랑슈는 15세의 나이로 후일 루이 8세로 왕위에 오르는 도팽(Dauphin)과 결혼식을 올린다. 정치적인 결혼이 행복한 결과를 가져오는 경우는 드물다. 하지만 역사가들의 기록에 따르면 이 둘은 만나자마자 깊은 사랑의 감정을 나누었고, 26년 이상의 결혼생활에 걸쳐 단 하루도 떨어져 살지 않을 정도로 금슬이 좋았다 한다.

블랑슈는 압도적인 아름다움과 흠잡을 데 없는 명성의 소유자이다. 남편에 대한 사랑, 가정에 쏟는 애정, 태생과 가문에 대한 자부심,

카스티야의 블랑슈의 대리석상, 1837.

여성적 자태와 마음가짐, 굳건한 기질, 종교적 열성, 절대권력에 대한 숭배와 절제되고 올바른 이용, 이 모든 것이 블랑슈를 오스트리아의 마리아 테레지아(Maria Theresia)°라는 인물과 비교하게 만든다. 하지만 블랑슈는 차갑고 계산적인 성격의 소유자였다. 그녀와 그녀의 자식에 반대하는 세력을 패퇴시키는 주요 무기가 된 블랑슈의 예리한 상황 이해력과 쉽게 동요하지 않는 성격, 그리고 음모를 꾸미는 계산력 등은 성급하고 남을 쉽게 믿으며 쉬이 동요하는 상상력의 소유자인 콘스탄스와 극명한 대조를 이룬다. 콘스탄스의 이런 성격은 블랑슈와는 반대로 자신과 아들을 다른 사람의 속임수와 야망의 희생물로 만드는 원인이 된다.

블랑슈는 40년 동안 유럽의 대부분을 장악한 인물이자 역사의 한 페이지를 화려하게 장식한 명사名士 중 하나였다. 하지만 그녀는 이름을 제외하고는 우리에게 깊은 인상과 영감을 주지 못한다. 역사도, 그 어떤 찬사도 셰익스피어가 콘스탄스라는 인물에게 부여한 것을 블랑슈에게도 부여할 수는 없을 것이다. 블랑슈의 지배는 이미 역사 속에서 끝났다. 그녀의 권력은 죽음과 함께 묻혀버렸다. 하지만 콘스탄스가 우리의 마음을 지배하는 것은 언제쯤에나 끝이 날 것인가? 천재 작가의 손끝에서 다시 불을 밝힐 준비가 되어 있는 인간의 마음이 존재하는 한, 그리고 연민의 감정에 동요될 준비가 된 인간 영혼이 존재하는 한 결코 끝나지 않으리라.

■ 마리아 테레지아(1717-1780)는 카를 6세의 딸로 오스트리아의 대공이자, 헝가리와 보헤미아의 여왕이었다. 카를 6세는 국본칙령(Pragmatic Saction)을 통해 장녀인 그녀에게 합스부르크 왕가의 영토를 물려주었고, 이 일이 오스트리아 왕위 계승전쟁의 시발이 되었다. 그녀의 자녀들 중에 마리 앙투아네트와 레오폴트 2세가 있다.

루이 8세와 카스티야의 블랑슈의 대관식, 1450경.

7장

열정과 부드러움을 지닌 아내

《헨리 4세》의 퍼시 부인과 《줄리어스 시저》의 포셔

포셔에게는 이와 같은 깊고 열정적인 감정과 여성 특유의 부드러움과 소심함이 있지만, 이 감정들은 모두 엄격한 자기 수련과 위엄의 통제를 받는다. 자신의 의지를 시험하기 위해 자해하는 장면은 바로 이와 같은 포셔의 성격을 드러내 보인다. 플루타르코스의 기록에 따르면 그녀는 시저가 암살당하던 날 공포에 질려 기절하긴 했지만, 암살자들에게 영향을 줄 수 있는 그 어떤 말도 입 밖에 내지 않았다 한다.

《리처드 2세》(*Richard II*)에는 주목할 만한 여성 인물이 없다. 프랑스의 이자벨 여왕이 등장하지만 역사에서와 마찬가지로 그림자 같은 인물로 등장한다. 《헨리 4세》(*Henry IV*)도 마찬가지다. 더할 나위 없이 훌륭한 이 극에도 비중 있는 여성 인물은 등장하지 않는다. 하지만 핫스퍼(Hotspur)의 아내인 퍼시 부인(Lady Percy)은 생동감 있고 아름다운 모습으로 나타난다. 그녀는 밝고 여성적이고 사랑스럽지만, 사고와 감정에 깊이와 활력이 있는 것은 아니다. 첫 장면에 드러나는 그녀의 명랑함과 활기는 젊음과 행복감의 자연스러운 결과물이며, 남편의 죽음으로 인한 그녀의 완벽한 실의와 절망, 그리고 상실감의 표현만큼 진술한 것은 없다. 그녀는 비극의 여주인공이 아니다. 자기가 잃은 것에 대한 복수를 꿈꾸지도 않으며, 비련에서조차 부드러움과 고요함이 느껴진다. 시아버지인 노섬벌랜드(Northumberland)가 전쟁터에 나가는 것을 만류하는 대사와 영웅적인 남편에게 보내는 찬사는 그 자체로 감정과 표현에서 충만한 여성성을 그대로 담아낸다.

> 아, 당신은 왜 늘 이렇게 혼자만 계세요? 요 두 주일 동안 내내,
> 대체 제게 무슨 잘못이 있었기에 저는 이렇게 남편의 잠자리로부터
> 쫓겨나야만 하나요? 여보, 말씀 좀 해주세요.
> 대체 당신은 무슨 일 때문에 식사와 웃음은 물론

핫스퍼가 보고하는 내용을 에드워드 레인퍼드(Edward W. Rainford, 1850-1864 활동)가 상상하여 그린
장면.(《헨리 4세》 1부 1막 3장).

황금 같은 잠까지 전폐하고 계세요?

얼굴에는 싱싱한 혈색도 사라지고 없고,

제가 받아야 할 애정과 사랑의 권리도

당신의 깊은 사색과 우울증에 자리를 빼앗기고 말았잖아요.

많은 사람들이 위에 인용된 퍼시 부인의 대사와 《줄리어스 시저》에 등
장하는 브루투스(Brutus)의 부인 포셔(Portia)의 다음 대사에 주목한다.

살그머니 제 이부자리에서 빠져나가시고, 어젯밤 식사 때엔 벌떡 일어서서,

팔짱을 끼고 생각에 잠겨 한숨을 몰아쉬고는 방안을 서성대셨죠.

제가 사연을 물어봐도 당신은 쌀쌀한 눈초리로 저를 노려만 보셨지요.

그래도 물으니까, 당신은 머리를 박박 긁으시면서 울화증이 치미는 듯이

발을 구르셨어요.

상황은 거의 비슷하지만 감정과 스타일 면에서는 두 인물의 차이를 느낄 수 있다. 퍼시 부인은 남편의 사랑에는 익숙했으나 의논 상대로서는 역부족이었던 것처럼 보인다. 그녀는 남편의 결정과 생각에 어떤 영향을 줄 수 있는 사람은 아니다.

퍼시 부인 저는 기어코 당신의 용건을 알아야겠어요.

아마 내 동생 모티머가 왕위 계승권 문제로 일어서서,

당신에게도 그 계획에 가담하라고 사람을 보낸 모양이군요.

하지만 기어코 떠나시겠다면….

핫스퍼 그렇게 길을 돌아가서는 이쪽이 지쳐버리고 말겠군.

퍼시 부인 너무하세요, 제가 묻는 말에 솔직히 대답해 주세요,

딴전만 피우지 마시고.

이 장면은 결국 퍼시 부인에 대해 아무것도 부각시키지 못한다는 점에서 불필요한 부분이라고 말할 수도 있다. 반면 포셔의 성격은 플루타르코스의 《영웅전》을 충실히 따라 묘사되어 있다. 퍼시 부인의 투정과 애정 섞인 비난과 책망은 남편의 관심을 끌지 못하지만, 부인으로서의 위엄과 부드러움을 지닌 포셔는 남편의 생각과 고민을 공유할 자신의 권리를 주장하며 이를 증명해 보인다.

포셔 저는 물론 여자이긴 합니다. 그러나 브루투스 님께서

아내로 삼은 여자입니다. 물론 여자이긴 합니다.

그러나 평판이 좋기로 세상이 다 아는 여자, 케이토의 딸입니다.

그런 아버지와 그런 남편을 둔 저를 보통 여자보다

강하지 못하다고 생각하세요?

비밀을 얘기해주세요.

브루투스 당신은 나의 진실하고도 훌륭한 아내요.

내게 소중하기론 이 슬픔에 잠긴 심장을 흐르는 빨간 피에 못지않소.

셰익스피어가 진심 어린 애정을 담아 무대에 올린 포셔로부터 남편인 브루투스의 일면을 읽을 수 있다. 다시 말하자면 포셔는 브루투스가 거울을 들여다볼 때 나타나는 잔상과 같은 인물이다. 브루투스는 넘치는 감수성과, 비록 절제되어 있지만 여성에 가까울 정도의 부드러운 감성을 소유한 인물이다. 현실에서는 이런 본성과는 달리 원칙과 의지의 힘으로 행동과 결정을 강요당하는 상황이지만 말이다. 포셔에게는 이와 같은 깊고 열정적인 감정과 여성 특유의 부드러움과 소심함이 있지만, 이 감정들은 모두 엄격한 자기 수련과 위엄의 통제를 받는다. 자신의 의지를 시험하기 위해 자해하는 장면은 바로 이와 같은 포셔의 성격을 잘 드러내 보인다. 플루타르코스의 기록에 따르면, 그녀는 시저가 암살당하던 날 공포에 질려 기절하긴 했지만, 암살자들에게 영향을 줄 수 있는 그 어떤 말도 입 밖에 내지 않았다 한다. 셰익스피어는 이런 상황을 다음과 같이 무대에 올린다.

포셔 애야, 어서 원로원으로 달려가봐라. 대답은 필요 없으니

머뭇거리지 말고 어서 가봐라. 왜 머뭇거리고 있어?

류시어스 제 용무를 알아야 하잖아요, 마님.

포셔 　어서 갔다가 어서 돌아와줬으면 싶구나. 네게 용무를 이르는 사이에도.

　　　아 철석같은 마음아, 나를 꾹 좀 받들어다오! 이 마음과 혀 사이에다 태

　　　산을 가져다놓아다오! 마음은 남자지만 힘은 여자,

　　　비밀을 지키기가 여자에겐 이렇게도 어려운가!

줄리어스 시저의 한 장면,
브루투스 역의 에드먼드 킨(Edmund Kean), 제임스 노스코트, 1746–1831).

비록 무대에 오르진 않았지만 플루타르코스가 전하는 포셔와 관련된 또 다른 아름다운 일화가 있다. 브루투스와 포셔가 니시다 섬에서 마지막으로 이별할 때 그녀는 남편의 투지를 흔들지 않으려고 모든 슬픔의 표현을 애써 억누른다. 후에 헥토르와 안드로마케의 초상화가 걸려 있는 방을 지나가다 한동안 멈춰 서서, 절제된 슬픔으로 그림을 응시하다가 마침내 열정적인 눈물을 쏟아내고 말았다 한다. 포셔의 '철학' 내지는 포셔의 죽음의 '영웅성'을 지나치게 강조하는 사람들은 포셔라는 인

226

물에 대해 정확하게 이해하는 것이라고 보기 어렵다. 그녀의 죽음은 '고귀한 로마식으로' 계획된 자기 파괴가 아니라, 지나치게 억제되고 억눌린 공포, 불안, 긴장감, 광기의 폭발이었음이 그녀의 죽음의 방식에 분명히 나타나기 때문이다. 셰익스피어는 다음과 같이 그녀의 죽음을 해석한다.

브루투스 아 캐시어스, 나는 많은 슬픔 때문에 가슴이 미어질 것만 같소.

캐시어스 그렇다면 당신의 철학도 소용이 없구려, 하찮은 불행 따위에
　　　　　상심하신대서야.

브루투스 그 누구보다도 나는 슬픔을 참을 수 있소. 그러나 포서가 죽었소.

캐시어스 아! 포서가!

브루투스 죽었소.

캐시어스 용케 나는 죽음을 면했구려, 아까 내가 그렇게 대들었는데도.
　　　　　아, 참을 수 없는 비통한 불행! 그런데 무슨 병으로?

브루투스 나의 부재를 못 견딘 탓이오. 게다가 젊은 옥타비아누스와
　　　　　앤터니 세력이 매우 강력해진 것을 슬퍼했던 모양이오.
　　　　　사실 포서의 부고와 함께 그와 같은 정보가 들어와 있소.
　　　　　그래서 마음이 광란하여 하인들이 없는 틈을 타 불을 삼킨 것이오.

여성의 철학이란 바로 이런 것이 아닌가?

Shakespeare's Heroines

8장

여성성을 결여한 잔인한 마음

《헨리 6세》의 앙주의 마거릿

마거릿은 가장 강한 남성성을 지닌 남자의 영혼도 부숴버릴 수 있는 운명의 변화, 재
앙, 역류에 어떤 흔들림도 없이 대항하고 저항하는 뛰어난 영혼을 지닌 여인임을 부
인할 수 없다.

　말론*은 여러 정황 증거로 보아 3부작 《헨리 6세》(*Henry VI*)는 셰익스피어가 쓴 작품이 아니고 예전부터 있던 두 편의 희극**을 대폭 수정하고 상당 부분을 덧붙여 개작한 작품이라고 주장하는 글을 발표했다. 내로라 하는 당대의 학자들도 그의 비평에 대해 납득할 만한 혹은 '반박할 수 없는' 훌륭한 지적이라고 동의를 표시했다. 하지만 존슨 박사(Dr. Johnson)를 비롯한 몇몇 학자들은 말론의 주장을 납득할 수 없어, '반박할 수 없는 것' 에 대한 반박을 시작했다. 일반적으로 학자들 사이에 어떤 문학적 이슈에 대한 일치된 결론이 도출되지 못할 경우 그 중재자는 개인적 취향과 판단이다. 내가 보기에 《헨리 6세》는 셰익스피어의 다른 작품들과 비교할 때 감수성과 열정의 강도는 떨어지고 불필요한 장황함과 과장된 언어가 상대적으로 많은 것 같다. 계속되는 배신과 음모와 유혈, 그리고 폭력이 혐오감을 불러일으키고, 행위의 통일성과 흥미를 이끌어가는 힘이 결여된 것 역시 극의 완성도를 위협한다. 하지만 2, 3부에는 셰익스피어만이 쓸 수 있는 화려한 구절들이 포함되어 있다. 이 부분은 아마도 이 극이 셰익스피어의 작품이 아니라고 의심하는 사람들조차도 부인하기 쉽지 않을 것이다.

■ Edmond Malone(1741-1812). 아일랜드의 문예 비평가이자 셰익스피어 학자.
■ ■ 1590년쯤 쓰인 것으로 추정되는 2부작 《요크 가와 랭커스터 가의 분쟁》(*The Contention of Two Houses of York and Lancaster*)을 말한다.

타우튼의 헨리 6세(3부 2막 5장), 윌리엄 다이스, 1855-1860.

　이 작품의 출처를 둘러싼 논쟁들 중 앙주의 마거릿 왕비를 그 근거로
제시한 것은 없다. 하지만 셰익스피어를 연구해온 사람들이라면 마거릿이
라는 이 인물이 작품의 출처를 밝히는 결정적인 단서가 될 수 있다는 사실
을 인정할 것이다. 그녀와 셰익스피어의 다른 여주인공들을 비교해보면,
비슷한 점이 별로 없다는 사실에 큰 충격을 받게 된다. 셰익스피어가 모든
인물을 동일한 방식으로 그려낸 것은 아니지만 그렇다고 해서 화가들처럼
두 가지 다른 '화법畫法' 을 가지고 있었던 것은 아니다. 마거릿의 경우, 특
정 부분에서 셰익스피어의 필력을 느낄 수 있지만 전체적인 이미지에서

그의 혼을 발견하기란 힘든 일이다. 그가 무언가 덧칠했을 수는 있지만 원본은 일반적인 셰익스피어 스타일과 전혀 달리 무겁고 딱딱하게 느껴진다. 마거릿 왕비는 이 극에서 보듯이 상당한 진실과 용기와 지조의 극적 표상이다. 하지만 그녀는 셰익스피어의 다른 여인들과는 사뭇 다르다. 영혼의 진정한 위대함이 무엇인지 너무나도 잘 알고 있는 셰익스피어가, 맥베스 부인에게서조차 존경과 동정심을 불러일으킬 수 있는 셰익스피어가, 이렇듯 영웅성이 결여된 여주인공을 우리에게 제시할 리 만무하다. 마거릿은 가장 강한 남성성을 지닌 남자의 영혼도 부숴버릴 수 있는 운명의 변화, 재앙, 역류에 어떤 흔들림도 없이 대항하고 저항하는 뛰어난 영혼을 지닌 여인임을 부인할 수 없다. 하지만 셰익스피어가 불운에 용감하게 맞서는 여인을 무대에 올리고자 할 때, 우리의 흥미와 관심을 자극할 독특한 개성이 전혀 없는 여인을 묘사할 리 만무하다. 또한 그는 고결한 여왕이 아니라 사악함과 잔인함에 물든 "아마조네스의 창녀"*일 뿐인 프랑스의 귀부인을 제시하려고 하지도 않았을 것이다. 셰익스피어는 그녀를 절대 혐오의 상태로부터 구원했을 것이고, 달콤한 영혼을 불어 넣고 독특한 정신을 부여했을 것이다.

옛 연대기 작가인 홀(Hall)은 마거릿 왕비에 대해, "그녀는 미모와 지혜, 지력에서 남보다 월등히 뛰어나며, 용기와 배짱에서는 여자보다는 남자에 가깝다"고 평하면서 다음과 같이 덧붙였다. "헨리와 마거릿이 혼인한 뒤 왕의 친구들은 그로부터 멀어지고 영주들 간에는 분쟁이 생겼으며, 평민들의 반란과 전쟁이 일어나 많은 사람이 죽고 마침내 왕이 폐위되니,

---

■ 《헨리 6세》 3부 1막 4장에서 요크 공작이 이런 대사를 읊는다. "프랑스의 암늑대! 하나 프랑스의 이리들도 너보다 잔인하진 못하다! 독사의 독도 네 혀보다는 독이 덜하다. 불운하게 포로가 된 사람을 여자답지도 않게 아마조네스의 창녀같이 의기양양하게 조롱하다니!"

헨리 6세와 앙주의 마거릿.

화려함과 승리감 속에서 맞이했던 여왕은 비참함과 슬픔 속에서 프랑스로 보내졌다." 이 구절이, 어떤 예술적 깊이나 극적 기술로 수정 보완되지는 않았지만 마거릿 왕비라는 인물을 무대에 올리는 토대가 되었던 것처럼 보인다. 극에서 마거릿 왕비는 여성이 드러낼 수 있는 외적 우아함을 모두 갖춘 여성으로 묘사된다. 그녀는 대담하고 교활하고 결단력 있고 불굴의 의지도 지녔지만, 믿음을 배신하기도 하고 오만하고 가식적이고 복수심 강하고 잔인하기도 하다. 권력을 쟁탈하기 위한 혈투와 주변의 무자비한 냉혈한들과의 동맹은 여성성의 마지막 버팀목인 모성을 제외하고는 더 이

233

상 그녀가 여성적이도록 허용하지 않았다. 마거릿의 극적 묘사에는 적지 않은 에너지와 열정도 느껴지지만 셰익스피어라는 대작가의 필력이라고 하기에는 억지스러움이 읽힌다. 나름대로 괜찮은 이야깃거리이고 몇몇 장면과 대사에서 나오는 시도 훌륭하며 극적 상황도 매우 시적이다. 하지만 정작 마거릿이라는 인물에서는 이런 시적인 핵이 발견되지 않는다. 그녀의 인위적인 위엄, 그럴듯한 재치, 장황한 달변은 우리로 하여금 프랑스 비극의 여주인공들 가운데 몇몇 두드러진 인물을 상기시킬 뿐이다.

이만큼 지적했으니 이제 마거릿이 등장하는 가장 훌륭하고 특징적인 장면을 살펴보자. 유순한 남편에 대한 그녀의 경멸의 표현들과 오만한 요크(York), 솔즈베리(Salisbury), 워릭(Warwick), 버킹엄(Buckingham) 공작 등의 권력 행사에 대한 반항과 거부감의 표현들은 매우 훌륭하다. 그녀가 여성으로서 악의와 분노를 폭발하며 대사를 마무리 짓는 부분은 감탄을 자아내기도 한다.

하지만 이들 귀족 누구보다도 섭정 부인만큼 불쾌한 존재는 없어요.
그 거만한 태도! 그 여자는 험프리 공작의 아내라기보다는 황후라도 되는 양,
귀부인들을 주렁주렁 거느리고 궁중을 휩쓸고 돌아다니고 있습니다.
외부에서 온 사람들은 그녀를 왕비로 착각할 정도입니다.
그 여자는 공작의 수입 전부를 등에 업고 우리의 가난을 내심 비웃고 있답니다.
아아, 어떻게 복수를 해줄 수 있을까? 그녀는 바탕이 천한 계집이면서,
요전에 아첨꾼에 둘려 앉아 이렇게 떠벌였다 합니다.
'왕비의 아버지의 영지 전부를 다 가지고도
내가 가지고 있는 가장 낡은 옷소매 값과도 비교할 수 없지,

그의 딸을 데려오기 위해 서포크가 공작령을 두 개나 갖다 바쳐서
형편이 그나마 좀 나아졌다지.' 라고 말입니다.

선량한 험프리 공작(Duke Humphrey)을 암살하려는 공모에 가담하는
그녀의 음모와 계략, 그리고 언변의 힘만으로 유순한 남편을 혼동하게 만
들어 그럴싸하게 자신을 향한 의심을 회피하는 모습은 매우 특징적이지만
역겹기도 하다. 비록 역사적 사실은 아닌 극적 사건이지만 서포크(Suffolk)
와의 패륜적 사랑은 3막에서 아름다운 이별 장면을 연출한다. 이 장면은
나름대로 관객과 독자의 비애감을 자극하고, 감정의 동요를 불러일으키기
에 충분한 서정적 흐름을 보여주고 있다고 할 수 있지만, 마거릿이나 그녀
의 연인에 대해 일말의 흥미나 동정도 불러일으키지 않는다. 서포크를 방

정원에 모인 서머셋과 서포크, 워릭 공작과 리처드 플랜태저넷,
버논(1부 2막 4장), 조시아 보이델(Josiah Boydell, 1752-1817).

235

문하여 그의 적들에게 저주를 퍼붓는 대사에서 나타나는 마거릿의 통제되지 않은 분노는 그녀 자신이 내뿜은 폭력적 기운에 지레 움츠러들고 서포크의 맹렬한 저주에 질려 한 발짝 물러선다. 극도의 분노 상태에서 눈물과 녹아내리는 애정 모드로 급격하게 전환하는 것은 다분히 셰익스피어적인 표현 양식에 따르고 있다.

> 자, 이젠 아무 말씀도 마시고, 곧 떠나세요.
> 오오, 아직 가지 마세요. 유죄를 선고받은 친구끼리는
> 이렇게 껴안고 키스하며 만 번이나 작별을 아쉬워하는 거예요.
> 죽기보다도 헤어지기가 백배나 더 괴롭잖아요. 하지만 이젠 안녕.
> 당신과의 작별은 이 세상과의 이별입니다.

위의 대사에 이어 아름답고 강렬하며 폭발적인 열정이 분출하는 서포크의 대사가 뒤따른다.

> 당신이 안 계신 이곳은 내게는 더 이상 관심이 없습니다.
> 천사 같은 당신과 함께만 있다면 사막도 대도시 같이 북적대는 느낌일 겁니다.
> 당신이 계신 곳이 곧 세계요,
> 현세의 온갖 기쁨이 갖추어져 있더라도 당신이 없으면 폐허나 다를 바 없지요.

《헨리 6세》의 3부에서 남편의 왕위를 지키기 위해 처절한 투쟁에 앞장서는 마거릿은 인상적이다. 통치 기간 동안 불가침이라는 특권 때문에 장자 상속권을 포기한 헨리에 대한 분노는 나름대로 아름다운 대사도 이끌

어내고, 마거릿에게 동정과 연민도 보내게 만든다. 하지만 곧 무기도 없는 포로인 불쌍한 요크 공작을 향한 치졸한 복수심과 잔인함, 씁슬한 조롱, 그에게 그의 막내아들의 피로 얼룩진 손수건을 들이미는 여자답지 않은 악의적 성격, "이 손수건으로 그 아비도 그의 눈을 닦게 하라"는 대사는 우리의 동정을 곧바로 혐오와 공포로 몰아간다. 이에 요크 공작은 그녀의 생부에 대한 모욕으로 그녀의 잔인함을 공격한다.

네가 뻔뻔스러운 여자만 아니라면, 너의 출생과 혈통에 관한 이야기만 들어도
너는 창피해서 못 견딜 게다. 너의 아버지는 명목상은 나폴리의 왕,
시칠리아와 예루살렘의 왕으로 되어 있지만, 실제로는 잉글랜드의 소지주만큼
도 재산이 없는 놈이다.
그 가난뱅이 왕 놈이 네게 사람을 이리 모욕하라 가르치더냐?
오만한 왕비 같으니, 그런 짓을 해도 쓸데없다. 그럴 필요도 없다.
하긴 '거지가 말을 타면 말이 지쳐 죽을 때까지 말을 몬다' 는
속담을 증명해보일 셈이라면 몰라도. 잘생긴 여자는 흔히 오만하다고 하지만,
네 생김새는 그리 내세울 것도 없음을 신께서 알고 계신다.
정숙한 여자는 최고의 칭찬을 받기 마련이다. 그러나 너는
그와 반대로 사람들을 경악케 할 뿐이다.
자제심은 여자를 아름답게 하기 마련인데,
그런 점이 없으니 너는 징그럽기만 하다. 지구의 이쪽과 저쪽,
남녘과 북녘이 서로 반대편이듯이, 너는 모든 선함의 반대편이다.
아, 여자의 가죽을 쓰고 있어도 마음은 호랑이 같은 것!
어린아이의 생명의 피를 짜내, 그 피로 그 아비보고 눈물을 씻으라니,

237

그러고도 여자의 탈을 쓰고 있다니, 대체 어떻게 그럴 수 있단 말이냐?

여자는 상냥하고 온순하고 인자하고 솔직한 것인데,

너로 말하자면 가혹하고 무정하고 냉혹하고 잔인하고 자비심도 없구나.

위에서 묘사된 바로 그런 여자인 마거릿은 이 대사에 단 하나의 방식으로 대답한다. 바로 단검의 끝으로 요크의 목을 찌르는 것 말이다. 하지만 극에서 묘사된 마거릿의 잔인한 성격이 역사적인 근거를 토대로 한 것이 아니라, 극적 상황 연출에 불과하다는 점은 다행스러운 일이다. 요크의 시신은 전쟁터에서 목이 잘린 채 발견되었고, 이 또한 마거릿의 명령과는 아무런 상관이 없다고 역사는 전한다.

또 다른 장면에서 마거릿이라는 인물의 진정성과 일관성이 극의 흐름에 희생되면서 다시 한 번 역효과를 만들어낸다. 마거릿이 운을 다하여 피난처를 구할 때, 그녀는 자신이 가장 혐오했던 적인 워릭에게 간다. 그는 마거릿에게 그녀의 아들과 자신의 딸 앤 공주를 결혼시키자고 제안한다.■ 극에서 마거릿은 조금도 주저하지 않고 이 제안을 받아들인다. 우리는 그녀의 일관성 없는 정책과, 혐오 대상이었던 적에게 조금도 망설이지 않고 뻗치는 관대한 용서의 손길을 이해할 수 없을 뿐더러 역겨움까지 느끼게 된다. 역사 속의 마거릿은 이 제안을 철저히 거부했다. 그녀는 자신의 불행의 원흉을 마음으로부터 용서할 수 없다고 말했다. 그녀는 워릭을 결코 신뢰할 수 없었으며, 에드워드 4세에 대해 반란을 일으키며 그가 내세운 명분 또한 경멸했다. 마거릿의 입장에서는 원수 집안의 딸에게 자신의 아들을 결혼시키는 것 자체만으로 구제받을 수 없는 영락榮落이었다.

■ 여기서 말하는 앤 공주는 《리처드 3세》에 등장하는 "친절한 앤 공주(gentle Lady Anne)"이다.

그녀는 투크스베리(Tewkesbury) 전투에서 자신의 군대가 패배하고 추종자들이 학살당하고 아들이 살해되는 것을 모두 목격한다. 잔인한 리처드가 그녀의 목숨을 빼앗고자 매우 강경하게 사형을 주장하지만, 그녀는 죽음도 치유할 수 없는 비참한 광경을 눈과 마음에 담은 채 무대 밖으로 끌려 나간다. 아들이 살해된 후 비명처럼 외쳐대는 마거릿의 대사와 콘스탄스의 대사를 비교하면, 과연 어느 쪽에 셰익스피어의 천재성이 녹아 있는지 분간할 수 있을 것이다. 마거릿은 에드워드 4세의 궁전으로 다시 끌려 나오면서 역사에 전면적인 도전장을 던진다.▪ 그녀는 자신을 둘러싸고 자리에 앉아 있는 왕과 귀족들을 천천히 둘러보며, 그들의 머리 위에 패망과 저주가 떨어지기를 기원한다. 왕관도 왕홀도 없는 처량하게 쇠락한 처절한 위엄의 유령처럼, 혹은 피에 굶주린 흡혈귀처럼 말이다. 그러고 나서 에드워드 5세가 열두 살의 어린 나이로 왕위에 올랐다가 숙부 리처드에 의해 런던 탑에 갇히고 끝내 작은 숙부인 요크 공작과 함께 살해당하자, 미망인이 된 요크 공작부인과 아들을 잃은 엘리자베스 왕비가 자신들의 비참한 운명을 한탄하는 장면이 이어진다. 마거릿은 매우 깊이 있고 장엄한 뛰어난 대사를 읊으며 그들의 상실감과 처량함에 동참한다.

요크 공작부인 아, 헨리의 아내여! 너무하오, 나의 슬픔을 보고 좋아하다니!
　　　　　신이 굽어보고 계시지만, 난 당신의 불행에 울곤 했다오.
마거릿 내 말을 참고 들어보려무나. 복수에 굶주린 나, 이제 겨우 소원이
　　　　이루어져 실컷 재미보고 있는 중이란다. 네 아들 에드워드,

▪ 에드워드 4세는 마거릿 왕비가 아들의 왕위를 보전하고자 추방한 요크 가의 리처드 플랜태저넷의 아들로서, 리처드가 웨이크필드 전투에서 전사한 뒤, 타우튼 전투에서 랭카스터 파를 격파하고 에드워드 4세로 왕위에 오른다. 이 장면은 《리처드 3세》의 시작 부분이다.

에드워드 왕과 엘리자베스 왕비, 아기 왕자, 클래런스, 글로스터, 헤이스팅스(3부 5막 7장),
제임스 노스코트(1746-1831).

그놈은 이제 끝장이다, 내 아들 에드워드를 죽인 그놈은.

그리고 네 손자 에드워드는 내 에드워드에 대한 대가로 죽었어.

그리고 어린 요크도 죽었지만 그건 덤밖에 안 돼, 글쎄 형제 둘을

합쳐도 내가 잃은 훌륭한 보배에는 어림없으니까.

그리고 너의 클래런스, 그놈도 죽었지만, 그놈이 내 에드워드를

찔러 죽였겠다. 그뿐인가, 이 광란의 비극을 방관한 놈들,

글쎄 저 간통자 헤이스팅스하며, 리버즈, 본, 그레이하며,

죄다 느닷없이 컴컴한 무덤 속에 질식당하고 말았잖는가.

하긴 리처드는 아직 살아 있으나, 그놈은 지옥의 흉측한 간첩,

지옥의 살아남은 유일한 하수인으로 인간의 영혼을 사들여

차례차례 지옥으로 보내는 역할을 하고 있지만,

머지않아서 동정도 받지 못하고 비참하게 죽는 날은 오고 말지.

대지는 입을 벌리고, 지옥은 불타며, 악마는 포효하고,

성자들은 기도하고 있다, 그놈이 어서 속히 지옥으로

떨어지기를 고대하며. 신이여, 부디 그놈의 생명줄을 끊어주소서!

난 그때까지 살아남아 '개는 죽었다!' 고 말해야겠어.

하지만 이쯤에서 멈추었어야 했다. 지나친 수사적 표현으로 넘치는 그녀의 말은 결국 우리에게도 요크 공작부인의 대사를 상기시킬 뿐이다.

불행은 왜 이리 말수가 많은 걸까?

9장

영혼에 내재한 진실의 빛

《헨리 8세》의 캐서린 왕비

모든 것을 진실과 고결함으로 귀결시키는 캐서린의 내면적 힘이 바로 그 고통의 세월로부터 그녀를 버티게 한 근원적 에너지이다. 존재의 마지막 순간까지 그녀의 정신 속에 가장 강력하게 자리 잡은 인내와 자존심이란 두 수레바퀴가 삶이란 수레를 여기까지 몰고 올 수 있게 했던 것이다.

캐서린 왕비라는 인물과 그녀가 지닌 아름다움을 정확하게 이해하기 위해서는 캐서린의 일생과 그녀를 둘러싼 상황, 그리고 극이 시작되기 이전의 그녀의 삶과 성격 등에 대해 미리 조사하는 것이 불가피하다. 그래야만 셰익스피어라는 극작가가 자신 앞에 놓인 역사적 재료들을 어떻게 극 속에 교묘히 배치했는지가 보이면서, 그의 극작술에 대한 바른 이해가 시작될 수 있기 때문이다.

아라곤의 왕인 퍼디넌드(Ferdinand)와 카스티야의 이자벨라(Isabella) 사이에서 태어난 넷째이자 막내딸인 캐서린은 어머니가 1485년 무어 인들과의 전쟁이 발발하여 알카라(Alcala)에 피신해 있을 때 태어났다. 미모와 함께 뛰어난 자질과 특별한 재능을 겸비한 어머니의 지시에 따라 캐서린이 받은 교육은 가장 준엄한 도덕적 원칙과 여성이 지켜야 할 고귀한 덕목들, 편협하고 외골수적인 종교의식에 대한 집착과 출생과 계급에 대한 지나친 자부심 등을 그녀의 머릿속 깊이 뿌리 내리게 했다. 하지만 다른 한편으로 그녀의 이해력은 매우 강력하고, 판단력 또한 분명했다. 그녀의 천성은 단순하고 신중하고 가정적이었으며, 심성은 친절하고 자애로웠다. 이것이 바로 캐서린의 됨됨이였다. 그녀가 자신의 결혼에 대해 직접 쓰거나 받아 적게 한 편지와 문서들이나 당시 연대기를 참조해보면, 적어도 그런 것처럼 보인다. 캐서린이 남긴 편지와 문서 대부분은 별다른 기교 없이 단순한 스타일로 씌어졌고, 차분한 감각과 일관성이 엿보이는 단호함과 유순함, 그리고 열렬한 신앙심이 내비친다.

캐서린은 다섯 살 때 헨리 7세의 맏아들인 웨일스의 왕자 아더와 약혼하고, 1501년에 잉글랜드에 입성한다. 그녀는 열렬한 환대를 받으며 런던에 도착하여 곧 아더와 결혼한다. 그때 아더의 나이 열다섯이었고, 캐서린이 열일곱이었다. 잘 알려진 대로 아더는 결혼하고 5개월 후에 죽는다. 상당한 금액의 결혼 지참금과, 유럽의 가장 강력한 왕국과의 결합으로 생기는 이익을 포기하기 싫었던 헨리 7세는 캐서린과 둘째아들 헨리의 약혼을 제안한다. 다소간 로마 교황청의 망설임이 있었지만, 특별 허가를 받아 열여덟 살 되던 해 캐서린은 헨리와 약혼한다. 당시 열두 살이었던 헨리 왕자는 할 수 있는 한 완강히 거부했다. 형의 아내와 결혼한다는 것에 강한 혐오감을 느꼈던 것으로 보인다. 헨리 7세도 마음이 편치는 않았다. 건강이 약해지자 그의 양심이 마음속의 탐욕과 기회주의를 비난하기 시작했던 것이다. 죽음을 앞둔 헨리는 결혼 약속을 해지했고, 아들 헨리에게 캐서린과의 장래 결합을 포기한다는 서류에 서명하게 했다. 헨리는 이 서류에 서명하는 것을 내켜하지 않았고, 캐서린은 모국 스페인으로 다시 보내지는 대신 잉글랜드에 남게 된다.

열일곱이 된 헨리는 상냥하고 사랑스러운 캐서린에게 관심을 갖게 되었던 것 같다. 나이 차이가 오히려 캐서린에게는 유리한 상황을 만들었다. 헨리는 자신보다 연상인 여인에게 관심을 보일 나이였기 때문이다. 그녀를 버리라고 요구받자 오히려 캐서린에 대한 헨리의 관심은 강한 열정으로 바뀌어버렸다. 아버지 헨리 7세가 죽자마자, 헨리 8세는 캐서린을 아내로 맞이하겠다는 결심을 선포한다. 의회에서 이 문제가 논의되었을 때, 정치·외교적 이점 이외에도 캐서린에게는 "깊은 덕성과 남과 비견하기 어

캐서린 왕비의 초상, 1525경.

려울 정도의 상냥함"이 있다는 점이 지적되었다. 즉위한 지 6주 후인 1509년 6월 3일, 열여덟 살의 헨리 8세와 스물넷의 캐서린은 성대한 결혼식을 올린다.

"만약 헨리 8세가 캐서린이 그의 아내로 있고 울지(Wolsey)가 주교인 상태에서 죽음을 맞았더라면, 가장 증오스러운 폭군이 아닌, 훌륭하고 사랑받고 성공한 왕으로 후세에 이름을 남겼을 텐데…"라는 말이 전해진다. 헨리는 이따금씩 부정을 저지르기도 하고, 캐서린의 지나친 신앙심과 종교적 엄격성을 종종 참지 못하기도 했지만, 캐서린과 행복한 결혼 생활을 했다. 그는 공개적으로 캐서린에 대한 사랑과 존경을 과시하길 좋아했다. 캐서린은 난폭하고 독재적인 헨리의 성격에 강력하면서도 유익한 영향을 주었다. 1513년 프랑스로 원정을 떠날 때, 헨리는 그의 부재 동안 캐서린에게 왕국을 다스릴 권한을 위임함과 동시에 스코틀랜드와 전쟁을 벌일 전권을 준다. 평온하고 가정적이고 허세 부리는 일 없던 캐서린이 "자기 마음은 전쟁에 맞게 빚어졌"고, "군기와 깃발, 훈장, 기타 등등을 만드느라 끔찍하게 바쁘다"고 자신을 묘사한 점이 매우 흥미롭다. 단지 이런 우아한 전쟁 준비에만 그친 것이 아니라, 몇 주 후 그녀는 스코틀랜드의 제임스 4세와 대부분의 귀족들이 전사한 플로든(Flodden) 전투에서 대승을 거둔다.

246

캐서린과 헨리 8세의 결혼 생활은 1527
년부터 흔들리게 된다. 그해에 앤 불린
(Anne Boleyn)이 처음으로 궁에 등장
하고 여왕의 시녀로 임명된다. 그때
가 돼서야 비로소 형의 아내와의
결혼에 대해 헨리의 양심이 서서
히 동요하기 시작한다. 다음 해 헨
리는 비밀 임무를 띤 특사를 로마에
파견한다. 그는 왕비가 종교생활에
귀의하면 왕이 로마 교황으로부터 재혼할
수 있는 특별 허가를 받을 수 있는지 답변을
받아오라는 지시를 내린다.

앤 불린의 초상.
존 호스킨스(1595경–1664)의 작품으로 추정.

불쌍한 캐서린! 그녀가 음모의 화살촉이 자신을 향하고 있음을 알게
되었을 때, 남편의 새로운 사랑에 대한 질투심과 자신의 명예에 대한 자존
심, 자신의 딸의 합법적 지위에 대한 생각과 이 모든 것이 만들어낼 수 있
는 비극적 상황에 괴로워하며 결론적으로 이 모든 비틀린 현실의 발원지
를 추기경에게 귀결시키리라는 것은 충분히 예측할 수 있는 일이었다. 다
른 곳에서도 울지 추기경은 그의 오만한 기질과 성직자답지 않은 생활에
대해 캐서린이 퍼부은 말 때문에 여왕에게 그리 호의적인 감정을 지니고
있지 않았다는 점이 지적된다.

이 상황은 거의 6년 동안이나 지속된다. 인내심 없고 과격한 헨리의
성격에도 불구하고 이렇게 오랫동안 헨리와 캐서린의 이혼이 지연된 원인
중 하나에 주목해볼 만하다. 옛 연대기가 말해주듯 대부분의 남자들, 그리

고 특별히 사제들과 귀족들이 이 문제에 대하여 헨리의 편을 들었음에도 잉글랜드의 여성들은 이혼을 반대했다. 그들은 만약 캐서린이 20여 년의 결혼 생활 후에 아내로서의 모든 권리를 빼앗긴다면, 어떤 여자도 명예와 행복과 안위를 보장받을 수 없으리라고 느꼈다. 여성들의 원성이 너무나 컸기 때문에 헨리도 한동안 이혼 절차의 진행을 중단하고 앤 불린을 궁에서 내친다.

셰익스피어 극에서는 캠페이어스(Campeius)라 불리는 추기경 캠피지오(Campeggio)는 1528년 10월에 잉글랜드에 도착한다. 처음에 그는 지나친 신앙심이 결혼 생활을 위협할 수 있다는 점을 지적하며 캐서린에게 신중한 경고를 한다. 하지만 그녀는 강한 경멸을 드러내며 그의 충고를 거절한다. 캐서린은 "나는 왕의 합법적이고 성실한 아내다. 왕과 결혼한 사람은 바로 나다. 이 세상 모든 율사들이 죽었다 해도, 인간이 이해할 수 없는 법과 학문이 있다 해도, 결혼을 한 이상 로마의 법정에 대해 생각할 수 없다. 영국 국교도 불법적이고 경멸스러운 이런 일에 동의할 리 만무하다. 나는 여전히 그의 아내이고 왕을 위해 기도할 것이다."라고 말한다.

추기경 울지가 죽은 후 2년 뒤, 왕과 왕비는 1531년 7월 14일에 마지막으로 만난다. 그때까지 공식 석상에서는 부부로서의 예의와 대우를 유지했다. 하지만 왕은 캐서린에게 그녀가 머물 사택을 수리하도록 명령했고, 더 이상 그녀를 합법적인 아내로 생각하지 않았다. 홀(Hall)의 연대기에는 "이러한 조치에 대해 덕스러운 여왕은 아무런 대응도 하지 않았다. 그녀가 어디로 보내지든지, 어떤 것도 마음속에서 왕의 아내로서의 그녀의 위치를 밀어낼 수는 없었다. 결국 그들은 서로에게 이별을 고하게 되었고, 이 시간 이후 왕은 그녀를 다시 보지 않았다."라고 기록되어 있다. 여전히 이

앤 불린과 헨리 8세, 챔벌린 경과 울지 추기경(1막 4장), 토머스 스토더드(1755-1834).

혼에 대한 결론이 보류되고 있던 1532년, 왕은 앤 불린과 결혼한다. 캐서린
으로서는 받아들일 생각이 없었던 이혼 선언이 캔터베리 대주교 크랜머
(Cranmer)에 의해 공표되고, 이에 대한 심적 고통으로 말미암아 건강이 악
화된 캐서린은 50세의 나이로 1536년 1월 29일 사연 많은 생을 마감한다.

《헨리 8세》는 바로 1521년 버킹엄 공작의 탄핵으로부터 1536년 캐서린
왕비의 사망까지 일어난 사건을 다룬다. 캐서린의 죽음을 엘리자베스 여
왕의 출생(1533년)보다 앞서게 하기 위해 셰익스피어는 극의 진행상 필연
적인, 하지만 용서받을 수 있는 시대착오(anachronism)를 허용했다. 역사
극의 구조상, 행복한 결말과 긍정적이고 희망적인 역사관을 제시하는 일

249

은 필요하다. 엘리자베스의 출생과 캐서린의 죽음의 선후 관계는 엘리자베스 여왕의 왕위 계승권과 정통성의 문제와 매우 미묘하게 얽혀 있는 부분이다. 셰익스피어의 이런 시간 도치는 역사를 왜곡했다고 비난할 사항이 아니라, 극이 지향하는 바를 위해 극적 허용을 이용했다고 보아야 한다. 그는 이를 통해 극적 적절성을 지켰을 뿐만 아니라, 셰익스피어라는 작가의 극작술의 묘미와 작가가 지닌 역사적 판단력을 엿볼 수 있는 기회를 제공했다. 이 극이 캐서린을 주인공으로 하여 처음부터 끝까지 "지상의 왕비 중의 왕비"로 그녀를 제시한다는 점을 고려하고 극적 관심이 앤 불린에게 상처받은 연적인 캐서린과 앤 불린의 적인 추기경 울지에게 모두 쏠리고 있다는 점을 상기한다면, 그리고 이 극이 엘리자베스 여왕 치세하에 쓰였다는 점을 감안한다면, 정의의 희생과 기회주의의 편승에 경멸을 표한 위대한 작가의 도덕관도 엿볼 수 있다.

슐레겔은 특별한 기교를 부리지 않고 역사적 사실과 인물들을 극의 목적에 맞도록 각색하는 셰익스피어의 극작술과 정확성에서 그의 천재성과 지혜를 엿볼 수 있다고 했다. 이런 관점에서 캐서린은 셰익스피어의 지혜와 천재성의 승리로 볼 수 있다. 모든 문학 작품을 두고 볼 때, 그녀를 닮거나 그녀의 위치에 다가설 정도로 특별한 인물은 전무하다. 셰익스피어는 캐서린이라는 역사적 인물의 독특한 아름다움을 드러냈을 뿐만 아니라, 사실에 충실한 극적 각색과 극적 수정을 통해 덕성은 화려한 포장 없이도 깊은 연민과 동정과 힘의 충분한 원천이 된다는 것을 증명하는 값진 도덕적 교훈도 전달한다. 셰익스피어를 제외하고 그 누가 우리 앞에 지위, 권력, 상황의 화려함을 모두 상실한, 그러면서도 극적 흥미의 원천이 되는 우아함과 지성을 지닌 비극의 여주인공을 무대에 올릴 수 있단 말인가?

셰익스피어 말고 그 누가 역사적 진실의 왜곡 없이, 상상력의 발현이나 특정 효과를 위해 다른 극적 인물들을 희생시킴 없이, 오직 도덕적 원칙에만 의존하여 우리의 마음의 샘을 휘저어 가장 순수하고 고귀한 동요를 일으켜 우리의 감성을 고양시킬 수 있단 말인가?

캐서린이란 인물은 무엇보다 '진실'이란 가치에서 두드러진다. 정절, 충심, 혹은 극적 일관성에서 기인하는 상대적 가치로서의 '진실'이 아닌, 영혼의 순수한 가치로서의 '진실' 말이다. 이 '진실'이란 것이 이 인물을 지탱하는 버팀목이다. 완벽하게 진실되고 기교 없는 사람은 흔히 현실세계에서 보다 쉽게 속임을 당한다는 것이 정설이 되었지만, 이는 가장 흔한 오류이자 거짓이다. 왜냐하면 진실은 남을 속이지 않는 것과 마찬가지로 속지도 않는다는 것을 이 극을 통해 알게 되기 때문이다. 자기 자신과 남에게 진실한 사람은 오해를 받기도 하고 속임을 당하기도 하지만 결국에는 잘못된 생각에서 자유로워지고, 겉으로 보이는 상황으로 더 이상 판단받지 않아도 된다. 캐서린이 추기경 울지라는 인물의 본성을 감지하고 드러내보이는 것은 바로 이러한 마음의 진정성, 이해력의 명료성, 그녀의 영혼에 내재된 진실의 빛에 의한 것이지, 지성의 예리함을 통한 것이 아니었다. 비록 울지의 계획을 막지는 못했을지라도 말이다.

너무나 연약한 여자이기에 당신의 계략에 반대할 수 없는,
저는 단지 여자일 뿐이랍니다.

(캐서린)

그녀는 울지의 이중성을 안다기보다는 직관적으로 느꼈고, 단순함이

만들어낸 위엄으로 울지의 뒤틀린 정책을 경멸하는 만큼, 그의 오만을 딛고 우뚝 선다. 이러한 진실이라는 본질적인 부분은 선천적 혹은 후천적으로 얻은 다른 자질들과 섞여서, 캐서린의 미묘한 감정 상태를 통해 무대 위에 표현된다. 캐서린의 천성적인 성향과 그녀가 처한 상황 사이의 거리, 그녀의 고결한 스페인 기질의 자부심과 언어와 태도에서 보이는 극도의 단순함, 자신의 권리를 주장할 때의 물러설 줄 모르는 굳은 의지와 몰인정함과 부정에 대한 유순한 체념, 깊은 신앙심에서 비롯된 따뜻한 기질과 진정한 인자함을 느끼게 하는 엄격함과 절제 등의 대조로부터 야기되는 모순적 상황이 바로 그 예가 된다.

극 중에서 캐서린은 추기경 울지의 농간에 의한 지나친 세금으로 고통과 도탄에 빠진 백성들에게 관심과 자비를 베풀어달라는 청원자의 한 사람으로 무릎을 꿇고 왕 앞에 나서는 모습으로 등장한다. 역사적 사실을 다루고 있는 이 장면은 캐서린의 올곧은 정신과 일관된 목적의식, 신앙심과 자비심에 초점이 맞추어진다. 애써 추기경 울지와 각을 세우지 않고 버킹엄 공작의 재산관리인에 대한 엄한 처벌에 반대하는 캐서린의 물러섬 없는 위엄에 시선이 머문다. 이로써 캐서린은 무대에 등장하자마자 존경과 경의를 한 몸에 받을 만한 위치에 우뚝 선다. 그녀가 모든 것을 빼앗기고 모욕과 멸시를 당하는 부분에서도, 깊은 연민과 동정심을 자아내는 부분에서도, 이 첫 장면의 효과는 약해짐 없이 지속되며, 이 순간의 첫인상이 빛이 바래는 경우는 없다.

2막이 시작되면서 관객은 이혼 과정을 볼 마음의 준비를 해야 한다. 노포크 공작의 입을 빌려 흘러나오는 캐서린에 대한 찬사는 캐서린에 대

한 존경과 애정을 가득 담고 있다. 그의 찬사는 이 '선한 왕비'에 대한 동
정심을 고조시킨다.

이 심로에서 벗어나기 위해서는 오직

왕비와 이혼하는 길밖에 없다고 폐하에게 권하고 있소.

저 왕비님과 말이오. 20년간이나 목에 건 보석 같이 폐하의 가슴에 안겨,

조금도 빛을 잃은 일이 없던 왕비님. 천사가 착한 사람을 사랑하듯이

청결한 사랑을 가지고 폐하를 사랑하고, 심지어는 신상에 큰 액운이 떨어지는

그 순간에조차 폐하에게 축복을 하시는 왕비님과 말이오.

(노포크)

앤 불린이 왕비에 대한 슬픔과 동정을 표하는 장면 또한 인상적이다.

앤　정말 가엾어요. 폐하를 모셔온 지 벌써 오래지 않아요?

　　그리고 그렇게도 훌륭한 인품, 누구 한 사람 비 마마를 비방하는 일이

　　없어요 ─정말이지, 비 마마는 나쁜 일을 모르는 분이에요─

　　아 그런데, 그렇게도 긴 세월 동안 왕비의 자리에 앉아서 위광威光과

　　영광을 더해가고만 있을 때에 그것을 죄다 잃어야만 하시다니,

　　애당초에 손에 넣었을 때의 기쁨보다 천 배나 더 쓰라리시겠지요.

　　그런데 이제 와서 이혼이라니, 괴물처럼 냉혹한 사람도 동정하여 울고

　　있어요.

노부인　돌 같이 냉혹한 사람조차도 동정하여 울고 있다오.

앤　하늘의 뜻이 이럴 수가 있겠어요! 애당초 왕비가 되지 않은 것만

253

못하지요. 이 세상의 영화는 어차피 일시적인 것,

그렇다고 하더라도 저 심술쟁이 운명의 여신에게 그것을 빼앗길 때

그 고통은 영혼과 육체가 분리되는 것만 같은 고통일 거예요.

노부인 아, 가엾은 분! 이제는 다시 외국인이 되고 마시겠군요.

앤 그러기에 더욱 불쌍하지요. 정말이지 저 같으면 미천하게 태어나서

미천한 사람들과 한가하게 지내는 편이 더 나을 것만 같아요.

금관에다 번쩍이는 옷을 감고 슬픔과 비탄 속에 지내느니보다는요.

앤 불린에게 할당된 이 몇 줄 안 되는 대사 속에 캐서린이란 인물에 대한 완벽한 묘사와 평가가 들어 있음에 우리는 다시 한 번 놀라움을 금치 못한다. 그녀가 지닌 빛나는 우아함, 명랑함, 미모, 다소 경솔한 변덕, 달콤하고 활동적인 성향, 부드러운 심성, 다시 말해 그녀가 지닌 모든 여성성이 이 대사에 녹아 있다. 셰익스피어는 연적 관계에 있는 앤 불린의 입에서 캐서린에 대한 칭찬이 흘러나오게 하여 두 여인에 대한 관심과 흥미를 고조시키는 한편, 두 여인 중 어느 한쪽으로 치우지지 않은 평가를 내린다. 속마음을 애써 감추고 캐서린 왕비가 왕좌의 세속적 화려함에서 밀려나는 것을 지나치게 강조하면서, 왕비에 대한 끝없는 연민을 표현하는 앤 불린의 모습에서 그녀의 성격을 충분히 엿볼 수 있다. 여기에서 앤 불린은 숨긴 마음을 노부인에게 살짝 들킨다.

그렇게 아름다운 여자의 몸을 하고 있으니, 마음 역시 여자의 마음일 것이고,

아가씨라고 권세나 재산이나 왕비 자리를 마다할 리 있겠누?

(노부인)

254

한때 누렸던 일시적인 화려함을 상실하는 것을 "영혼과 육체가 분리되는 고통"에 비유하고, 자신이라면 그런 상황을 절대로 원하지 않는다고 장담하는 앤 불린이, 캐서린이 잔인하게 이혼당하여 물러난 왕좌와 침상에 망설임 없이 너무나도 자연스럽게 오르는 장면은 기억에 남는다. 인물 묘사에서는 캐서린에 대한 묘사만큼이나 진실되고 훌륭하다. 하지만 앤 불린은 캐서린의 초월적인 도덕성과 타고난 우월성에 압도당해버린다. 이러한 대조를 극대화하기 위해 셰익스피어는 캐서린의 덕성을 강조하는 아름다운 장면을 블랙프라이어스(Blackfriars) 홀에서 벌어지는 캐서린의 재판 장면 앞에 놓고, 왕비 대관식에서의 앤 불린의 의기양양한 아름다움을 묘사하는 장면을 캐서린이 죽는 장면 바로 뒤에 배치했다. 치우치지 않는 감정의 분배로 셰익스피어는 두 인물 사이에 있을 수 있는 개인적 충돌을 피했다.

다시 캐서린으로 돌아가보자. 재판 장면은 옛 연대기나 기록에서 그대로 옮겨온 듯하다. 하지만 재판 과정의 삭막하고 메마른 장면이 작가의 지혜와 천재성으로 조율된다. 한 무리의 귀족과 주교들을 대동하고 블랙프라이어스 홀에 입장하는 캐서린의 모습과 법정 서기의 호명에 대답하지 않고 법정을 가로질러 국왕 앞에 무릎을 꿇는 행동은 역사에 기록된 일화이다. 그녀가 왕에게 탄원하는 아래의 말로 시작하는 2막 4장의 대사는

폐하, 부디 공정한 재판을 해주십시오. 제게 폐하의 자비를 내려주십시오.
원래 저는 폐하의 나라에 고향이 없는 이국의 가엾은 여자의 몸입니다.

캐서린 왕비의 재판(2막 4장), 헨리 앤드루스(Henry Andrews), 1831.

산문을 무운시無韻詩로 바꾸었다는 정도밖에는 홀의 연대기 기록과 다를 바 없다. 셰익스피어에게는 오히려 감정과 느낌을 유지하면서 대사에 색채감과 율동감을 더해 자신의 극작술을 과시하는 편이 더 쉬웠을 지도 모른다. 하지만 한 여인의 성격에 부합하는 단순하고 차분한 표현방식을 고수함으로써, 상황에 대한 동정과 연민의 감정을 약화시키지 않고 인물의 진정성을 지켜냈다. 추기경 울지를 "불구대천의 원수"라 생각하고, 울지를 재판관으로 삼는 재판은 절대로 받아들일 수 없다고 한 캐서린의 주장은 역사에 기록된 사실이다. 하지만 이 장면 마지막에서 폭발하는 울지를 향한 분노에 찬 캐서린의 발언은 이성의 통제를 받아온 감정의 심리적 한계선을 넘는다. 이것은 어쩌면 지극히 자연스러운 반응이라 할 수 있다. 이에 울지는 다음과 같이 말한다.

> 왕비님은 평소 자비심이 많고, 여성으로서는 희귀하게도
> 누구에게나 친절한 태도와 현명한 지혜를 보여주셨습니다. 그러하온데
> 지금의 힐책은 모욕으로밖에 생각되지 않습니다.

마지막으로, 캐서린이 탄원을 마치고 재판정에서 물러날 의사를 밝혔을 때, 재판정으로 다시 돌아오라는 명령에 대해 분노하며 거부하는 장면은 다분히 인간적인 반응을 나타낸다고 할 수 있다. 부축을 해준 궁내장관 그리피스가 다음과 같은 말을 들었다는 기록이 남아 있다. "계속 가자. 저런 명령 따위는 문제도 되지 않아. 나에게 호의를 보이지 않은 재판이니. 나도 머뭇거릴 필요가 없구나. 계속 가자."

"그녀가 지닌 여성다움과 지혜, 고결함과 우아함에 비추어보면 어떤

왕도 이런 아내를 얻을 수는 없겠지. 그러니 내가 그녀와 이혼하려 한다면, 내가 현명하지 못해서이지." 역사에 기록된 헨리 8세의 이 말은 다음과 같이 아름답게 셰익스피어의 펜에 의해 각색된다.

아, 케이트, 가구려. 만약 세상에서 어떤 남자가 저 이상의 훌륭한 아내를
가졌다고 한다면, 그런 말은 곧이듣지 않는 것이 좋을 거야,
그런 말은 거짓이니까. 왕비여, 당신은 이 세상의 왕비 중의 왕비요.
당신의 희귀한 천성, 상냥스러운 친절함, 성자 같은 마음씨,
아내가 지켜야 할 자제심, 명령할 때의 상냥한 태도, 이 밖에도 숭고하고도
경건한 자질 전부가 당신을 세상에 충분히 인식시킬 수만 있다면 말이오.
비는 훌륭한 혈통의 태생이오.
그리고 그 훌륭한 혈통에 부끄럽지 않게 짐에게 여러 가지로 애를 써주었소.

셰익스피어 주해자들은 다음 구절과 헤르미오네의 대사와의 유사성을 지적하곤 한다.

나는 이제라도 눈물이 쏟아질 것만 같습니다. 하지만 저는 왕비의 신분입니다.
그것이 혹은 꿈이었는지는 모르지만, 그래도 왕의 딸임에는 틀림없습니다.
그러니 이 눈물 한 방울 한 방울을 기어코 불꽃으로 승화시켜놓고 말겠습니다.

(캐서린)

나는 보통 여자들 같이 울지는 않겠소.
그 무익한 이슬을 뿌리지 않기 때문에 혹시 여러분들의 동정을

258

말라붙게 할지도 모릅니다. 그러나 이 가슴속에는 눈물로는

도저히 끄지 못할 불타는 명예의 슬픔이 깃들어 있소.

(헤르미오네)

캐서린 여왕과 시녀들, 울지 추기경, 캠페이우스(3막 1장),
매튜 윌리엄 피터스(Matthew William Peters, 1742-1814).

하지만 이 두 구절은 단지 표면상으로만 유사할 뿐이다. 이 두 구절의
유사성을 이유로 각 작품에서 이 두 구절을 서로 바꿀 수는 없다. 헤르미
오네가 느끼는 자부심은 여성이란 성性에서 비롯되는 것인 반면, 캐서린
의 자부심은 지위와 태생에서 비롯된다. 헤르미오네 역시 귀족 신분이지
만 그녀의 지위와는 독립적으로 존재하는 반면, 캐서린은 자신의 지위를
잊은 적도 없고 남들이 자신의 지위에 대해 망각하는 것을 한순간도 용납

하지 않는다. 헤르미오네는 "그녀 인생의 왕좌와 안락"인 남편의 사랑을
박탈당했을 때조차도 여성적 명예를 제외하고는 무관심으로 일관한다. 반
면 캐서린은 이혼당하고 버려졌을 때도 진정한 스페인의 자존심을 가지고
존경의 위치에 우뚝 서 있고, 그녀에게 익숙한 지위와 명예의 일부분도 손
상됨을 허용하지 않는다.

폐비의 처지이긴 하지만, 왕비답게, 그리고 왕녀답게 묻어다오.

(캐서린)

국왕의 정실(正室)로서 옥좌의 반을 차지하고, 한 대왕의 영애요
촉망받던 왕자의 어머니인 내가 이렇게 법정에 서서 누구나 자유로이 방청하는
공중의 면전에서 목숨과 명예를 위하여 진술을 하고 있는 모습을 보십시오.

(헤르미오네)

위에 인용된 대사도 두 왕비에게 모두 적용될 수 있지만, 한 문장도
한 인물에서 다른 인물의 입으로 옮겨질 수 없다. 도량, 고귀한 단순성, 심
성의 순수함, 결단력과 같은 품성이 두 인물에게 완벽하게 같은 양으로 담
겨 있으면서도 완전히 다른 차원으로 해석되는 극적 묘미가 바로 여기에
있다.

다시 캐서린으로 돌아가자. 3막 1장에서 캐서린과 두 추기경의 대화
장면을 읽어보면, 셰익스피어가 역사적인 기록을 얼마나 훌륭하고 세련되
게 압축했는지 다시 한 번 놀라게 된다. 또한 자부심 강하고 동시에 여성
적인 캐서린의 본성을 잘 느낄 수 있다. 그녀는 시중을 드는 사람들에게

자신의 슬프고 지친 애처로운 감정을 위로해줄 음악을 요구한다. 다음에 인용된 노래는 상황과 적절하게 맞아떨어지는 감정을 전달하는 가사이다.

노래

오르페우스, 류트를 들고 노래하면,
얼어 있는 산마루도
모두 머리를 숙이고,
그 가락에 나무와 꽃들도
항시 홀연히 살아난다.
햇빛과 비의 은혜, 상춘을 빚어내듯.

그의 가락에 귀를 기울이면,
바다의 노도조차도
머리를 떨구고 잠잠해진다.
감미로운 음악의 힘에
근심 걱정도 사라지고
귀를 기울이면서 잠이 든다.

이 노래 연주는 두 명의 추기경의 방문으로 중단된다. 그들의 방문 목적에 대한 캐서린의 직관적인 의심과, 그들에게 대항할 수 없는 자신의 연약함과 무능력에 대한 인식, 그리고 애써 가라앉힌 그녀의 위엄이 더할 나위 없이 아름답게 재현된다. 덧붙여 명백한 답을 회피하는 자기 최면적인

캐서린 왕비와 시녀(3막 1장), 찰스 로버트 레슬리, 1826.

의지 또한 표현된다. 하지만 그들이 그녀의 이런 노력이 헛된 것임을 지적하고 그녀의 감정까지 조율하려 하자 캐서린의 분노와 슬픔은 다음의 대사로 폭발해버린다.

캐서린 하늘이 아직 굽어보시고 있습니다. 하늘에는 왕의 힘으로도
타락시킬 수 없는 판관이 앉아 계시답니다.

캠페이어스 화가 나신 나머지 가당치도 않은 오해를 하십니다.

캐서린 내가 오해를 하고 있다면, 더욱이나 당신들의 부덕을 부끄럽게

여겨야 할 일이지요.

나는 진심으로 당신네 두 분이 신에 봉사하는 존경할 만한

인격자라 생각하고 있었어요.

하지만 실로 더러운 배신자, 지독한 악인밖에는 안 되는군요.

부끄러움을 아시거든, 마음을 고쳐먹으세요. 여봐요,

이것이 나에게 위안인가요? 이것이 불행한 여자에게 갖다준 약인

가요?

그녀는 강한 힘이 느껴지는 대사로 고집스럽지만 위엄을 잃지 않으면서 자신의 결혼의 신성함과 진실, 그리고 권리를 강하게 항변한다. 그리고 이런 이례적인 감정의 폭발은 곧 자연스러운 반응으로 이어진다. 눈물과 좌절, 그리고 애처로운 신세 한탄 말이다.

이렇게 오랜 세월 ─올바른 사람은 고독하다고 하니까, 스스로 변명하겠어요─ 정절한 아내로서 살아왔어요. 허영을 동경한 일도, 혐의의 낙인이 찍히는 일도 절대로 해본 일이 없습니다.

있는 애정을 죄다 기울여서 폐하를 섬기고, 하느님 다음으로는 폐하를 소중히 하고 폐하의 옆을 지켜왔습니다. 흔한 애정에서가 아니라 숭배와 같은 기분으로, 폐하를 만족시켜 드리기 위해서는 기도하는 것조차 잊을 정도였습니다. 그 보답이 이것이란 말입니까? 너무합니다.

(시녀들에게) 영국 땅에 발을 들여놓지 않을 것을! 이 나라에 퍼져 있는

아첨에는 귀를 기울이지 말 것을! 당신들은 천사 같은 얼굴을 하고 있지만,
그래도 그 마음속은 하늘이 알고 있어요. 비참한 이 몸은 장차 어떻게 될까?
이 세상에 나보다 더 불행한 여자는 없을 테지. 아 가엾은 시녀들아,
너희들의 신세는 또 어떻게 되겠니? 모선이 난파당했으니 말이다.
자비도 우정도 희망도 없는 나라에 와서, 나를 위해 울어줄 친척도 없구나.
무덤조차도 나를 받아주지 않을지 모르겠다. 한때는 백합 같이 들판의 여왕으로
자랑스럽게 피어 있던 것이, 이제는 머리를 떨구고 시들어 가는구나.

캐서린 왕비로 분한 시돈스 부인(Mrs. Siddons), 1806.

존슨 박사는 이 장면에서 쓰인 '추기경'과 '중대한' 이란 이중적 의미를 내포한 'cardinal' 이란 말의 언어유희가 캐서린의 정신적인 고통을 상쇄하기에는 역부족이라고 지적했다.

나는 당신네들을 '성직자' 로 여겼습니다.
내 영혼을 걸고 당신들은 '고귀한' 덕을 지녔다고 생각했지요.
하지만 당신네들이 지닌 그 '중대한' 죄와 공허한 마음이 끔찍할 따름이오.

하지만 전개되는 상황과 감정을 고려하며 이 부분을 읽으면, 대사 속의 단어에 대한 경멸이 담긴 이 말장난은 적절하고

자연스러울 뿐만 아니라 필연적인 것으로도 보인다. 캐서린은 상상력에
의존하거나 재치 있는 인물은 결코 아니다. 하지만 분노는 재치를 유발하
는 원인이 될 수 있고, 열정이 있는 곳에는 언제나 시가 있다는 자명한 이
치를 우리는 인정한다. 막 인용된 부분에서, 냉소적 풍자는 그 순간의 분
노의 감정에서 자연스럽게 표출된다. 재판 장면에서 울지에 대한 캐서린
의 대담한 반박에서 볼 수 있듯, 분노는 캐서린의 대사에 생명력과 힘, 그
리고 아름다움을 불어넣어 훌륭한 이미지를 형상화하는 데까지 나아간다.

> 당신은 행운과 폐하의 총애로 손쉽게 출세의 계단을 올라왔지요.
> 그래서 이제 권세는 귀족들을 시종으로 부리는 데까지 이르렀고,
> 당신의 말이면 떨어지기가 무섭게 무엇이나 그대로 이행되는 형편입니다.

고통의 심연에서는 연민이 너무나도 자연스럽게 시의 옷을 걸치는 것
을 또한 보지 않았던가.

> 백합 같이 한때는 들판의 여왕으로 자랑스럽게 피어 있던 것이,
> 이제는 머리를 떨구고 시들어가는구나.

하지만 이는 예외적인 상황에 따른 이미지일 뿐, 일반적으로 캐서린
의 대사는 간결하고 직설적이다. 은유나 수식이 없는 그런 대사가 바로 그
녀의 뒷심과 간결한 성격을 그대로 보여준다.

캐서린의 생이 마지막 단계에 다가갈수록, 나는 눈물과 침묵 이외에
는 허용될 것이 없는 성지聖地를 밟을 준비를 하는 순례자가 된 기분이 든

다. 존경스러움은 오직 연민만을 불러오고, 부드러움은 단지 경외감만을 초래하는 그런 기분 말이다.

우리는 캐서린과 두 추기경의 대면 장면 이후 꽤 긴 시간이 경과했음을 감안해야 한다. 울지 추기경은 지위를 박탈당하고, 앤 불린은 단기간의 부귀영화를 꿈꾸게 된다. 두 왕비로부터 격렬한 미움을 받는 것이 추기경 울지의 운명이었다. 자신의 이기적이고 야망에 찬 계획을 추구하는 과정에서 그는 두 왕비 모두에게 진심 없이 허위로 대했다. 그러한 관계가 직접, 혹은 간접적으로 그의 실패의 원인이 된다.

악당 같은 왕은 캐서린에게 왕비로서의 권리를 포기하고 딸의 합법적인 권리를 앤 불린의 자식에게 양보할 것을 강요한다. 그녀가 계속 거부하자 불경죄가 선언되고, 이혼 판결이 1533년에 공표된다. 여왕에게 주어졌던 시종들은 모두 그녀의 처소를 떠나고, 소수의 하녀와 궁내장관 그리피스만이 그녀 곁에 머물게 된다. 죽음을 앞둔 18개월 동안 그녀는 킴볼튼 (Kimbolton)에 기거한다. 조카인 카를 5세가 요양소와 왕녀의 대우를 제안하지만, 건강의 악화로 인해 낯선 곳으로 자신의 비참함과 쇠락을 끌고 가기 싫어 그마저 거부한다. 딸도 빼앗기고, 교황으로부터 위안도 얻지 못하고, 헨리 8세로부터 아무런 구제도 받지 못한 채 그녀는 고독한 삶을 마감한다.

캐서린의 죽음 장면에 대해서는 더 설명할 필요가 없다. 죽기 전에 그녀는 대사에게 편지 한 통을 건넨다. 죽어가는 자신의 요청을 왕에게 상기시켜줄 것과 자신의 마지막 권리를 행사할 수 있게 해달라고 요청하는 내용이었다. 셰익스피어는 이 편지를 캐서린의 입을 통해 전하면서 편지의 진실성과 간결함을 해치지 않고 우아함과 연민과 부드러움만을 더한다.

자신을 위한 조종弔鐘이라 칭한 슬픈 음악을 들으면서 베개 밑에 찾아온 잠, 다시 말해 자신의 상황에서는 천상의 기쁨과도 같은 죽음의 영혼을 보고, 여전히 자신이 지상에 머물러 있다는 것을 인식하고 캐서린이 던지는 대사의 아름다움은 말로 설명이 불가능하다.

평온의 영들이여! 당신들은 어디 계시오? 다들 가버리셨나요?
나를 이 비참한 세상에 남겨두고 가버린 건가요?

캐서린 왕비가 본 환영(4막 2장), 헨리 푸셀리, 1781.

모든 것을 진실과 고결함으로 귀결시키는 그녀의 내면적 힘이 바로 그 고통의 세월로부터 그녀를 버티게 한 근원적 에너지이다. 존재의 마지막 순간까지 그녀의 정신 속에 가장 강력하게 자리 잡은 인내와 자존심이란 두 수레바퀴가 삶이란 수레를 여기까지 몰고 올 수 있게 했던 것이다.

내가 죽거든, 나를 정중히 모셔야 한다. 처녀의 시신에 뿌리는 흰 꽃을 내 몸에 뿌리고, 무덤에 눕는 순간까지 내가 정숙한 아내였음을 온 세계에 알려다오.
향료를 넣어서 입관해다오. 폐비의 처지이긴 하지만, 왕비답게, 그리고 왕녀답게 묻어다오. 이제는 말을 더 못하겠구나.

셰익스피어는 사실 캐서린을 여왕이자 여주인공에 앞서 '훌륭한 여성'으로 우리 앞에 제시했다. 그리고 역사적인 사실을 극화하면서 작가로서의 천재성과 지혜를 과시했다. 이것만으로도 우리 여성들은 그에게 큰 빚을 진 것이다.

10장

사악함 속에 유지된 비극적 여성성

《맥베스》의 맥베스 부인

맥베스 부인은 단순히 타락한 괴물과 같은 존재는 아니다. 그녀는 우리들 자신의 본성에서 제거된 적도 없고, 그렇기에 우리의 연민의 울타리 밖으로 내던져진 적도 없는 사악한 열정과 에너지를 형상화한 존재이다. 이러한 인상은 부분적으로는 인물의 본성에 의해, 또 다른 면에서는 그 본성이 겪는 진화의 과정을 통해 만들어진다. 어떤 경우에는 직접적인 대사를 통해, 어떤 경우에는 침묵을 통해, 또 다른 경우에는 폭로된 사실을 통해, 또 어떤 경우에는 감추어진 무언가에 의해 말이다.

글의 전개에 앞서 나는 '역사적'이란 수식어가 맥베스 부인이란 인물에게도 적용될 수 있는지 의문을 갖는다. 물론 이 극의 소재 역시 앞선 내용들처럼 역사적 사실에서 가지고 온 것이지만, 나는 이미 언급한 콘스탄스, 볼럼니아, 캐서린 왕비와 같은 역사적인 여주인공들처럼 맥베스 부인을 역사적인 사건 혹은 일화와 연결시켜 생각한 적은 없다. 불명확한 시기와 불명확한 역사 기록 속에 등장하는 맥베스의 진짜 부인은 그로치(Groach)라는 이름을 가진 여자로서 야망 때문이라기보다는 복수를 위해 던컨 왕의 살해를 교사했던 것으로 보인다. 그녀는 던컨 왕의 아버지인 맬컴 2세와 대항하여 싸우던 중 1003년 전사한 케네스 4세의 손녀딸이다. 맥베스는 1039년부터 1056년까지 스코틀랜드를 지배했다. 셰익스피어는 바로 이러한 흩어진 역사적 사실로부터 하나의 완벽한 역사를 구성해낸다. 그녀는 맥베스 부인으로 살아왔고 군림해왔으며 우리의 상상 세계 속에서 불멸의 존재로 남아 있다. 그녀의 위엄과 장엄함을 돋보이게 할 역사적 지지물이나 보조물은 더 이상 필요하지 않다. 그녀의 리얼리티를 강화하기 위한 역사적 기록이나 주장 역시 불필요하다.

역사 속의 인물들은 양각화의 인물처럼 보인다. 화가가 제시하는 면만을 봐야 하는 양각화의 주인공들 말이다. 하지만 셰익스피어 작품 속에 등장하는 인물들은 전체를 만져볼 수 있는 살아 있는 조각상과 같다. 무엇을 걸치고 있는지보다는 사람의 형상 자체를 묘사하는 데 관심이 많았던 고대처럼, 셰익스피어가 살았던 시대는 인간 본성에 대한 열정적인 묘사에 관심이 있었다. 그의 극 속에서, 우연한 사건들과 개별적 인물 사이의 관계는 고대 조각상의 옷 주름과 조각상 자체의 관계와 같다. 이 사건들은 서로 연결되어 있기도 하고 상관 관계 속에서 조명되기도 하지만, 분명 따로 분리되어 조명되기도 한다. 우리는 천의 주름을 통해 그 옷 아래 있는 인물의 미묘한 실제 신체 비율을 미루어 짐작한다. 그 둘은 서로 분리되어 있는 것처럼 보이지만 사실은 한 덩어리를 조각한 것이며, 완전히 구별되는 동시에 영원히 분리될 수 없다. 역사에서는 인물의 본질을 위장하고 훼방하는 각종 사건이나 상황과 연결 지어 인물을 연구할 수밖에 없지만, 셰익스피어는 이런 사물, 상황, 인물의 본질에 집중하고 회귀하도록 도와준다. 그는 우리에게 인간이란 무엇인지를 보여주며, 행동과 행위를 통해 개인을 판단하는 대신 인간에 대한 이해를 통해 행위를 판단하는 재판관이 될 수 있게 해준다. 이러한 능력을 일상의 현실세계로 끌어낼 수 있다면, 우리는 아마도 서로를 더 잘 이해할 수 있게 될 것이며 적어도 엉겅퀴와 무화과나무, 포도와 가시를 구분할 수 없어서 슬퍼하는 일은 생기지 않을 것이다.

《맥베스》는 이야기 자체의 재미가 강하고, 극의 전개가 빠르고 끔찍하며, 여러 줄기의 이야기들이 매우 교묘하게 얽혀 있다. 그렇기 때문에 맥베스 부인을 극적 상황에서 떼어내 살펴본다든지, 처음 받는 인상에서 벗어나 자유롭게 인물을 고찰하기란 쉽지 않다. 줄리엣에 대한 막연한 생각, 즉 부유한 집안 출신의 아름답기만 하고 사랑밖에 모르는 철없는 아가씨라는 첫인상 혹은 선입견만큼이나, 맥베스 부인 역시 여성에게서 쉽게 찾아보기 힘든 힘과 고귀한 에너지, 심오한 감정선을 지녔음에도, 단검을 휘

271

맥베스 부인, 헨리 푸셀리, 1741-1825.

두르며 남편에게 불쌍한 왕을 살해하도록 교사하는 거칠고 잔인한 여성이란 이미지가 너무 강하다.

좀 더 깊은 사고를 하는 사람들조차 한 인물을 만들어내는 추상적인 자질들의 결합보다는 인물이 발산하는 분위기에 더 주의를 기울이는 경향이 있다. 그래서 마지막이 되어야 하는 것이 처음이 되는 경우가 많다. 결과가 원인으로 오해받고, 결과로 인해 본질에 혼동이 생기고, 강력한 악의 훼방으로 본질적인 선이 왜곡되는 경우도 생긴다. 그렇기 때문에 한 인물의 위대한 생각과 시적 발전을 평가하고 가늠할 수 있는 사람도 도덕적 교훈을 간과하는 경우가 생긴다. 그들은 맥베스 부인의 죄는 우리가 그녀를 동정하고 연민을 느끼게 됨과 비례하여 우리에게 공포감을 준다는 것을 잊는다. 그리고 이 연민의 감정은 우리 자신이 소유한 자존심, 열정, 지성의 정도와 비례한다. 맥베스 부인을 통해 고귀한 자질들이 통제를 벗어나거나 왜곡되었을 때 일어날 수 있는 결과를 지켜보는 것 또한 흥미롭다. 이 문명화된 시대의 야망 있는 여인들은 잠든 군주를 살해하지는 않는다. 그렇다고 맥베스 부인이 비현실적 세계에 있는 인물은 아니지 않은가? 아무리 권력에 대한 병적인 집착과 열정에 사로잡혀 있다 해도, 어떤 여인이 딸의 행복과 남편의 미래와 아들의 존재, 이 모든 것을 위험에 빠뜨리고 그들을 희생물로 삼는단 말인가?

맥베스는 셰익스피어의 작품에서 가장 복잡한 인물 중 하나다. 그는 다양한 사건의 행위가 전개되는 과정에서 재현되는 인물로, 그의 마음속에서 선함과 악함은 너무나도 균등하게 뒤섞여 있다. 점차 악성으로 진화하거나 발전되어가는 것이 아니라, 마치 요동치는 수면 위에 비치는 빛들의 움직임처럼 마음속에서 동요를 일으키기 때문에 꾸준한 분석 및 관심

맥베스 부인 역의 엘렌 테리(Ellen Terry),
존 싱어 사전트(John Singer Sargent), 1889.

의 대상이 되어왔다. 맥베스란 인물만큼 자세하게 비판되거나 심오하게 관찰, 분석된 인물도 없다고 감히 말할 수 있을 정도다.

반면 맥베스 부인은 항상 관심의 주변부에 머물러 있다. 너무나도 분명한 고정된 평가 때문에, 셰익스피어의 펜 끝에서 만들어진 위대한 인물들 가운데 하나임에도 불구하고, 그녀는 항상 몇 마디의 수식어에 만족해야 하는 인물이었다. 다시 말해, 맥베스 부인은 항상 남편인 맥베스와 연관되어 논의되면서 종속적인 해석의 영역에 머물렀고, 놀라운 힘과 시성詩性과 아름다움을 지닌 개별 인물로서보다는 극의 행위에 영향을 준 부수적인 인물로만 고려되어왔던 것이다.

사무엘 존슨(Dr. Johnson)은 그녀를 단순히 사람 잡아먹는 악녀와 같은 존재로 보고, "맥베스 부인은 단지 끔찍하고 혐오스러울 뿐이다."라고 평했다. 슐레겔도 그녀를 일종의 분노의 화신 정도로 분류하면서 서둘러 자신의 사고 범주에서 제외시켰다. 지금까지 맥베스 부인에 대해 그나마 공정한 평가를 내린 것은 해즐릿(Hazlitt)의 《셰익스피어 극의 인물들》(*The*

Characters of Shakespeare's Plays) 정도 라고 보는데, 해즐릿의 해석과 분석은 탁월했지만 섬세하고 자세한 평론을 하 기에는 할애된 공간이 빈약했던 것이 사 실이다. 그의 비평은 감정적으로 정당했 고 표현상으로는 매끄러웠지만, 지적되 어야 할 많은 부분이 생략되었다는 아쉬 움이 남는다.

맥베스 부인의 마음속에서는 야망 이 지배적인 동기로 작용한다. 야망이란 것은 정의롭고 관대한 원칙, 모든 여성 성을 대가로 지불해야만 충족되는 강하 고 장악력이 큰 열정이다. 목적을 추구 하는 데 있어서 그녀는 잔인하고 대담하 고 처절하기까지 하다. 그녀는 이중 삼 중으로 죄와 피에 물들어 있다. 그녀가 교사한 살인은 불충과 배은망덕, 그리고 혈족과 환대를 배반한 데서 기인하기 때 문이다. 남편이 끔찍한 행위를 자행한

맥베스 역의 헨리 어빙(Henry Irving), 제임스 아처(James Archer), 1875.

데에서 오는 불안감 때문에 뒤로 물러서는 인간다운 반응을 보일 때, 그녀 는 마치 사탄처럼 남편의 귀에 계속할 것을 속삭이며 저주로 이끈다. 그녀 의 사악함은 애써 가면을 쓴 적이 없고, 그녀가 지은 죄의 잔혹성과 악랄 함은 극 전체에 걸쳐 약화된 적도 망각된 적도 용서받은 적도 없다. 맥베

275

스 부인의 놀랄 만한 지력과 목적의식, 초인적인 정신력과 결단력은 그녀의 행동이 증오스러운 만큼 그녀 자체에 대한 두려움을 자아낸다. 하지만 그녀는 단순히 타락한 괴물과 같은 존재는 아니다. 맥베스 부인은 우리들 자신의 본성에서 제거된 적도 없고, 그렇기에 우리의 연민의 울타리 밖으로 내던져진 적도 없는 사악한 열정과 에너지를 형상화한 존재이다. 이러한 인상은 부분적으로는 인물의 본성에 의해, 또 다른 면에서는 그 본성이 겪는 진화의 과정을 통해 만들어진다. 어떤 경우에는 직접적인 대사를 통해, 어떤 경우에는 침묵을 통해, 또 다른 경우에는 폭로된 사실을 통해, 또 어떤 경우에는 감추어진 무언가에 의해 말이다.

우리가 주목해야 하는 사실은 처음으로 던컨 왕을 죽이려는 생각을 제안한 것이 맥베스 부인이 아니라는 점이다. 이 생각은 순전히 맥베스의 머리에서 나온 것으로, 그가 그녀와 만나기 전에, 그녀가 무대에 등장하거나 언급되기도 전에 이미 우리에게 알려진다.

이 이상한 유혹은 흉조도 길조도 아니렷다. 글쎄, 흉조라면 먼저 진실을 보여 미래의 성공을 보증할 리는 없으렷다? 사실 나는 코더의 영주가 되어 있잖은가. 허나 길조라면 왜 내가 그런 유혹에 빠지는고?
그 무서운 환상에 머리칼은 곤두서고, 안정된 염통은 늑골을 쿵쿵 치고, 평소 같은 내 심정이 아니지 않은가?

(맥베스)

이 끔찍한 제안이 남편의 편지를 받는 순간 맥베스 부인도 생각해낼 수 있는 것이었다고 말할 수는 있다. 편지 자체가 움츠리고 있던 권력욕에 불을 붙이는 동인이 되었을지도 모른다고 이야기할 수도 있다. 우리는 악이 처음에는 마녀들에 의해 점화되었지만, 나중에는 맥베스를 중개인으로 그녀의 마음속에 번져가는 것을 보게 된다. 하지만 죄가 그녀로부터 시작되었다는 생각은 하지 말자. 아내의 교사로 죄를 범하게 된 '맥베스의 고귀한 성품'에 연민을 갖게 될 때, 적어도 죄의 양은 똑같이 나뉘어져야 한다는 점을 기억하자.

단검을 움켜쥔 맥베스 부인(2막 2장), 헨리 푸셀리, 1812 이전.

극이 진행됨에 따라 그녀가 좀 더 적극적인 인물로 변화하는 것은 사실이다. 하지만 이는 그녀가 더 사악하기 때문이 아니라, 뛰어난 지력을 가지고 있기 때문이다. 맥베스의 의기소침함을 압도하는 달변, 그의 반대를 단번에 일소해버리는 궤변, 의도적이고 계획적으로 남편의 용기를 의심했던 것, '비겁'이란 단어를 흘리면서 남자의 자존심을 자극하는 기술, 모든 반대자를 제거하고 모든 논쟁을 잠재우는 대담한 대사 등은 살인에 뒤따르는 어떤 양심의 소리도 들리지 않게 할 만큼 강력하다.

맥베스부인 식사가 거의 끝나갑니다. 왜 자리를 뜨셨어요?

맥베스 왕이 나를 찾으셨소?

맥베스부인 부르셨지요, 모르세요?

맥베스 이 일은 더 추진하지 맙시다. 이번에 왕은 내게 영예를 내렸소.
게다가 나는 온갖 사람들로부터 황금 같은 인기를 얻고 있소.
새 광채가 날 때, 지금 몸에 지녀보고 싶구려.
일부러 팽개칠 필요는 없지 않소.

맥베스부인 그럼 지금까지 지니고 있던 희망은 술에 취해 잠을 자고 있었나요?
그리고 이제야 잠에서 깨어나서 파랗게 질린 얼굴로 보시나요,
앞서는 대담한 눈으로 보셨으면서? 저도 이제부턴 당신 애정이
그런 것인 줄 알 테여요. 당신은 마음속으로 소원하고 있으면서도
용감하게 행동으로 나타내기가 겁이 나는 거죠?
인생의 꽃이라고 당신 자신도 생각하는 그것을 갖고 싶으면서도
당신 스스로도 병신 같다고 생각하는 일생을 살겠단 말이세요?
속담에나 나오는 고양이처럼 '탐은 난다만', 그러나
'안 돼지' 하고 말겠단 말이죠?

맥베스 여보, 좀 조용히. 인간다운 짓이라면 뭐든 하겠소. 그러나 그 이상의
짓을 하는 놈은 인간이 아니오.

맥베스부인 그렇다면 당신으로 하여금 이 계획을 제게 알리게 한 것은

무슨 짐승이었죠? 당신이 결의를 했을 때는 훌륭한 대장부였어요.

그러니 그때 이상의 존재가 되시면 한층 더 대장부답게 될 거예요.

그때는 시간과 장소의 이로움이 없었는데도 당신은 억지로라도

그 일을 하려고 결심하셨어요. 이제는 그 둘이 다 구비되고

기회가 무르익었는데 당신은 풀이 죽어 버리시는군요.

저는 젖을 먹여봐서 자기 젖을 빠는 아기가 얼마나 귀여운지 알아요.

하지만 갓난 것이 엄마 얼굴을 보고 방글방글 웃고 있을지라도,

이 없는 잇몸에서 젖꼭지를 잡아 빼 그 머리통을 박살낼 수 있어요,

당신처럼 저도 그렇게 하겠다고 맹세만 했다면.

맥베스 섣불리 실패하면?

맥베스부인 실패? 용기를 짜내야 해요. 그러면 실패는 없을 테니.

　　살인 장면에서 다시 한 번 남편에게 살인을 교사하는 요지부동의 완고한 목적의식과 피와 죽음에 남성적인 초연함을 보이는 맥베스 부인에게서 억누를 수 없는 혐오와 공포를 느끼게 됨을 부인할 수는 없다. 하지만 이는 기질상의 잔인함과 성격적 타락에서 오는 것이라기보다는 그녀를 지배하는 강력한 힘, 마성魔性의 작용이다. 맥베스 부인이 가장 야만적이고 가차 없는 결단력을 보이는 장면에서 여성성을 전면에 배치함으로써, 공포를 부드럽게 정제하는 동시에 더욱 강력한 공포를 만들어내는 모순적 상황이 도출된다.

저도 이제부턴 당신 애정이 그런 것인 줄 알 테여요.

* * *

하지만 갓난 것이 엄마 얼굴을 보고 방글방글 웃고 있을지라도,
이 없는 잇몸에서 젖꼭지를 잡아 빼 그 머리통을 박살낼 수 있어요,
당신처럼 저도 그렇게 하겠다고 맹세만 했다면.

마지막으로, 극도의 공포의 순간에 기대치 않은 매우 놀랍고도 자연스러운 감정의 선이 드러난다. 베버나 베토벤의 교향곡처럼, 하모니가 깨지는 순간에 기대치 않은 부드러운 곡조가 동반될 때 피를 멈추게 하고 허락되지 않는 눈물이 쏟아지는 그런 감정 상태 말이다.

만약 그(던컨)가 아버지를 닮지만 않았더라면, 내가 그 일을 했을 텐데.

맥베스 부인의 집요하고 지배적인 강력한 야망에서 여성성이 느껴진다는 점에 주목해보자. 그녀는 자기 때문이 아니라 남편을 위해 야망을 품는다. 남편의 편지를 읽은 뒤에 이어지는 맥베스 부인의 유명한 독백에서 자기 자신을 언급하는 부분은 찾을 수 없다. 그녀가 생각하는 사람은 남편이고, 남편이 왕좌에 오르는 모습을 보기를 원하며, 그가 왕홀을 손에 쥐기를 갈망한다. 그녀의 사랑의 힘이 야망에 박차를 가한 셈이다. 보에티우스(Boethius)의 옛이야기에 맥베스의 아내가 "왕비의 이름을 얻으려는 꺼질 수 없는 욕망에 불타고 있었다."라는 구절이 있지만, 셰익스피어는 의

도적으로 맥베스 부인의 이기적인 야망은 철저히 배제한다. 또한 남편의 유약함과 망설임이 왕좌로 나아가는 데 걸림돌이 될까 봐 걱정하는 대사에서도 여성으로서 내비칠 수 있는 경멸감은 조금도 드러내지 않는다. 넘치는 자존심은 있을지언정 자기중심적인 부분은 없다. 여자로서, 부인으로서 남편에 대한 존경심도 모자람이 없다. 단지 자신도 의도하지 않게 남편보다 지력이 뛰어남이 노출되어 표현될 뿐이다.

> 당신은 글래미스 영주와 코더 영주가 되었습니다. 그러니 예언된 지위도
> 차지하게 될 것입니다. 하지만 당신의 성품이 염려가 돼요.
> 당신은 원래 인정의 젖이 너무 많아서 지름길을 취하지 못하는 위인.
> 당신은 출세도 하고 싶고 야심이 없는 것도 아니지만,
> 출세에 불가결한 잔인함이 없어요. 높은 지위는 탐이 나도 신성하게 얻고 싶고,
> 나쁜 짓을 하기는 싫으나 어떻게 해서든 그것을 얻고 싶어하는 위인이에요,
> 당신은.
> 글래미스 영주님, 당신이 소원하는 것, 그것이 이렇게 외치고 있답니다.
> '소원하거든 단행하라'고. 그런데 당신은 단행하기가 두려운 게지요.
> 단행되는 것보다는 말이죠. 어서 돌아오세요, 저의 결단력을
> 당신의 귀에 부어드릴게요. 그리고 이 혀의 힘으로 혼을 내드리죠.
> 당신으로부터 황금의 관을 방해하는 것을 모조리. 운명과 마력이 협력하여
> 그 금관을 당신 머리 위에 씌워줄 것 같지 않나요?

그녀의 야망에는 속됨도 없다. 남편에 대한 애정의 힘이 야망을 보다 심오하고 집중된 무언가로 이끄는 만큼, 그녀의 놀라운 상상력은 욕망의

대상을 찬란하게 포장한다. 그녀의 웅장한 정신세계에서 그녀를 유혹하는 것이 단지 왕위라는 겉치레가 아님을 알아챌 수 있다. 그녀의 죄는 "별처럼 빛나는 변절자"의 죄이다. 그녀는 단순한 왕관이 아닌 "통솔력과 지배력"을 얻으려고 남편과 함께 죄의 심연에 기꺼이 뛰어들려 한다. 그녀는 권력에 대한 욕망을 삶의 비료로 삼는다. 그녀는 자신의 머리에 낙인을 찍을 황금 왕관을 손에 넣고자 하고, 그것을 위해 생명과 영혼을 건다.

글래미스 영주님! 코더 영주님! 장래는 이보다 더 훌륭히 되실 어른!
당신의 편지로 저는 미지의 현재를 넘어 몸과 마음이
황홀경에 들어 미래를 느낍니다.

이는 바로 야망의 황홀경이다. 자기 자신에게 적극적으로 목적의식을 부여하고, 그 목적을 이상적인 영광으로 장식하고, 자신의 시선을 그 목적에 고정시켜, 여성성과 양심을 넘어서 독수리의 힘과 속도로 목표를 덮치는 맥베스 부인은 목적 달성에 필요한 범죄를 범하는 데 있어서도 주저함이 없다. 살해 사건 이후 극의 나머지 부분에서 맥베스 부인은 남편의 용기를 지탱하고 신경쇠약을 달래주는 역할만을 한다. 예를 들어, 맥베스가 두려움과 공포 속에서 광기에 사로잡히는 상황에서, 그녀마저 자제심을 잃는다면 둘의 운명은 그 자리에서 끝나버리고 말았을 것이다.

맥베스 한 놈은 '하느님, 축복을!' 하고, 또 다른 한 놈은 '아멘!' 이라 했소.
사형집행인 같이 피 묻은 손을 한 나를 보고나 있는 듯이.
그것들이 공포 속에서 '하느님, 축복을!' 하는 것을 듣고도 나는 '아멘!' 소리가 나오지 않았다오.

맥베스 부인 너무 심각하게 생각하진 마세요.

맥베스 하지만 왜 '아멘!' 소리가 나오지 않았는지?

나야말로 축복이 가장 절실한 처지였는데, '아멘!' 소리가

목에 걸려 나오질 않았소.

맥베스 부인 이 일들을 그렇게 생각하진 마세요. 그렇게 생각하면 미쳐버려요.

맥베스 누가 이렇게 외치는 소리가 들리는 것만 같구려,

'이젠 잠을 자지 못한다! 맥베스는 잠을 죽였다'고.

맥베스 부인 외치다니, 대체 누가? 원, 영주 나리, 대장부다운 기력이

다 풀리잖아요, 그렇게 미칠 듯이 생각하시면.

자, 어서 물을 떠다 그 더러운 자국을 씻어버리세요.

이후, 3막 2장에서 그녀는 자기 자신에게 이렇게 중얼댄다.

다 허무요, 수포지, 욕망이 달성되어도 만족이 없는 한.

하지만 곧바로 양심의 덫에 걸려 우울해하는 남편에게 이렇게 말한다.

아, 군주여! 왜 하찮은 공상을 벗 삼아 고독하게 지내십니까?
생각하지 않으면 자연히 소멸될 망상을 상대로? 구제할 길이 없는 일은
무시해버리는 수밖에 없어요. 과거지사는 과거지사지요.

하지만 그녀가 새로운 범죄를 부추기거나 선동하는 장면 또는 암시는

맥베스와 마녀들(4막 1장), 알렉산더 런시먼(Alexander Runciman), 1772.

어디에도 없다. 오히려 맥베스가 밴쿠오(Banquo)를 암살하겠다는 의중을 은밀하게 내비쳤을 때, 그 말의 의미를 되묻자 그는 이렇게 대답한다.

당신은 모르고 있다가 결과만 칭찬하구려.

같은 대사가 맥더프(Macduff) 일가를 파멸시키는 장면에서도 쓰일 수 있다. 만약 그녀가 정신적인 비겁함으로 맥베스가 범하려는 추가적인 잔혹한 짓을 교사하고 선동하는 모습으로 재현되었다면 맥베스 부인에 대한 혐오와 끔찍한 인상은 구제받을 수 없었을 것이다. 내 판단으로 맥베스 부인은, 필연성과 기회라는 입장에서 나름대로 정의한 대의를 지닌 목적을 위해 죄를 범하게 되고, 기꺼이 대담해지고 사악해질 수 있는 사람이지, 단지 맥베스처럼 모호하고 추상적이고 이기적인 두려움 때문에 이유 없는 살인을 자행하지는 않을 사람이다. 그녀와 맥베스 사이에 존재하는 완벽한 믿음과 신뢰가 있기에 그의 행동과 계획에 대해 그녀가 모른 척하는 것처럼 보이지 않는다. 이는 다음의 대사에서 증명된다.

파이프 영주에겐 아내가 있었지, 그 부인은 지금 어디 있을까?

그녀가 이런 끔찍한 사건과 직접적으로 연루되었다는 증거는 어디에도 없다. 극의 전개상으로는 다소 당혹스러운 반응일지 몰라도 극 전체적으로 한 인물의 성격을 조망하고 분석하는 데 있어서는 일관성 있는 좋은 증거이다.

또 하나의 극적 재미는 이 몸서리쳐지는 끔찍한 살인과 그에 뒤따른

맥베스와 왕들의 환영(4막 1장), 테오도르 샤세리오, 1854.

일들이 끊임없이 벌어지는 동안 맥베스와 그녀를 연결시키는 깊은 애정과 믿음에 있다. 이것은 관객으로부터 쉽게 거부할 수 없는 존경과 동정심을 이끌어내고, 전체 비극의 강도를 조금이나마 완화시키는 역할을 한다. 맥베스는 시종일관 그녀의 힘에 전적으로 의지하고, 그녀의 충심에 믿음으로 보답하고, 그녀의 부드러움에 자신을 내던진다.

아, 독충이 우글대고 있소, 내 마음속에는 글쎄 밴쿠오와
그 아들 놈 플리언스가 아직 생존해 있다오.

그녀는 그를 지탱해주고 달래주고 진정시켜준다.

자, 갑시다. 군주여, 그렇게 험상궂은 낯을 펴시고, 명랑하고 즐겁게
오늘 밤 손님들을 대하세요.

그가 마음의 갈피를 잡지 못하고 동요하는 순간과 머리가 울릴 만큼 강한 공포에 휩싸여 당황할 때조차, 남편을 향한 그녀의 일관된 존경의 어조와 그가 그녀를 부르는 사랑스러운 호칭과 애정의 언어는 극의 상황과 극명한 대조를 이루면서 강한 인상을 남긴다.

맥베스 부인이 아내이자 여자로서 남편을 달래고 어루만지는 힘이 살인을 교사하는 강력한 명령자로서 남편에게 행사하는 힘과 크게 다를 바 없다는 점이 또 다른 깊은 인상을 남긴다. 저녁 만찬에서 맥베스가 살해당한 밴쿠오의 혼령에 사로잡혀 있을 때, 그리고 공포로 인해 혼절 상태에 이르렀을 때, 이성이 거의 마비되는 순간에 다다랐을 때, 노기 어린 그녀

의 책망과 낮게 속삭이는 회유의 말들, 그리고 맥베스가 빨리 병적인 환상을 물리치고 제정신으로 돌아오도록 촉구하는 야유 섞인 대사에는 강렬함, 엄격함, 그리고 매서움이 담겨 있다.

맥베스부인 (맥베스에게) 대장부 아니신가요?

맥베스　암, 대담한 사나이지,

　　　　악마까지도 질겁하게 할 정도로 감히 노려볼 수 있는.

맥베스부인 어머, 참 장하시네! 그건 마음의 불안에서 생긴 환상이에요.

　　　　공중에 떠서 왕의 침소로 안내했다는 저 환상의 단검 같은 거예요.

　　　　아, 그런 발작은 진짜 불안에 비하면 가짜라고 할까, 겨울 화롯가에

　　　　서 할머니의 보증 아래 아낙네가 지껄이는 이야기하고나 어울려요.

　　　　원, 창피하게시리! 왜 그런 얼굴을 하세요? 두고 보세요,

　　　　결국 그건 의자에 지나지 않잖아요.

손님이 다 가고 그들만 남겨졌을 때, 그녀는 더 이상 말이 없다. 한마디의 비난과 힐책도 뒤따르지 않는다. 그의 질문에 대한 순종적인 대답, 그 몇 마디가 그녀가 내뱉는 말의 전부이다. 표현을 넘어서 우리에게 강한 감동을 주는 이 침묵에는 동정과 부끄러움이 있다. 이 부분이 극에서 가장 훌륭하고 아름답게 재현되어야 할 부분이다.

마지막으로, 맥베스 부인은 습관적인 범죄로 심장이 굳어버리거나 완전히 타락한 마음을 지닌 것은 아니기 때문에, 양심이 작동하고 절망과 죽음에 의해 포위되는 순간 필연적으로 가책을 수반할 수밖에 없다. 이후 엄청난 도덕적 응보應報가 전개된다. 맥베스 부인은 맥베스의 그림자 역할로

설정된 인물이 아니다. 그녀는 허공에 떠다니는 단검의 환영을 조롱한다. 그녀는 자기를 비난하거나 겁에 질리게 하는 상상의 유령을 보지도 않는다. 오히려 심약한 남편을 사로잡은 시각적 공포를 경멸한다. 우리는 그녀가 "어떤 양심의 가책의 움직임도 용납하지 않을 것"임과, "후회와 가책이란 것에 어떠한 혀와 목소리도 허용하지 않는 것"임을, "어떤 한마디 불평의 말보다 그냥 목을 매어 죽을 것"임을 알고 있다. 아니, 느끼고 있다. 하지만 결국 정의는 이루어져야 하고, 자신이 범한 것보다 천 배나 강한 죽음의 고통을 겪어야 하는 그녀를 볼 준비를 우리는 해야 한다. 잠자는 장면에서 우리는 마음속 지옥의 심연을 흘낏 보게 된다. 불로 지진 뇌와 터져버린 심장이 잠을 빙자하여 우리 앞에 적나라하게 나타난다. 상상할 수 있는 가장 숭엄한 판단에 의해, 그 어떤 강요도 없이, 자연스럽고 필연적인 판단에 의해, 자의적으로 잠을 살해해버린 그녀에게 잠은 더 이상 휴식이 아니다. 그녀의 잠은 어떤 지력과 힘 있는 이성으로도 좌절시키거나 쫓아버릴 수 없는 공포의 응집이다. 이 부분에서 우리는 맥베스 부인의 모습에 크게 한 번 몸서리치면서도, 결국 도덕적 정의가 실현됨에 만족한다. 하지만 인간적 연민의 감정이 다시 한 번 틈새를 비집고 들어온다. 악행에 대한 응징에 환호하기보다는 악행의 폐허에 한숨을 내쉬게 된다고나 할까? 여기서 우리는 셰익스피어의 극작술의 묘미에 다시 한 번 감탄하게 된다. 그는 선과 악의 경계를 명확하게 나눈 적이 없다. 또한 악에 균형감을 주는 상대적 개념의 선에 대한 의식을 고려하지 않고 악만을 전면에 배치한 경우도 없다.

　　나는 셰익스피어가 맥베스 부인을 "천성적으로 잔인한", "변함없이 야만적인" 또는 "완전한 악녀 성향을 지닌" 사람으로 그렸다고 보는 평가에 강력히 반대한다. 비록 그런 수식어가 적용될 수 있는, 겸손함, 연민, 두려움을 전혀 지니지 않은 여인이 존재할 수는 있겠지만, 셰익스피어는 그런 여인은 너무나 괴물 같아서 극의 목적에 부합하지 않는다는 점을 잘 알고 있었다. 만약 맥베스 부인이 천성적으로 잔인했더라면, 모든 연민과 동정심을 "포기하겠다고 선언할" 필요도 없고, 그녀가 자신에게서 "여성다움을 없애달라"고 기원할 필요도 없었을 것이다. 또한 남편 맥베스로부터 그런 사랑을 받았을 리도 만무하다. 강한 존경에서 비롯된 아래와 같은 감탄의 대사를 남편에게서 끌어낸 것은 바로 지적 에너지의 힘과 그녀의 여성성을 지배하는 의지의 힘이라고 할 수 있다.

사내애만 낳으시오! 그 대담한 기질로는 사내애밖에 만들지 않겠구려.

만약 그녀가 변함없이 야만적인 인물이었다면, 그녀의 사랑은 남편이 절망과 공포에 빠졌을 때 결코 그를 지탱해주거나 위안을 줄 수 없었을 것이다. 또한 그녀가 완전히 악녀 같은 성향을 지닌 여자일 뿐이었다면, 그녀의 여성성이 그렇게 끔찍하게 응징받았을 리도 없고, 가책과 절망으로 죽음을 맞이했을 리도 없다.

우리는 극 전반에 걸쳐 맥베스 부인에게 할당된 대사를 통해, 표현의 전환에서 오는 독특하고 특징적인 무언가를 감지하게 된다. 왕을 초대한 안주인일 때나 왕비가 되었을 때의 맥베스 부인은 매우 공들인 우아하고 유창하기 이를 데 없는 대사를 한다. 하지만 진심을 말할 때의 그녀는 간단하면서도 강한 문장, 돌발적이지만 많은 의미를 내포한 짧은 대사를 내뱉는다. 그녀의 사고는 빠르고 분명하며, 표현은 강력하고, 비유는 번개의 섬광처럼 인상적이다.

> **맥베스** 여보, 던컨 왕이 오늘 밤 이곳에 행차하시오.
> **맥베스 부인** 그리고 언제 이곳을 떠나시나요?
> **맥베스** 내일이오, 예정은.
> **맥베스 부인** 오, 태양은 영원히 그 내일을 보지 못할 것입니다. 영주 나리.
> 당신 얼굴은 수상한 내용이 적힌 책만 같아요. 세상을 속이려면
> 세상과 같은 얼굴을 하고, 눈, 손, 혀에 환영의 표정을 나타내세요.
> 겉으로는 순진한 꽃처럼 보이게 하고, 실은 그 밑에 숨은 독사가
> 되세요.

종교의 힘만이 이런 마음을 통제할 수 있을지 모르겠다. 하지만 이것은 자의식이 강하고 재주가 있으나 종교성이 결여되어 있는 사람의 불행이다. 이런 사람은 절대자를 찾기 위해 고개를 들어 하늘을 우러르는 대신, 모든 사물을 그 대상 자체로서만 바라본다. 그녀는 원칙과 행동에 있어서 엄격한 운명론자로, "이미 행해진 것은 행해진 것"이고, 같은 상황이 다시 벌어진다면 또 같은 결과가 따를 것이라 생각한다. 그녀의 가책에는 후회나 반성이 뒤따르지 않고, 화난 신을 향해 죄를 사해 달라는 애원도 없다. 그녀의 가책은 상처 입은 양심과 고통에 대한 반응이자 과거에 대한 공포이지 미래에 대한 두려움이 아니다. 또한 그것은 스스로에 대한 비난에서 기인한 고통이지 누군가의 판단에 의해 겪는 벌이 아니다. 그녀가 겪는 가책은 그녀의 영혼만큼 강하고 그녀의 죄만큼 깊으며, 그녀의 결심만큼 운명적이고 그녀의 범죄행위만큼이나 공포스럽다.

일반적으로 비극 작품에서 여성이 악을 주도하는 인물로 등장할 때면 지나치게 악하게 묘사되거나 너무 어둡게 묘사되는 경향이 있다. 죄에 죄가 보태지고 공포에 공포가 덧칠되어, 동정과 연민의 감정이 완전히 사라지게 되거나 조악한 성품과 여성적 연약함이 어정쩡하게 뒤섞임으로써 악녀의 본모습에 돌이킬 수 없는 상처를 입히기가 일쑤이다. 하지만 맥베스 부인은 최고로 사악하면서도 일관되게 여성성을 유지함으로써 다른 비극의 조악한 악녀들과 좁힐 수 없는 거리를 유지한다. 셰익스피어는 어떤 여성 인물을 철저히 혐오스럽게 재현할 때 조연으로만 등장시킬 뿐 주연으로 삼은 적이 없다. 그래서 리어 왕의 두 딸인 리건과 거너릴은 이기심과 잔인함과 배은망덕의 화신으로 그려진다. 우리는 그들을 떠올릴 때마다 혐오감과 증오심을 느끼지만, 극의 행위에 필연적인 것이 아니라면 그들에 대해 일부러 시간을 내어 생각하고 분석하지는 않는다. 그들은 리어 왕의 광기의 원인이 되고, 코델리아의 헌신적인 효성을 불러내는 원인이 되지만 그들의 사악한 행위는 결코 극의 중심이 되지 못한다. 맥베스 부인과 아이스퀼로스(Aeschylus)의 《아가멤논》(Agamemnon)에 등장하는 클뤼타임네스트라(Clytemnestra)는 지금껏 자주 비교되어왔다. 소포클레스(Sophocles)의 클뤼타임네스트라가 셰익스피어의 인물에 보다 근접한다. 그녀의 사악함이 덜 무분별하기 때문이다. 하지만 한 여성과 인간으로 고려해볼 때, 과연 누가 이 수치심 모르는 정부情婦요 잔인한 살인자이자 몰인정한 어머니를 맥베스 부인과 비교하려 들 것인가? 맥베스 부인 자신도 이런 비교로부터 뒷걸음질 칠 것이다.

소포클레스의 엘렉트라(Electra) 역시 시적인 차원에서 맥베스 부인과 비교선상에 놓일 수 있지만, 그녀 역시 관객으로부터 동정이나 연민의 감정보다는 감탄과 존경의 감정을 불러일으킨다. 그녀가 연루된 살인은 신탁에 의해 운명지어진 것으로서 일종의 정의의 실현이다. 그리하여 살인이라기보다는 희생적 행위로 해석된다. 엘렉트라는 무대 위에 위엄 있는 단순함과 강렬한 감정 및 느낌으로 재현되지만, 빛과 그림자가 만들어내는 양각과 음각의 대비효과가 부족하다. 오레스테스(Orestes)가 어머니의 방에서 어머니를 칼로 찌르려고 하고, 어머니는 자비를 호소하는 장면을 생각해보라. 엘렉트라는 앞으로 나서 동생에게 한 번 더 찌를 것을 강요한다. "한 번 더! 한 번 더 찔러라." 이 살인 장면은 끔찍할 정도로 훌륭한 장면이지만, 공포가 너무 충격적이고 지나치게 적나라하다. 이 장면을 다양한 감정이 교류, 교차, 교착하는 맥베스의 살인 장면과 단순비교할 수는 없다. 셰익스피어의 가장 어두운 그림자는 바로 렘브란트의 그림에서 볼 수 있는 그림자와 같다. 너무 강렬해서 어둠의 깊이를 통해서만 천국의 빛을 볼 수 있을 것 같은 느낌 말이다.

　극시라는 장르적 영역을 통틀어 맥베스 부인에 가장 근접하는 여주인공은 바로 에우리피데스의 메데이아(Medea)이다. 부모와 조국을 다 버리고 모든 것을 다 포기한 채 이아손(Jason)에게 바치는 헌신, 자신을 절망으로 내몬 모욕과 부정不貞, 정조를 잃은 남편을 향한 복수의 잔인함, 아이들을 향한 눈물을 통해 드러나는 애정의 폭발, 광기 어린 분노 속에서 행하는 아이들에 대한 파괴행위 등은 비극이 가져올 수 있는 공포와 연민을 최대치로 끌어올린다. 하지만 메데이아는 지나치게 말이 많다. 그녀의 인간적인 감정과 초인간적인 능력은 쉽게 섞이기 어렵다. 메데이아와 맥베스 부인을 비교해볼 때, 전자는 사랑과 질투와 복수가 동기이고 후자는 야망이 그 동기라고 할 수 있다. 그리하여 전자에게서 더 많은 여성성을 기대할 수 있다. 하지만 사실은 그 반대다. 적어도 내가 받은 인상으로는 메데이아의 열정이 더 여성적일지는 몰라도 인물의 성격적 측면에서는 맥베스 부인보다 덜 여성적이다.

메데이아와 맥베스 부인이라는 두 인물의 비교는 슐레겔의 그리스 고전 희곡과 현대 낭만 희곡 구분의 좋은 예가 된다. 슐레겔은 고대 그리스 희곡은 조각상에, 낭만 희곡은 회화에 비유했다. 맥베스 부인의 중세적 위엄, 풍부한 명암, 깊이 있는 색채감은 메데이아의 고전적 우아함이나 신화적 화려함, 섬세하지만 경직된 외곽선 등과 대조된다. 이 설명을 좀 더 확장한다면, 맥베스 부인과 메데이아를 레오나르도 다 빈치의 메두사(Medusa) 그림과 그리스의 저부조에 비유할 수 있다. 화폭에서는 주제가 되는 대상에 대한 공포가 생생한 색채가 만들어내는 빛과 어두움의 마술적인 대조에 의해 강화되기도 약화되기도 한다. 뱀 모양의 머리칼은 배경의 짙은 어둠으로부터 살아나와 본능적으로 움직이는 것처럼 보이고, 머리는 캔버스에서 벌떡 튀어나와 현실로 고개를 쑥 내미는 듯하다. 하지만 조각된 메두사의 효과는 이와 사뭇 다르다. 뱀들은 숭고하고 우아한 머리 주위를 나선형으로 휘감는 듯 보이고, 이마는 공포와 고통으로 찡그린 듯하다. 하지만 모든 부분이 정교하고 흠 하나 없는 완벽함을 과시한다. 무시무시한 공포 속에 안정된 초자연적인 우아함이 존재하기에 우리는 그것을 한순간도 현실의 세계와 연결시킬 여지를 갖지 못한다. 그 우아함은 단지 영기靈氣, 힘, 마력으로 우리에게 다가올 뿐이다.

셰익스피어의 여인들 2
사랑과 덕의 주인공들

초판인쇄 2007년 8월 20일
초판발행 2007년 8월 25일

지 은 이 안나 제임슨
옮 긴 이 이노경
디 자 인 문홍진
펴 낸 이 김삼수
펴 낸 곳 아모르문디

등   록 제 313-2005-00087호
주   소 121-865 서울시 마포구 연남동 245-9 1층
전   화 0505-306-3336
팩   스 0505-303-3334
이 메 일 amormundi@paran.com

ISBN 89-957140-4-2 04840
ISBN 89-957140-2-6 (전2권)